JN275714

宮下志朗
小倉孝誠 編

いま、なぜゾラか

ゾラ入門

藤原書店

いま、なぜゾラか

　エミール・ゾラ（一八四〇—一九〇二）。記念碑的な『ルーゴン＝マッカール叢書』全二十巻の作者、自然主義文学の領袖、そしてドレフュス事件に際して「私は告発する！」と題する公開状を発表して敢然とドレフュス擁護の立場を貫いた知識人として、日本でもよく知られている。しかし著名なわりには、あまり読まれず正しい評価を受けていない。理由は、これまでまとまったかたちで著作集が出版されたことがないからである。戦後、外国文学が隆盛をきわめた頃も、ゾラの場合はいつも『居酒屋』や『ナナ』といった特定の作品が翻訳されるばかりで、その全体像が知られることはなかった。

　ゾラは、じつに多面的な作家である。すぐれた小説家として社会のメカニズムをえぐり、嗅覚の鋭いジャーナリストとして同時代の問題を論じ、炯眼な美術批評家として印象派の新しさを見抜いた。小説家としてのゾラが、「産業革命」を初めて文学のなかに登場させたことも強調しておきたい。バルザックやフロベールやボードレールの作品には、それがほとんど反映していない。資本主義的な土地投機、鉄道と駅、デパート、証券取引所などの近代空間に文学テーマとしての市民権をあたえたのは、ゾラの功績である。さらにゾラは、神秘的なあるいはユートピア的な物語を書き、身体とりわけ女性の身体を描いた。ゾラにおいては身体とそれにまつわる現象（セクシュアリティー、欲望、快楽、病理）が人間の根元的な条件と見なされている。ゾラはもっともアクチュアルな十九世紀作家のひとりなのだ。

ゾラはまた、すぐれた都市路上観察者でもある。たとえば「引き立て役」という短編は、モダンな都会を遊歩することの快楽がまなざしの交差によって成立しているという認識から出発する。「お出かけには、引き立て役の不美人をレンタルします」という、あっと驚くような商売が出現しましたよというお話なのだ。モデルニテの時代、もはや絶対的な美は存在せず、モノや、人は記号として流通していく。ならば、隣りにはべらせた醜い女性との対比によって、あなたの凡庸なる顔立ちを、しばし美形に整形してあげましょうというのである。大衆消費社会と都市のライフスタイルが、視覚的な欲望と深いところでつながっていることを強く意識していたからこそ、このユニークな短編が生まれたにちがいない。

没後百年にあたる今年、藤原書店から〈ゾラ・セレクション〉(全十一巻、別巻一)が刊行される運びとなった。小説だけでなく、文学評論、美術批評、ジャーナリスティックな著作、書簡集を収めた文字どおり本邦初の本格的な著作集である。小説に関しては定番を外し、未翻訳の作品を中心として、ゾラの知られざる側面をクローズアップした。バルザックも、フロベールも、もちろんプルーストも、ほとんどの作品を日本語で読める。残された最後の大物、それがゾラである。翻訳にあたっては、読みやすさの工夫もしてあるので、ぜひとも手にとっていただきたい。

エミール・ゾラ、未踏の高峰。あえてそう言いたい。この〈ゾラ・セレクション〉の刊行を機に、二十一世紀の日本が、ゾラを正当に評価できるようになることを心から切に願う次第である。

二〇〇二年九月

編者

いま、なぜゾラか——目次

いま、なぜゾラか——ゾラ入門

強烈に表現するためには激しく感じなければならない。

——エミール・ゾラ

人類の良心を体現
——ゾラ追悼演説（抄）——

アナトール・フランス

ゾラの文学作品は巨大である。

（…）彼の作品がひとつずつ積み上げられていった時、人々はその規模を知って驚いた。賛嘆し、あるいは驚愕し、誉めそやし、あるいは非難した。称賛と非難は同じくらい激しかった。（…）そして作品はますます大きくなっていった。

その大がかりな形式が全体的に明らかになった現在、作品にみなぎる精神もまた認識される。それは善良さという精神である。

ゾラは善良だった。彼にはすぐれた人間にそなわる偉大さと素朴さがあった。そして根本から倫理的な人間だった。彼は厳しく、同時に高潔なしかたで悪徳を描いた。見せかけのペシミズムと、作品のあちこちのページに浸透している鬱々とした気分の背後には、確かな楽天主義と、知性や正義の進歩にたいする根強い信念が看取できた。

社会の研究にほかならない彼の小説において、ゾラは怠惰で軽薄な社会、卑俗で有害な貴族を激しく憎み、金権という時代の悪と闘った。民主主義者であるゾラはけっして民衆に媚びることなく、無知がもたらす隷属状態を示し、民衆を愚かで無防備なままあらゆる抑圧、あらゆる悲惨、そしてあらゆる恥辱にゆだねてしまうアルコールの危険を示そうと努めた。社会の悪を見つけると、いたるところでそれと闘った。

彼の憎悪とはそのようなものであった。

晩年の作品において、ゾラは一貫して熱烈な人類愛を表明し、より良い社会を洞察し、予言しようとした。(…)

彼が耐え、苦しんだからと同情することはない。

むしろ彼を羨もうではないか。愚鈍と無知と悪意が積み上げたもっとも驚くべき侮辱の山のうえに聳えたつ彼の栄光は、今や近づきえないほどの高みに達している。

ゾラを羨もう。彼は巨大な作品と偉大な行為によって祖国と世界の誇りになったのだから。

ゾラを羨もう。彼の運命と心は彼にもっとも偉大な天命をもたらしたのだから。

ゾラは人類の良心を体現したのである。

(小倉孝誠訳)

第1章

ゾラの魅力

〈鼎談〉
宮下志朗
山田 稔
小倉孝誠

1　ゾラと日本

固定された日本のゾラ・イメージ

藤原　一言だけごあいさつさせていただきます。

バルザックの生誕二百年ということで一九九九年から始まった〈バルザック「人間喜劇」セレクション〉が、三年がかりで完結しました。そのときに、ゾラの没後百年の企画はできないかと宮下さんと小倉さんの方からありました。ゾラはバルザックの後継者みたいなものですから、二つ返事でこの〈ゾラ・セレクション〉の企画が始まったわけです。このセレクションのプレ企画として、ゾラの現代的意味というものを考えてみたいと思います。それでは小倉さん、よろしくお願いします。

小倉　私と宮下さんは、ゾラは大事な作家なのに日本では非常に冷遇されている、と前々から考えていたんです。現に、まとまった著作集のようなものが出ていない。近代フランスの作家で、大作家であるにもかかわらずまとまった翻訳の著作集が出ていないのは、おそらくゾラぐらいのものではないか。確か桑原武夫も、どうしてゾラの著作集が出ていないんだ、翻訳集が出ていないんだ、と昔どこかでそんなことを言っていたような気がします。そういう事情もありますし、僕も宮下さんも要するにゾラが好きだというのが一番の理由でもありました。それから先ほどありましたように、今年はゾラ没後百年ということですから、ちょうどいい機会ではないか。それで〈ゾラ・セレクション〉を立ち上げることにしたわけです。

『ナナ』を訳された山田さんを前にしていうのは恐縮なんですが、ちょっとゾラの翻訳の歴史というものを調べてみたんです。確かにある時期から、もっぱら『居酒屋』と『ナナ』と『ジェルミナール』、この三作品に、ほとんど限定されてしまうんですね。その後いろいろな『世界文学全集』、あるいはフランス文学の翻訳集のようなものが出ても、必ずそのうちのどれかが出るというような感じで、それ以外のものはもうほとんど見向きもされなくなってしまうという事態が出来上がってしまうんです。そうすると、やはり食わず嫌いということになってしまう。ゾラというと、結局『居酒屋』か『ナナ』か『ジェルミナール』しかないというイメージがもう固定してしまったみたいなんです。

山田　そうすると結局、ゾラというとあまり美しくなくて、『獣人』という題が示すように、人間の獣性、殺人とか、それから性欲、そういうものばかり描いた作家という固定のイメージができますね。やはり、それは紹介の仕方が悪い。百貨店や金融界を描いた小説に対する関心が、まだ読者には芽生えていなかったのかもしれませんね。日本では小説というのは若者が読むでしょう。若者しか読まないといったら言い過ぎだけど、だんだん年をとってきたら小説離れします。少なくとも以前は、青年、とくに女性はそういう人間の暗い、汚い面ばかり描いた小説よりも美しい恋愛とか、もう少しロマンティックなものにあこがれていたでしょう。ジュリアン・ソレルやレナール夫人（スタンダール『赤と黒』）みたいな人物は、ゾラの中には出てきませんしね。

小倉　確かに、ゾラの作品の中には若い読者が一体化できるような作中人物がいないということはいえるかもしれませんね。ジュリアン・ソレルとか、バルザックのラスティニャックとかですね。そういう感じの若い作中人物が、少し欠落している傾向があるかもしれません。例外は『ジェルミナール』の主人公エティエンヌでしょうか。

宮下　そうですね。確かに女性でも、自分が登場人物に一体化して、こういうふうになれればいいのにというキャラというか、そういうのはないですね。援助交際がはやっているからといって、ナナにあこがれるようでも困りますしね。実際は『愛の一ページ』とか『夢』とか、ロマンティックな物語もあるんですけれど、それが全く紹介されていなかったわけですよ。僕なんかも、今度のセレクションでは初期の短編を紹介するので、そこでは、かなりメルヘン的なものとかをわざと選んでやろうかなと思っています。そうやっていけば少しはゾラに対する見方も変わっていって、次に大作を読んでもらえば、すごい作家だと思ってもらえると思っているんですけれど。

十九世紀フランス文学と日本

山田　こんなことをいうのも変ですけど、最初そんなにゾラが好きだったわけではないんです。『ナナ』の翻訳の仕事がまわってきたとき、率直に言って、わあ、かなわんなあと溜息をついたくらいでね。訳しているうちに好きになっていった。「食べているうちに食欲がわいてくる」というやつ。当時、私のまわりにゾラの好きな人はほとんどいなかったです。

小倉　そうですか、いまもあまり変わっていないかもしれません。生島先生なんかも、授業でゾラをとり上げることは全くなかったんですか。

山田　なかったです。宮下さんが今度訳される短編集みたいなものがあれば語学用テキストに使えたでしょうが。でも、そもそもゾラへの関心がうすいのだから。最近はぼつぼつ出てきましたね。清水正和さんは私より二、三年先輩で、ゾラをやっておられますが、卒業論文は確か、モーパッサンだったと思います。当時、京大には桑原武夫、生島遼一両先生がおられたので、十九世紀のリアリズム小説というと、スタンダールを研究する者はいても、バルザックですらごく少数派でした。もうゾラまではとても……。

宮下　バルザックでさえ少数派という感じですか。

山田　そうでしたね。私が『バルザックを読む』の中にちょっと書きましたけど（「ある文学教育」、『バルザックを読むII 評論篇』藤原書店、二〇〇二）、「バルザックを読む会」というものがありました。生島遼一先生が始められたんです。バルザックはみんなが嫌がるが、大事な作家だし、おもしろいから読め、勉強しろと。

小倉　それは個人的な、研究会のようなものだったんですか。

山田　読書会です。これは『バルザックを読む』の中の、西川長夫さんの「バルザック論が書けない理由」というエッセイにも詳しく書いてあるし、私もほかのところで書きましたが、生島先生はスタンダール、フロベールの専門家で、翻訳もありますが、バルザックの講義はなかったですね。でも、戦争中からバルザックをずっと読んでおられたんです。私たちはバルザックを読めと言われても、あんな長いしんどいものは嫌だといって逃げ回っていました。大体スタンダール、フロベール、モーパッサン、その辺まででですね、卒業論文で選ぶのは。「バルザックを読む会」のメンバーは十数人だったと思いますが、その中でバルザックを専門にしていたのは一人だけ。その程度でしたね。

宮下 モーパッサンの方は、結構ポジティブな評価だったんですか。

山田 モーパッサンの方はバルザックとかゾラのように大長編がたくさんあるわけではないし。

宮下 確かに読みやすい。

小倉 一番長いのが『ベラミ』ですからね。多分フランス語として読みやすい。初級文法を済ませると、一応読めますよね。

山田 スタンダールも長いけど、バルザックの方が圧倒的に数が多い。それからあの文章が、とても読みづらいでしょう。あれはちょっと初級文法をやったぐらいでは、歯が立ちませんね。

宮下 ゾラの場合は、そのころ結構遠ざけられていたとおっしゃいましたけれども、翻訳もそんなにはなかったんですか、状況としては。もちろん岩波文庫とかに少しはあったと思いますけれども。

山田 昭和の初めに新潮社から『世界文学全集』というのが出て、その中に『ナナ』と『夢』が一巻になっていますね。もっと古いのは、例えば明治時代にも訳されていますけど。岩波文庫なんかに入り出したのは、昭和三十年代ぐらいかな。『居酒屋』、『ナナ』、『ジェルミナール』、『獣人』、『大地』……

けっこうあった。映画『居酒屋』、『嘆きのテレーズ』などの成功が後押ししたこともあるでしょうね。

日本でのゾラ研究

山田　ゾラの研究者がいなかったわけではありません。岩波文庫の『ナナ』の訳者の河内清さんとか。古いところでは、山田珠樹、山田爵さんのお父さんが、戦後間もなく出していますね、『ゾラの生涯と作品』。それから最近では、清水正和さんの『ゾラと世紀末』があります。日本の自然主義作家たちはゾラの影響を受けたし、田山花袋などはしばしばゾラを引き合いに出していて、日本ではよく名前も知られていたのに、そのわりには翻訳が少ないのはなぜかというのは、やはりもう少し考えていいことかもしれませんね。いつまでも『ナナ』と『居酒屋』ですものね。

小倉　それは僕は、もちろん世代の問題もあるのかもしれないけれども、自分の同世代というのはそんな感じがしましたよ。結構フロベールとかバルザックをやっている人がいましたし。あと日本ではボードレール、ランボー、マラルメなどサンボリスム系統の作家の研究者が非常に多いんですよね。だけど、ゾラになると極端に研究者が減ってしまう。

――どうしてですか。マラルメもサンボリスムといいますけれども、ゾラと同時代でしょう。

小倉　全く同時代ですよ。マラルメは、ゾラを随分評価していたんですよね。彼がゾラに宛てた有名な手紙があります。マラルメは、言葉とか文学に対する考え方そのものを随分大きく変えた面がある。他方ゾラは同時代の社会の現実を徹底的に描いたし、ドレフュス事件に示されているように、ジャーナリズムをつうじて政治にも積極的にコミットした作家です。対照的な二人の作家は互いの仕事の価値をきちんと認めていたんです。

宮下　いま研究者のレベルの話になっていますけれども、確かに研究者のレベルだとマラルメが格好いいわけですよ。格好いいというか、知的というか、おそらくそういうイメージがあったんでしょうね。

山田　ゾラは、例えば画家では印象派のマネと親交があったが、そういうものと、ゾラの書く小説との内的なつながりみたいなものは、あまり研究されていないのではないか。

宮下　美術批評では、まずボードレールがいて、ボードレールはいろいろと取り上げられてきました。その後だとマラルメとかいうことになってしまって、その間ですね。その間にいるんですけれども、すっぽり抜けてしまっている、マネや〝モデルニテ〟がもてはやされているのにね。確かにその辺が不思議な現象でした。別にテキストが手に入らないとか、そういうことではないわけですよ。

小倉　単なる無関心、あるいは食わず嫌いが大勢。でも、最近は若い学生でも結構ゾラに興味を持ったり、読みたいという学生さんがいるんですね。ただいかんせん翻訳が、いま簡単に手に入る翻訳というものがほとんどなくなってしまっているものだから。本当に初級文法を終えた程度では原文を読めませんものね、ゾラは。

山田　最近は、どうですか。

小倉　少しずつふえてきました。学会にもときどきいますね、ゾラに関する発表も出てきました。でも、ごく最近ですよね。それまでほとんど二十〜三十年、ゾラについての発表は文字どおり一つもなかったんですから。

山田　『バルザックを読む』にたくさんの人が書いているけれども、ゾラのゾの字も出てこないですよ。バルザックはおもしろいし、ゾラもおもしろいと書いた人はいない。おもしろいがゾラはかなわないのか、ゾラを読んでいないのか。フランス文学の専門家よりもむしろ、歴史や風俗を研究している人がゾラをおもしろがるんですね。

小倉　だと思いますよ。美術評論も入っていますから、これは美術史畑の人とか。

山田　風俗だけでなく、アルコール中毒とか発作的な殺人衝動とか、現代的な問題があるのにね。遺伝ですべてが説明されるという人間解釈はちょっと単純すぎるけど。

小倉　ただ実際にゾラの小説を読んでいると、遺伝だけで決まっているわけではないんですけれどね。実際読むと、必ずしもそんな感じはしません。

山田　理論からはみ出ているところがおもしろい。

ゾラとバルザック

山田　それと、当時（一九五〇年前後）は「バルザックかゾラか」というような二者択一的な考え方、捉え方がありましてね。これはマルクス主義の方から出てきた考え方です。

小倉　ルカーチなんかまさにそうでしたね。

山田　バルザックは、「典型的な状況における典型的な人物」を描いた。バルザックはイデオロギーとしては王党派で、アンシャン・レジームの古い価値観を持っていながら、貴族や僧侶が没落して新興ブルジョワジーが台頭してくる、その歴史的過程、歴史的必然性を見事に描き出している。それに対して、ゾラはただ風俗を描いただけで、人物も類型的だというわけです。

小倉　いま山田さんがいったように、一九五〇年代から六〇年代のマルクス主義というのは、本当にそうだったんですよね。ゾラは、いまいったように常にバルザックとの対比で結局おとしめられてしまうというか。要するにバルザックおよびスタンダールの世代で近代のリアリズムが頂点に達して、あとはフロベール、ゾラ以降はいわば堕落していくという、そういう考え方です。ルカーチなんかは典型的で、バルザックやスタンダールは評価するけれども、『リアリズム論』、それから『歴史小説論』なんかを読むと分かるように、はっきりとフロベールの時代から悪くなるという、そういう図式ですね。

山田　あのころはマルクス主義的な見解が優勢で、マルクス主義者でなくてもそういう見方に影響されていた。実際、ルカーチのフランス・リアリズムの研究論文なんか、とてもおもしろかった。バルザックはいいけれどもゾラはだめだ、という結論です。そういうこともあったと思いますが、そのバルザックですら、みんな逃げていた。

宮下　それは一九五〇年代ですね。そのころだと、バルザックの場合だと日本語でかなりのものが読めるような状況にはあったわけですね。

山田　そうですね、バルザックはかなりありました。岩波文庫に新潮文庫、それから角川文庫でも。角川文庫が欧米の文学の翻訳に大変積極的でね。

小倉　バルザックとゾラというのはよく比較されるし、実際ゾラはバルザックが十九世紀の前半にやったことを、自分は十九世紀の後半についてやると言っていたわけですね。それは全くそのように、ゾラ自身がはっきりと明言している。現代の我々から見るとバルザックの世界よりもゾラの世界の方が、もちろん時代的に新しいということもあるけれども、描かれている世界とか、語られている世界が現代に近いんですよね。まさに鉄道とかデパート、証券取引所とか炭鉱地帯。そういうものは、バルザックには全くないわけですし。

山田　バルザックはやはり十九世紀、十八世紀から十九世紀にかけてですか。ゾラは十九世紀から二十世紀、かなり二十世紀だと、私は思っていますがね。やはりバルザックの小説の書き方はまだまだ十八世紀的というか、演劇的な感じですよね。最初に舞台背景を説明してからやっと人物が出てくる。ゾラはずっと二十世紀的ですね。だから私は今度の〈ゾラ・セレクション〉に選ばれている作品を見たときに、それを感じました。『居酒屋』や『ナナ』を捨てて『ボヌール・デ・ダム百貨店』などを入れる。

宮下　やはり基本的に、僕なんかもそれがあるんですよ。バルザックは確かにおもしろいとは思うんですけれども、ちょっと遠い世界だなという感覚は否めないんですよ。でもゾラだと細部を見ていても、ああ、そうか、そうかと今のパリと重なってくる。パリに行ったりしても、今度新書にも書いたりしましたけれども（『パリ歴史探偵術』講談社現代新書）、すぐつながってくるんです、いまのパリの街と。その辺がわかってもらえると、いいなと思いますけれどね。そういう側面が、やはり紹介されてこなかったのは事実ですから。こうやって間口を広くして、そこから好きなようにゾラの世界に入ってもらえばということです。

『ナナ』翻訳の体験から

小倉 山田さんは以前『ナナ』を、河出書房の『世界文学全集』でお訳しになったことがあるものですから、その翻訳のきっかけ、それにいたる段階で、どういう形でゾラに関心を抱くようになったのか、そういうことをお話しいただきたいんです。

山田 私は一九六三年から六四年にかけて『ナナ』を訳して、出版されたのは一九六五年でした。ちょうど私が、最初にフランスに行く前でした。もういまから四十年近く前のことで、こまかいことは忘れましたが。

宮下 各社の『世界文学全集』がはやっていたときでしたね。

山田 当時は全盛時代でね。河出書房のグリーン版というのは第三集まで出て全百冊という大規模なもので、そこにゾラの『居酒屋』と『ナナ』が入っていたんです。その全集の編集委員に桑原、生島両先生が加わっていて、その関係で『ナナ』の翻訳が私にまわってきたわけです。ゾラはいくらか読んでいましたが、そう面白いと思ったわけでなく、すでに二種類の文庫に入っているし文章が単調でだらだらと長い作品を訳すのは、前にも言ったように閉口だと思ったんです。

小倉 そのときの翻訳の苦労話、エピソードのようなものをお聞きしたいと思います。実は山田さんが書かれたもの（『特別な一日』、平凡社ライブラリー）を読むと、会話の部分は少しスピーディーにというようなこと、例えばナナという女は非常に下品な女なわけですから、ナナのセリフをあまり上品な、ブルジョワの女が話すような調子で訳すのはふさわしくない、そんなふうに書いておられます。実際『ナナ』の翻訳は、山田さんの場合そんなふうになっているわけですよね。確かに読むと、感覚的に非常にぴったりする。

ゾラというのは本当に民衆というんですか、もっと端的にいうと下層階級の言葉を本当に生々しく文学の中に再現した最初の作家といわれているんですね。それ以前というのは、フロベールにしてももちろん民衆階級の人間は出てくるんですけれども、物語の中で出てくる会話そのものはけっして民衆の言葉そのものを再現しているわけではないんです。ところがゾラの場合は『居酒屋』もそうですし、今回のセレクションには入っていないんですが『ごった煮』の中に女中たちのすさまじい、悪口の嵐のような会話が出てきて、ほとんど日本語にするのは不可能というぐらいのすさまじいところがあるんです。そういうところも本当にゾラが一種のジャーナリスティックなやり方で現地調査した結果なんです。それと、耳の感覚でしょうね。

山田 熱心に取材し、こまかくメモをとっています。劇場、鉄道の駅、炭鉱、中央市場などに足を運んで。そしてそういう場所で喋られている俗語などを書きとめる。だから十九世紀中ごろの大衆の言葉のニュアンスを、我々が理解するのは難しいと思うんですけど。

小倉 現代のフランスの若いひとたちが読んでも、少し違和感があるはずですね。

山田 ところで私の『ナナ』翻訳の苦労というか失敗は、すでに恥をしのんで打ち明けているのでもう隠すこともないんですが、何しろフランスの生活を知らぬ者が小説を訳すのですから滑稽な過ちが生じるのは避けられませんよ。語学的な誤りとはべつに、何というか、文化的誤解とでもいったものが生じる。一例を挙げると、『ナナ』の冒頭の「九時になってもヴァリエテ座の場内はまだがらんとしていた」という文章の「九時」というのに首をかしげる。neufというのは誤植ではあるまい。他の訳書を見てもみな「九時」となっているから、これでいいんだろう、ってぐあいでね。後で、フランスでは今も芝居や音楽会は九時開演が普通だと知ったんです。

それからもう一つ、charcuterieという言葉。どの辞書——といっても当時はコンサイス仏和と白水社の仏和中辞典ぐらいしかなかったんですが、それには「豚肉屋」としか出ていない。『ナナ』のなかにその「豚肉屋」が午前二時にも開いている、と書いてある。おかしいなと思うが、他の訳書も「豚肉屋」としてあるので、それに従う。その後フランスに行ってみると、charcuterieというのは豚肉製品、ハム、ソーセージ類のほかスモークド・サーモンや各種サラダなどを売っているお総菜屋なんです。それで解った。それならたしかに午前二時ごろまで開いていました。ほかにも滑稽な誤りがあってね。とくに料理のことで。こっちは本格的なフランス料理なんて食べたことがないので仕方ないんですが、côteletteがカツレツ、poulet au rizがチキンライス。côteletteはコンサイスには牛や豚のあばら肉という正しい訳語のほかにカツレツと出ている。他の訳書もカツレツを採っているのでそれにならう。ひどいものですよ。さすがチキンライスの方はこれはなんでもと思って、生島先生だったかにおたずねして、ライスを添えた若鶏のもも肉だとわかりましたがね。後で昭和初年に出た新潮社の『世界文学全集』の『ナナ』を調べてみたら、「カツレツ」「チキンライス」になっていて、先輩諸氏もそれを引き継いだらしいとわかりましたが。どうもこうした幼稚な質問はえらい先生方にするのは気が引けるし、また私のまわりにはフランス帰りの友人はほとんどいなかったんです。戦争で途絶えていたフランス政府給費留学生の制度が復活したのはたしか一九五五年（昭和三十年）だったと思います。

小倉 フランス人の先生とかは？　山田さんは『ナナ』を訳されてからフランスに行っているわけですね。

山田 まだ、専任のフランス人の先生はいなかったですね。私が大学を出たのは一九五三年（昭和二八年）ですからね。一九六六年の夏にフランスに行くと早速、パリの地図を片手に『ナナ』の舞台になった場所を訪ねてまわりましたよ。ヴァリエテ座を探して、パノラマ小路（Passage des Panoramas）を歩いて、ふうん、ここでミュファが悩んだのかと思ったりして……。パリを知ってから訳したのと、そうでないのとは随分違うなと思ったんですけれどね。わからないところはこちらのイマジネーションをフルに働かせて訳したりして。

宮下 僕も本に書いてしまったけれども、ミュファが待ち構えているところなんて雰囲気も変わっていないですものね。ああいうところが楽しい。

山田 いろいろなところを翻訳した後から確かめてまわったわけです。あのロンシャン競馬場にも足を運びました。

小倉 『ナナ』で、有名な競馬の場面がありますね。

宮下　山田さんの書かれる小説にもたまに出てきますよね、そういうところがね。小説『ナナ』の場面を思い出すようなところが。

山田　最初に行ったとき、私は16区のお屋敷街に住みました。すぐ目の前にオートゥイユの競馬場があって。ゾラの世界とまったく違う世界です。二度目のときは、コーマルタン界隈。あそこはナナの領域ですものね。下宿の近くのプロヴァンス街を歩いていくと、昼間から娼婦――ナナの再来かという感じの、グラマーな金髪の女が立っていたりして。

小倉　最初に行かれた16区も、ゾラの『愛の一ページ』、これはパシーが舞台ですから、少し近いですね。いまでも静かな住宅街です。第二帝政期には、まだパシーはパリの中にはなくて、郊外になるんですが。

『ナナ』の世界を日本語に翻訳する

山田　『ナナ』を翻訳したときに、不勉強ながら、あとがきとして「ゾラと現代」というのを書き、私のゾラ観を述べたんですよ。いわば私のゾラ論。それ以後はサボッていますけど。そこでは、「群集」と「動き」、それから「欲望」というものの破壊的な要素、そういうものを強調しています。それから映画との結びつきですね。ゾラの描写の仕方は明らかに映画時代を先どりした、それと見合ったものだということ。また最初の職業作家としてのゾラの生活を紹介した。

小倉　僕は山田さんの書かれたその解説を読んだんですけれど、これはもう三五、六年前に書かれた解説になりますね。そこで山田さんがおっしゃっていることは、現在の我々が見ても全く正しい。そういう意味では、失礼ないい方かもしれないけれども非常に先見の明があったと思います。こういった解説が当時の読者にもっと広く読まれていれば、ゾラに対する考え方が変わっていたのではないかという気さえします。

山田　せっかく『ナナ』を新訳で出す以上、新味がほしいと思った。これを訳すことの意義を、自分に納得させるためにいろいろ考えたんです。だから訳文も私のゾラ解釈にそって、相当自由なスタイルになっています。だから私の翻訳で『ナナ』を読んでゾラの文体を論じたら、間違いますよ。あくまでも私流の文章になっていますから。例えばゾラの視線は、映画のカメラのレンズのように対象をずっと追っていくから、それをその動きにしたがって、即物的に訳すわけです。ゾラの描写は平面的で単調な印象をあたえる。そのまま訳せば退屈な文章になる。日本でこれまでゾラが敬遠されてきたのは、いくらかはその訳文のせいかもしれない。それで私は、その平板な描写をところどころ断ち切って、短く簡潔な文章にした。名詞止めにしたり、あるいは動詞の半過去形がつづくところを、ときには現在形にしたり。ナナが出演しているヴァリエテ座で、ナナに溺れているミュファ伯爵と妻のサビーヌ、その愛人のフォシュリの三人が出会って、二人の男が握手するシーンを、私はこう訳しました。「握りあわされるふたつの手。そのまえで眼を伏せてほほえんでいるサビーヌ夫人。たえまなく奏でられるワルツ（「金髪のヴィーナス」）の下卑た嘲笑のようなリズム。」これは一種の文体の遊びですよね。『ナナ』翻訳の苦労話を書いた私のエッセイを「文体の練習」と題したのもそのためです（『特別な一日』所収）。こういったことがなければ、この千枚ぐらいのを訳すのは、退屈でたまらなかった。

小倉　でもそれは、非常に見識のある方策という気がしますね。

宮下　確かにゾラの場合そのまま日本語にすると、おっしゃったように冗長というのかな、どうしてもそういうところがありますからね。

山田　バルザックもしんどいけれど、ずっと構築的ですね。物語の本筋から離れてときどき自分で解説を始めるでしょう。家具や服装について長々と歴史的、哲学的な考察をのべる。そういうごつごつしたバルザックを読んだ後にゾラを読むと、頼りないぐらいにすっと読めるんです。すごく平板で、ずっと早く読める。ところがそれを日本語にしていくと、単調になる。そこで前にのべたような工夫をしたわけです。

小倉　それだと、訳文にある種のスピード感が出ますね。

山田　そう、だからゾラだけでなくて、自然主義の小説をそういう風に訳し直すと、もっと読みやすくなるのではないかという気がしますね。『ナナ』の前に私はフロベールの 'Trois Contes'、『三つの物語』を訳していたので、随分違うわけです。その違いを意識しながら翻訳するのは、おもしろかったですね。楽しかった、文章的にね。

小倉　特に『三つの物語』は、フロベール的文体の極致といわれていますのでね。余計、そういう印象を持ったと思います。

山田　『三つの物語』を訳すときは、本当にそれを勉強するつもりで訳しているわけですよ。すなおに、こちらはフロベールに身を委ねるようにして。『ナナ』を訳すときは、ゾラに逆らうようにして、こんな文章を書かれたらたまらんなと。いわば反面教師としてね。そういう意味で、やはり影響を受けているのかもしれません。私はゾラとは全然違いますけれどね。

宮下 そうですね、山田さんの場合、やはり訳すものも大体フィリップなんかだとぴったりくる。

小倉 編むのもチェーホフの短篇、そういうイメージですね。

山田 短篇が好きですからね。でも、『ナナ』はいいところがありますよ。いま読んでもおもしろい。こんどのセレクションには入っていないけど。現代的です。ミュファがナナの家で犬みたいに四つんばいになって、ナナからムチか何かでたたかれる、あのマゾヒズムとサディズムとか、ラストの群衆のデモのシーンとか。また『獣人』の殺人衝動なんかもね。ああいうところはやはり、ゾラの魅力です。

私はゾラでもバルザックでも、それをいま新たに翻訳するにはゾラの専門家、バルザックの専門家でない方がいいのではないかと思うんです。専門ではないけれどもゾラはおもしろいという人がいい。ゾラの専門家によるゾラの訳文は、あまりよくないと思う。というのは、ゾラの文章に忠実になりすぎるんです。どうもゾラを専門にしている人のパーソナリティというのがあるようだ。失礼な言い方ですが、実直で、だから非常にまじめに訳すけれども、文章の遊びの感覚がとぼしいから、ゾラの文章の持っている単調さがますます拡大されてくる。だからゾラが不人気なのは一つには、訳文のせいもあると思うんです。今度せっかくやるのだったら、思いきり現代の文章感覚で訳してほしい。

2　ゾラの作品について

都市のありようが凝縮されている

山田　宮下さんがゾラを好きというのは、どういうところが好きなんですか。

宮下　僕も、もちろん最初は翻訳から読んだわけですよ。だから『居酒屋』、『ナナ』、『ジェルミナール』、そういうものをセットで読んで、もともとおもしろいなとは思っていたんです。それからずいぶん経ってイタリアに行ったときがあって、そのときに日本語の本は二冊しか持っていかなかったんですよ。翻訳をね。それがバルザックの『ゴリオ爺さん』とゾラの『居酒屋』で、何回も読みました。ほかに読むものがないから。それでやはり、ゾラというのは非常におもしろいんだなと思って、それからフランス語でも読み出した。あれが一九七〇年代の終わりごろだったんですけれど、それから結構いろいろと手を広げていった。

そして小品も読むと、モダンな都市とその周縁へのまなざしというのかな、スナップショット的なんですけれども、だけど本質を、その当時の社会の本質とか矛盾を非常に上手く突いているんです。そういうものを、それまで読んだことがなかった。ほかの作家でも、あまりそういうことを書いていないので。それが大きなきっかけですね。それでだんだん、そういうところから逆に……僕は十九世紀の専門ではないですからね。十九世紀の社会というのは、調べるとおもしろいんだと、それが一番のきっかけです。

山田 だけど、「引き立て役」という短篇などは実におもしろい、僕は知らなかったけど、非常に現代的ですよね。

宮下 ですよね。飛び上がりましたよ。どこからああいうアイディアが出て来たのか。要するに不美人の話なんですけどね。パリの街を散歩する、遊歩するのがはやりになるでしょう。女性は殿方にぱっと自分が注目されたい。でも脇に美形を配したら自分が消えてしまうじゃないですか。だから醜い女性をレンタルする商売はどうだろうと考えるわけです。その事務所みたいなものを構えて。それでぶさいくな女性を一緒につれて歩くわけです。そうすると殿方は、最初はその女性の醜さにぎょっとする。そしておもむろに、ちょっと隣を見るとそれよりかなりましなというか、客観的には普通な女性が並んでいるのだけれど、相対的に美しく見えるという理屈なんです。本当に短いお話ですけれども、近代都市のありようが凝縮されている。

山田 ゾラは、もしかしたらそれを基にもっと長い作品を書こうと思っていたのかもしれないですね。ああいうのを、今度短編集には入れられるんですか。

宮下 ああいうのは、今度もちろん入るんです。あの手のものと、あとはメルヘンを入れます。

山田 メルヘン的なものよりも、私はこういうのが好きですね。いささかグロテスクなもの。

山田 一九七〇年ごろ、宮下さんの周り、仏文の友達の間で、ゾラというのは話題になっていましたか。

宮下 ほとんど話題になっていなかったですね。修士論文でも、バルザック、フロベールはいましたが。この映画の原作はゾラだよなとか、そういう話はよくするんですけれどね。少なくとも東大の場合、ぼくらの前後でゾラで論文を書いた人もいませんし。

小倉 授業でゾラをやったわけでもない。僕は宮下さんよりも少し下ですけれども、僕の周りでもほとんどいなかったですね。山田さんも卒論はフロベールだったと書いておられましたが、僕は卒論はモーパッサンで、修論がフロベールだったんです。そのあと一九八〇年代の初めに留学して、向こうではフロベールについての博士論文を書いていたんです。それでいろいろ大学の授業とか出ているうちに、当然フロベールとゾラは近いですから、そういうことについての講義とか講演とか聞いて興味を持つようになりました。留学中はお金はないけれども、時間だけはたくさんあるんですね。ですから暇を見てはゾラのプレイヤード版を読みふけっていたんです。

僕は宮下さんと同じで、ある意味では最初からのゾラファンではなかったので、はじめ『居酒屋』を翻訳で読んだのも、全く宮下さんと同じ体験です。それぐらいのイメージしかなくて、しかし原書でそれ以外のものを読んでいくと、ある種物語そのもののおもしろさというんですか、もちろん好みの問題もあるんでしょうけれども、読ませるんですね。ゾラの小説というのは一般に構造がドラマチックにできています。物語の起承転結が、はっきりしているんです。『居酒屋』なんか典型で、ほとんど古典悲劇みたいに出来事が展開して、最後は本当に主人公が悲惨な死を迎えてしまう作品なんですが。ですからもちろん長い描写とかはあるんですけれども、そういうものがあまり気にならずに、長い小説を読むことのおもしろさを徹底的に堪能できる。そういう作家だという気がしたんです。宮下さんの場合と同じで、やはり僕の同世代はあまりゾラを読んでいなかったのは事実です。

宮下　一九七〇年代の終わりかな、一九八〇年代ですかね、社会史というものが脚光を浴びてきて、むしろ文学の史料的価値なんかも見直されたんだよね。それで、ゾラのテクストに入っていった人もいるわけですよ。

山田　大体マルクス主義的な歴史研究が退潮した後に、アナール派が出てきたでしょう。

宮下　そうです、社会史とか文化史ですね。

山田　風俗史研究とか。そういうところから、ゾラが見直されてきたという感じですね。

宮下　そう、それこそブルデューだって『芸術の規則』で使っているし、どう考えても、もっと日本でも注目を浴びてもいいんですよ。脚光を浴びても全くおかしくないんですけれども、たまたまそういうチャンスがなくて。

山田　それはやはりいくらかは、というかかなりの部分はゾラの紹介の仕方が、やはり古い。つまりこれまでのフランス文学者はみんなフランス小説の歴史のなかで、リアリズムの次に自然主義が来る、自然主義というのはこういう考え方で、と、そういう非常にオーソドックスな紹介の仕方をしてきたでしょう。日本文学では田山花袋とか尾崎紅葉とか自然主義派の人たちと結びつけて。そういう紹介のされ方ばかりした。

宮下 確かに、それが繰り返されてきた。だから今度はそうではなくて、もちろん小説も入れますけれどもジャーナリズム関係のものも入れる。本当はおもしろいものをいっぱい書いているんですよね、そのときは本人は雑文として書いているだけなんですけれど。だけどいま読み直しても、非常にアクチュアリティがありますよ。あとは、もちろん美術評論も書いているわけですけれども。だから手前みそになりますけれども今度のセレクションでは、しっかりしたものを紹介できるのではないかなと思っているんです。

▲『居酒屋』でジェルヴェーズが暮らすグット=ドール通りの住居。

小倉 『ナナ』と『居酒屋』の作家ゾラというイメージが固定してきたのは、やはり日本の仏文学者の怠慢だったといわれてもしょうがないと思いますよ。

宮下 僕は、専門が十九世紀ではないから、余計そう思うんです。やはりおもしろいものがあるのにちゃんと教えてくれないのは、いけないのではないかなと思いますね。

既存の文学理論を破る

小倉　今回の〈ゾラ・セレクション〉は、いろいろ経緯があって最終的にこの作品、こういう構成でいこうということに落ち着いたんです。これも入れたいけれどもというものもあったんですが、最終的にこの巻数でということで。この選択についてもし山田さんの方で御感想なり、もちろんタイトルのこともありますけれども、あるいは、なぜこれは入れなかったのかとか、ざっくばらんに御意見を。

山田　『ボヌール・デ・ダム百貨店』とか『金』とか、非常にいいですね。『獣人』は、すでに翻訳があるが、重要な、大変現代的興味をそそる作品です。題名が問題だが。ゾラの定番の『居酒屋』と『ナナ』を省いたのは、思い切った選択で、このセレクションの特色を出していると思います。でも、身びいきかもしれないが、やはり『ナナ』は惜しいな。性の問題のほかにショー・ビジネスの世界があるでしょう。現代的なものを含んでいると思うんですがね。

宮下　やはり、『ナナ』は入れてほしかったと。

山田　これはどういう意味で落ちたのかなとやはり考えますね。でも中央市場と流通の問題、食の問題。こういう非常に現代的な問題を扱った『パリの胃袋』とか、『ボヌール・デ・ダム百貨店』というのは、これはいいと思いますね。

小倉　多分これは、世界最初のデパート小説ではないかと思うんですけれど。

山田　そうでしょうね、ボン・マルシェですね。あのころの先駆的な。

小倉　記憶違いでなければ、このゾラのデパート小説『ボヌール・デ・ダム百貨店』、これがアメリカの作家ドライサーの『シスター・キャリー』(一九〇〇)という作品の霊感源の一つだったらしい。ドライサーというのは随分ゾラの影響を受けている作家ですけれども。その『シスター・キャリー』の中に、シカゴのデパートが出てくるんです。それを読んだときに、何か雰囲気的に似ているなという感じを受けました。

宮下　永井荷風も読んでいるんでしょう。フランス語で読んでいるかどうかは知りませんけれども。

山田　荷風は読んでいますよ。『女優ナナ』の題で翻訳している。抄訳ですけど。

宮下　デパートものも確か読んでいて。中編だったかな、『野心』という作品で、デパートを創業するという「野心」を描いているわけです。

小倉　『ボヌール・デ・ダム百貨店』は昔、三上於菟吉という人が訳して『貴女の楽園』という題で翻訳か翻案か、大正のころですけれども出たことがありますね。

山田　この『ムーレ神父のあやまち』というのはどういう点で選ばれたんですか。

小倉　これは、確かにほかの作品と比べると傾向が違うんですね。ほかは全部パリを舞台にしているんですけれども、これだけはプロヴァンス地方なものですから。何か地方が舞台のものを、一つぐらい入れようと思いまして。それにこれは非常に神秘主義的な傾向のもので、ゾラにしてはかなり特異な作品なんですね。ゾラは実はこういう作品も書いているんだという意味で、まさに『居酒屋』、『ナナ』とは全く違う世界なので。こういう作品、こういう側面も実はゾラにはあったんだということを強調したかったところがあります。それにこれは訳者の清水先生の、非常に思い入れの深い作品でもあるらしいですね。あと『愛の一ページ』もこれまであまり訳されたことがないか、せいぜい翻案があるか、英語から重訳されたものがある程度でしょう。

宮下 『パリの胃袋』なんかはいままで既訳がある、その昔の訳があるというのは知っていますけれども、それが果たして全訳かどうかわかりません。全訳じゃないのではないかという気もします。だからいずれにしてもここに挙げたのは、ほとんどが初物です。確かにかなり定番は……『ナナ』や『居酒屋』

▲ボン・マルシェ百貨店の内部。ゾラの小説『ボヌール・デ・ダム百貨店』のモデルになった。フランスのデパートは第二帝政期に誕生して消費革命をもたらした。

ははずしてしまったんですけれど。『ジェルミナール』も入っていませんし。それらをはずしてまでも、これまでほとんど知られていないゾラを表に出そうという意図でやったんです。

山田 『ジェルミナール』、それから『大地』も、以前岩波文庫に入っていました。

宮下 文学評論でもいままでだと『実験小説論』のなかの「実験小説論」だけ紹介するというワンパターンでしたから。僕は素人として読んだんだけれども、そんなにおもしろくないですよ。あれがそもそも誤解のもと。『実験小説論』は、他にも色々と評論が入っているのに、あれに代表されてしまうから、そこから先に行かない。今度の企画では、そうじゃない方向で入れますから。先ほどの「文学における金銭」とか、「共和国と文学」とかを。

小倉 おもしろいですね。だからこの文学評論集にはそういう意味でゾラのガチガチの文学理論よりも、もっと、作家ゾラが当時の社会とか文学をどう考えていたのか、そういうことがよくわかるようなものを訳者の方に選んでもらって、それで一巻をという形にしています。

宮下 専門家がなまじ理論から入るじゃないですか。だから読者は、おもしろくないなと思ってしまうんですね。

山田 フランス文学の枠にとらわれすぎている。文学史とか自然主義小説の研究の観点からは、消費とかそういうものは入ってこないんですよね。『ボヌール・デ・ダム百貨店』とか。

宮下 今度は株の話もあれば、エロティシズムとかカトリシズムといった主題も出てくる。

小倉 あと身体の問題とか随分絡まってくると思うので。確かにそうなんですね、山田さんがおっ

◀パリ中央市場の全景

しゃっているように文学史的な記述に出てくるようなゾラというと、やれクロード・ベルナールだ、やれテーヌだ、やれダーウィンだとかいう……。そういう固有名詞を一切使わずにゾラを論じるという、そういうスタンスも必要なのではないかと思うんですね。

鉄道・金融・消費を描いたゾラ

山田　小説の題のことですがね。'La Bête humaine' が『獣人』ではね。直訳すればこうなるが、これでは鉄道が重要な意味をもつ小説だとは分からない。パリのサン＝ラザール駅と、ル・アーヴルを結ぶ列車が舞台ですからね。

宮下　確かに『獣人』というタイトルだと、鉄道が舞台になったミステリだということが、知らない人は全然わからないですよね。

小倉　作品の舞台やテーマは、これだと思い浮かべられませんね。

山田　ゾラは、そのものずばりの題を付けますね。'Le Ventre

de Paris'（『パリの胃袋』）は中央市場、'L'Argent'（『金』）は金融界。『獣人』も'La Bête humaine'というフランス語の題はいいですけど。日本語で『獣人』というのが気になるな。いかにも明治時代調じゃないですか。

宮下 確かにそうです。もっとも江戸川乱歩の『陰獣』などというのもありますが。

山田 最近の若い人はこういうのが好きなのかもしれないけど。

小倉 結構ホラー小説が好きな女性もいますものね。何だろうと思って、手にとってくれればいいんですけれどね。難しいですね。

宮下 『獣人』と、それから『金』ですね。『金』も、これだけだと「きん」と読まれてしまうかもしれない。では英語で「ザ・マネー」とか。冗談ですけれども。でも、そういうふうになってしまうんですよね。

山田 『金銭』でもおかしいし。……よくこんな不粋な題つけたなと感心する。

小倉 日本で出ている金融小説のタイトルを見てみて、つけ方を勉強して考えたらいいかもしれないですね。しかも『金』というのはユダヤ系資本の話が出てくるんですよ。一種の反ユダヤ主義的な部分もある。ちょっと複雑な小説です。

山田 ゾラには現代的なことが描かれています。ちょうどオスマンがパリ大改造をやったときの公共土木事業に集まってきて、うまい汁を吸う連中のあくどいやり方とか。まさに現代の公共土木事業を食い物にするのと同じですよ。

小倉　一九八〇年代末の日本の、土地バブルの時代と全く同じですね。

山田　ただゾラの描き方がじつにこまかいので、訳すとき、大変だと思うんです。たとえば当時の金融界が実際どういう仕組みになっていたのかがちゃんとわかって翻訳しないと、読者はわからないと思います。中央市場とか百貨店についても同様です。当時の社会や風俗の知識が必要ですね。注はなるべく付けずに。注というのは、小説を読むとき邪魔です。だから注なしで、注を訳文の中に含めたようにしないと。

小倉　図版を入れるといいかもしれませんね。たとえば『パリの胃袋』は、中央市場が物語の舞台です。ヴィクトル・バルタールという人が一八五〇年代につくった鉄骨ガラス張りの建物があったのですが、これは当時の版画や写真が残っています。本当に百聞は一見にしかず、こういうものだというものがあれば、必ずしも小説の古い版の挿絵でなくても、わかりやすいのではないかなと思います。『ボヌール・デ・ダム百貨店』は、ボン・マルシェがモデルで、ボン・マルシェだとかなり図版もありますし。

宮下　中央市場はパリ郊外に移って、建物は昔のまま残っているんですよ。壊されていないから。

小倉　そうですね。僕は見たことがないんですけれども、確かランジスというところでしたか。

宮下　中央市場の機能はランジスに移ったわけ。だけど建物は、二か所なんじゃないかな。一か所はユーロ・ディズニーランドに行く途中かな。もう一か所は、パリの南のノジャンにありますよ。

小倉　あとこれはセレクションには入らなかった作品なんですが、パリ小説が多いということで、『ルーゴン=マッカール叢書』以後に『三都市』があって、その中に文字どおり『パリ』と題された小説があります。『ルーゴン＝マッカール叢書』以降の小説については、今回は残念ながらセレクションには入らなかったんです。ただそういう作品も、候補として挙がったことはあったんですよ。

ドレフュス事件とゾラ

――ドレフュス事件の裁判に関係して、ゾラは社会的正義というか、ジャーナリスト・ゾラの信念を貫こうとするわけですけれども、こういうゾラ像というのは、日本の中でどういうふうに受け入れられてきたんでしょうか。

山田　ゾラの小説は忘れられていても、ドレフュス事件の説明でかならず名前が出てきますよね。ゾラが「私は告発する！」というのを書いたというエピソードは歴史に残っていますからね。

宮下　ドレフュス事件の本というのは結構出るわけですよ。日本語でも書かれるんですけれども、そういう本を読んでも、ゾラの小説世界とつなげてというものではないんですよ。

小倉　ドレフュスを擁護して反ユダヤ主義と戦った、いってみれば知識人としてのゾラ。まさにそうなんですよね。

宮下　四、五年前、元朝日新聞にいた平野新介さんかな、ジャーナリストの方が書いてます（『ドレフュス家の一世紀』朝日選書）。遺族に会いに行ったりした、貴重な本です。小説家、作家ゾラと、有機的につながっているというわけではない。ドレフュス事件をやる人は、たいていジャーナリズム研究の人だった。例えば『ドレフュス事件とゾラ』の著者の稲葉三千男とか。そういうことがずっと続いてきたのです。

▲パリに作られた最初の鉄道駅サン=ラザール駅とヨーロッパ橋。
サン=ラザール駅は『獣人』の舞台となる。

▲パリ証券取引所の内部。

小倉　いろいろな側面があるんだけれども、それぞれの側面はそれぞれの専門家がやってきて、その間に交流がなかったわけですよね。もちろん例えば高階秀爾さんのように美術史をやっている人は、ゾラがマネをはじめとして印象派を擁護した真っ先の批評家だということをよく知っているわけだけれども、それはそれ自体でもう話が完結してしまって。では一体、そのこととゾラの小説の世界とはどんなふうに関係があるんだろうというふうに、そこまで議論が進まなかったんですよね。それぞれの人たちが例えば美術批評家ゾラ、あるいはジャーナリストとしてのゾラ、あるいはドレフュス事件でドレフュスを擁護した知識人ゾラを論じてきた。そういう側面はそれぞれ全く未知ではなかったんですけれども、ではそれら全体を含めてゾラという作家の全体像はどうだったのかという、そこまで議論は進んでいなかったということですね。その意味ではこの没後百年、そういうことをやるのは非常にいい機会ではないかという気がします。

ドレフュス事件の話が出ましたけれども知識人ゾラという側面も、最近ではブルデューの方法論とかを使って、フランスの知識人論なんていうのが十年ほど前にブームになったことがありましたけれども、必ずゾラの名前が出てくるんですね。そもそも、「知識人」というフランス語（intellectuel という言葉ですけれども）、それが名詞として使われたのはドレフュス事件のときが最初だといわれているんですよ。その知識人を代表していた一人がゾラです。だから現在でも、フランスで出る知識人の歴史をたどる書物では、必ず最初の方にゾラが出てきますよ。

——そういう見方というのは日本には全くないですよね。やはりゾラは紹介のされ方が悪いというよりも、ゾラそのものが本当に落ちていたんですね。

宮下　確かにそうですよね、だからこの間もしもゾラがすごく好きな作家でもいて、そういう人が自分の小説世界か何かにとりあげたり、そういうことがあったとしたら、また変わっていたかもわからない。そういうことがないうちに、もう二十一世紀になってしまった。

徹底的に取材する

小倉　特にゾラの場合は、取材をするわけですよね。物語の舞台となる場所に行って、時にはゾラ自身も例えばいろいろな職業とか、空間とか、知らないことをその場で学ぶんです。

山田　炭鉱に潜ってみたり。

小倉　そうです。あるいは鉄道小説の『獣人』を準備していたときに、主人公が蒸気機関車の運転手ですから、ゾラ自身も運転席に身を置くという体験をしています。当時の列車の運転席には屋根しかなく、運転手は吹きさらしの状態で働いていたんです。疾走する列車のそういう場から沿線の風景はどう見えるのか、ゾラはそれを知りたかったんですよ。

ですから専門的な用語とか、ある職業とか、空間の固有の言葉なんていうのはゾラ自身もその場で学ぶこともある。その後、彼は例えばそういうことに詳しい人からいろいろな情報を仕入れるんですね。あるいは人に聞いたり。それでいろいろな知識を補っていくので、そういうことを現代の読者がすべてフォローするのは、かなり大変なのは事実ですね。

宮下　『ルーゴン＝マッカール叢書』に関しては、ずいぶん前ですが、そうした取材ノートが単行本になった。ゾラ研究の大御所ミットラン教授が編集したわけですが、副題を「フランスに関する未発表の民族誌」といいます。ゾラは、都市が中心ですがあちこち取材して、それを小説に仕立て上げたわけで、そうしたデータは、今でいうならば「都市人類学」というのですか、そうした観点からもとても興味深い。今回のセレクションでは、もちろん抜粋ですが、「取材ノート」も訳出して、小説を読む愉しみを倍増してもらおうと考えています。

小倉　いま宮下さんが言ったのは『取材ノート』という本で、じつにおもしろいんです。プレイヤード版の『ルーゴン＝マッカール叢書』に以前から補遺として、この資料の抜粋が収められていたんですが、それがまとめられて一冊の本として刊行されたのが一九八六年です。その当時僕は留学生としてパリに住んでいたのでよく覚えているんですが、とても評判になりました。文学研究者だけでなく、歴史家、人類学者などにもよく読まれたようです。

この『取材ノート』を読むとよく分かるんですが、ゾラという作家は視覚的イメージだけでなく、さまざまな音やにおいや手触りをじつにすばやく捉え、メモしているんですね。まさに風俗ウォッチングという感じで、ときにはデッサンまで添えてあって、同時代の印象派の画家たちが市民生活の風俗をカンバスに描いたのと同じような感性です。本書の付録にいくつか抜粋を訳しておきました。

時代を描く『三都市』

――『ルーゴン＝マッカール叢書』全二十巻を書き上げてから、ゾラが『三都市』を出しますね。どういう視点で、『三都市』を書き上げていったんでしょうか。

小倉　『三都市』というのは、主人公がピエール・フロマンという神父さんです。全三巻あって第一巻が『ルルド』、第二巻が『ローマ』、第三巻が『パリ』です。主人公はいずれも同じ、そのピエール・フロマンという人なんですね。ちょうど世紀末のフランス社会ですから、ゾラがおもに見ていたのは民衆の貧困ですね。それからそれに伴って社会主義とか、労働運動が盛んになった時代です。さらには政界・財界の腐敗、スキャンダルが巻き起こった時代なんです。たとえばパナマ事件というものがあったんですけれども、政財界のスキャンダルです。それに反発する人たちの間から、いわゆるアナーキズムのテロ事件が吹き荒れた時代、一八九〇年代です。さらにはドレフェス事件に象徴されるように、反ユダヤ主義ですね。そういったいろいろな意味で社会不安とか政治的、さらには宗教的な問題が一気に噴き出てきたときなんですね。だからゾラはその社会問題、宗教問題、政治問題、あらゆることに関心があったので、そういったことを全部ひっくるめてピエール・フロマンという人を主人公にして、このシ

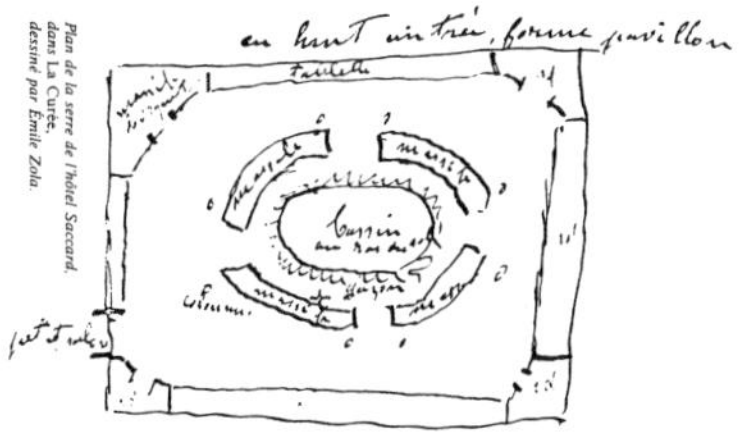

▲ゾラの取材ノートに見られるメモとデッサン。サカール邸の温室の見取り図（『獲物の分け前』）

リーズを書いているんです。

基本的には主人公が司祭さんですから、最初は宗教的な危機に襲われるんです。端的にいうとカトリシズムという宗教が、民衆の悲惨を解決したり、人々の幸福を本当に保障できるのかどうか。その辺の危機から物語が始まっていくんです。ルルドというのは南フランス、ピレネー山脈のふもとの巡礼地です。一八五六年にここでベルナデットという女の子が、聖母マリアの姿を見るという奇跡が起きるんですね。そこで泉が湧いて、例えば足の萎えている人がその水に足をつけると、奇跡的に治るとかする。いわば奇跡の泉が沸いた土地ということで、現在も大きな巡礼地です。一年間に五百万人ぐらいの人が訪れる。

宮下　水を、みんなおみやげに買っていくんですね。そのための臨時チャーター列車とかがヨーロッパから来たりして。

小倉　この『ルルド』という小説はまさにそうです。このピエールという人がパリからの巡礼団を率いていく。そのとき、何か宗教の祝日があって奇跡も起きるんですが、結局そういった奇跡とか、巡礼者の姿を見ても、この主人公のフロマンという神父さんは、自分の信仰が揺らいでいくのを防ぐことができないんです。

第二巻の『ローマ』という小説では、このフロマンという神父さんがある本を書くんです。カトリシズムの腐敗を追及して新しい宗教的な復興を主張する本なんですが、これがローマ教皇庁の忌諱に触れてしまうんですね。それで主人公がローマに行って、自分の書いた本の弁明をするために教皇に会おうという、そういう筋立ての作品です。だから最初から最後までローマが舞台で、ただ結局この主人公はバチカン当局の非常に保守的な態度に幻滅して、またパリに戻ってくる。

そこで主人公の宗教離れというものが決定的になって、第三巻の『パリ』につながっていきます。これはパリとアナーキズムの物語です。主人公のお兄さんというのは科学者なんですけれども、その科学者が爆弾をつくって、パリのサクレ=クール寺院を吹き飛ばすという計画を立てるんです。これはアナーキズム・テロの一部で、最後は思いとどまるんですけれどね。それぐらい危険な状態に、パリの町はさらされている。背景は一八九〇年代に実際に起こったアナーキズム・テロで、かなりの人が死んでいるんです。それでこの『パリ』という小説には、アナーキズム・テロで捕まって、最後はギロチンにかけられる男の話が出てきます。『三都市』は非常に政治的で、非常にイデオロギー的な、三つの物語ですね。

山田　この辺から、その次の『四福音書』の方に行くわけですね。そこから空想社会主義につながっていく。

小倉　そうですね。実は『四福音書』の主人公たちというのは、『三都市』に出てくるピエール・フロマンの子供たちです。『パリ』の最後でピエールはマリーという女性と結婚するんです。完全に宗教を捨ててしまいますから。マリーというのは聖母マリアのフランス名でもあります。そのピエールとマリーの間にできた四人の子供が、それぞれ主人公なんです。福音書でいうとマタイとルカと、マルコとヨハネ。ゾラの『四福音書』ではそれぞれマチュー、リュック、マルク、ジャンになります。

宮下　『ルーゴン=マッカール叢書』があって、『三都市』があってとなっていくわけだけれども、わかりやすくいうと『ルーゴン=マッカール叢書』とその次の『三都市』、どういうイメージで、ゾラに興味のある読者は捉えればいいのですか。

小倉　『ルーゴン=マッカール叢書』は基本的に第二帝政が舞台です。ゾラは、それを第三共和制になってから書いていたわけですから、舞台が第二帝政といっても、現実に描かれていることは第三共和制のことが少しオーバーラップしているようなんですけれど。

それに対して『三都市』はまさにゾラが生きていた同時代の社会問題、政治問題、イデオロギーの問題を、本当に直接とり込んでいる感じがありますね。そして最後の『四福音書』だと、「福音書」というタイトルから明らかなように、ユートピア的な、理想主義的な共同体を夢想する。『四福音書』というのは、はっきりした時代的な限定というものがないんですよ。いつごろの話かというのは、よくわからない。それは、ユートピア小説一般の特徴ですけれどね。しかも物語の中で、時間が平気で五十年ぐらい経ってしまうんですね。五十年経つけれども、作中人物はほとんど年をとっていないとか。そういうタイプの物語なので。

――『三都市』というのは非常にアクチュアルなんですね。まさに時代を描いている。しかし最後はテロといいますか、それで終わるということなんでしょうけれども、そこから先は福音という。

小倉　確かに晩年のゾラは、非常に理想主義的になりますね。

――歴史家のアラン・コルバン氏が「どうして今度のセレクションには『三都市』を入れないのか」ということを言っていました。

小倉　歴史家から見たらこの『三都市』の『パリ』なんていうのは、本当に絶対読みたくなる小説でしょうね。

山田　でもこの『パリ』という題の素っ気のなさというか、愛想のなさね。ゾラ的ですね。

ゾラの全体像

宮下　ゾラというのはいまも話していてわかったんだけれども、何というのか、ゾラ自身はバルザックの人間喜劇という小宇宙に衝撃を受けて、ルーゴン＝マッカールを構想した。だけど日本の場合、ゾラのそれぞれの作品も有機的につながっているんだよということさえ、あまり認識されていないところがあるじゃないですか。

山田　だから、バルザックにおける人物再現法に代わって、遺伝によって家族を何代もつなげるというふうにいろいろ工夫しているわけです。私はかつて、野間宏がバルザックの方法で人物再現の方法をとり入れて、日本の戦前から戦後の社会の全体像を描いてほしいと思ったことがあるんですけどね。軍隊の社会は『真空地帯』、証券界は『さいころの空』というふうに。

小倉　特にバルザックの軍隊生活情景は、作品がごく少ないですからね。戦争にいかなかったから。

山田　ゾラは『壊滅』というのを書いている。

小倉　あの作品は普仏戦争を背景にしていますが、ゾラが『ルーゴン＝マッカール叢書』のプランを立てたときにはまだ第二帝政だったので、普仏戦争プランには入っていなかったんですよね。ただ軍隊小説は構想されていて、最初はイタリア戦役を予定していたんです。それが第一巻『ルーゴン家の繁栄』が新聞に連載されている途中で普仏戦争が起こって、パリ・コミューンまで行ってしまった。そこで少し方針転換して、あの『壊滅』という小説ができたんですけれどね。当初は『ルーゴン＝マッカール叢書』というのは、十巻の予定だったんです。最終的に膨れていって、倍にまでなってしまいましたけれど。だから最初の段階ではプランに入っていなかった作品も、かなりあるんです。

宮下　『愛の一ページ』なんて、そうですね。『獣人』みたいに、生まれていない人物が主人公になったりもする。ジャック・ランチエのお母さんはジェルヴェーズなわけです。だけれども『居酒屋』を読んでも、ジャックという子供はいないんですよ。

3　ゾラの現代性

現代的な描写

山田　私はね、前にも言ったように、最初はゾラはあまり好きではなかったんです。それが『ナナ』を翻訳しているうちにゾラが好きになった。ずいぶん現代的な描写がある。ミュファが嫉妬に苦しむ場面とか。ナナからいわれるでしょう、あんたの奥さんが浮気しているからテーブー通りとプロヴァンス通りの角の建物を見張ってごらんと。それで深夜雨の中を見張っている、あのあたりね。

小倉　切ないですか。

山田　あの内面描写なんかとてもいいと思った。それから群集の描写。最後の、ベルリンへ！　と繰り返しながらデモをするところとかね。あそこも、実に上手いと思いましたね。その近くの建物の一室では、ナナの体が腐っていきつつある。顔が崩れていく。下では戦争熱に駆られた群集のデモがあって。その対比が映画のモンタージュを思わせ、映画で描けばすばらしいだろうなと思いながら訳しましたね。

小倉　「ヴィーナスが腐っていった」という一節ですね。視覚的であると同時に、非常に聴覚的な場面ですね。音が聞こえてくるような場面です。

山田　そういう手法をたくさん使っていますね。モンタージュをいろいろな形でやっている。最近『獣人』を読み返してみたけれどもこれはすごい。不気味な、本当に現代的な感じがしますね。殺人の衝動がね。いま、ああいう形の殺人がおこなわれているじゃないですか。発作的に若い女を殺すとかね。

宮下　フロイト的にいえば、本当にエロスとタナトスの物語で。

小倉　だからあの作品はかなり精神分析的な批評を誘発してきた面があって、ドゥルーズがあれについて書いた有名な文章があるんですけれども、そのドゥルーズの場合も、かなり精神分析的な解釈をしていました。

映画化されるゾラ作品

山田　ゾラは戦後、映画化とともに翻訳もされるようになった。『テレーズ・ラカン』ですね、映画のタイトルでは『嘆きのテレーズ』。もう少し後に『居酒屋』。原題は『ジェルヴェーズ』です。

宮下　『テレーズ・ラカン』がマルセル・カルネでしょう。一九五三年なんです。

小倉　全部一九五〇年代でしょう。『居酒屋』が、そのちょっと後かな。一九五〇年代に岩波文庫にいくつか翻訳が入ったというのは、やはり映画化されてそれが日本で封切られたのと、ほとんど時期的にはパラレルな関係にあるわけですね。ルネ・クレマンの『居酒屋』は一九五四年の映画です。一九五〇年代に矢継ぎ早に映画化されて、日本でも公開されたということですね。

宮下　僕らのイメージだと、山田さんたちの世代というのは往年のフランス映画の全盛時代をリアルタイムで生きてきたわけでしょう。僕らはその後ですからね。フランス映画に、みんなこぞって行ったというじゃないですか。だからそれで翻訳も出版されて、結構ゾラも話題になったんだろうなと想像するわけです。そういうイメージを抱いていたんですが、そうでもなかったんですか。

山田 デュヴィヴィエやフェデラの往年のフランスの名画とは違いますね、ゾラの映画化されたものは。

宮下 『ジェルミナール』はいままでに七回も映画化されているんです。本当に、映画とのつながりは深い。『居酒屋』は十回ですからね。ものすごい数ですよ。

宮下 群集の描写は、なかなかすばらしいですね。

山田 群集と動き。『獣人』の機関車が驀進するシーンとか、サン＝ラザール駅の群集俯瞰描写とか。迫力ありますね。

小倉 確かにゾラの物語の描写とか、群集が動く場面とか、機械とか物が動く場面、非常にダイナミックで、映画のカメラによく合う場面というのが少なくないですね。ジャン・ルノワールの映画にも、冒頭三、四分ぐらいひたすら機関車が走る場面が映されていますね。ですからほかの作家以上にゾラが映画作家たちに評価されてきたのは、やはり理由がないことではないんですね。映画をやっている人が読むと、その辺がよくわかるんでしょう。

宮下 ジャン・ルノワールなんかはゾラを非常に高く買っているわけですよね。いろいろなドキュメントが含まれているとか、ゾラの一作でものすごくたくさんの映画がつくれるとか、いってますよね。

小倉 あのジャン・ルノワールの『獣人』も、封切られたのは戦後ですか。つくられたのは一九三八年ということですけれども。

山田　私は、戦後に見ましたね。一九三八年につくられて、五〇年（昭和二五年）に封切られています。私が大学生のころでした。モノクロでしたが、とてもよかった。映画とゾラの関係を見直すきっかけになりましたね。監督はジャン・ルノワール、機関士ジャック・ランチエを演じたジャン・ギャバンがうまかった。ゾラと映画といえば、前に「バルザックを読む会」で多田道太郎さんが、バルザックよりもゾラの方がおもしろいといい出して大変な議論になったことがあるんです。そのときもゾラのフォトジェニックなところを評価したように思います。ゾラの文学がいかに映画の手法あるいは美学と結びついているか、多田さんはそういうところにゾラのおもしろさを発見した。

宮下　ゾラの場合、僕らの世代だとそういう往年の名画とはリアルタイムで接していないわけですよ。その後のは、例えば最近だと『ジェルミナール』とか、ああいうものを当然見にいきますよね。すると封切に合わせて『ジェルミナール』の元々あった訳が出る。それで僕はゾラが好きだから、これで少しずつ根づいていけばいいのになと思うんですけど、一過性というのか、そこから先がなかなか。そういうのが、非常に残念なんですね。やはり読んでもらえれば、非常におもしろいと思うんですけれども。日本人と合わないとか。そういうものがあるんですかね。なまじ、あの迫力みたいなものが受け入れられないのでしょうか。

　ところで、リュミエール兄弟が世界最初に映画を上映したのが、一八九五年ですよね。その三年後には、もうゾラの『居酒屋』が映画化されているんです。これは見たことはないですけれど、短いものらしいですよ。

小倉　この『居酒屋』がすぐ映画になったのは多分政治的・社会的な思惑もあってのことでしょうね。この時代は、ものすごく民衆のアル中が問題になっていた時代なんです。ですからひょっとしたらこの映画を見せて、アル中はこんなに問題なんだという、アル中防止のための教育的な配慮があったのかもしれない。

宮下　そういう場面をとり出して映画にしたのかな。五分ぐらいの短篇ですが。

山田　前にも言いましたが、『居酒屋』が戦後に封切られて、ゾラの小説が翻訳されるきっかけになった。ジェルヴェーズを演じたマリア・シェルという女優がそれで一躍有名になって、そちらの方に話題が行ってしまって。

小倉　あの映画は、非常によくできた映画ですよ。

山田　『ナナ』も何度か映画化されたが、私の見たかぎり、どれも愚作だった。ナナという肉体派女優の容貌とか肉体にばかり光を当ててね。しかも当時のモラルではナナの裸は映せないから、今見たら全く魅力がない。第二帝政の隆盛と没落、腐敗のシンボルとしてのナナ、という観点で作ったら傑作が生まれるだろうと残念です。

ところでゾラは、写真機が非常に好きでしたね。しょっちゅう撮っていた。だからあの当時ムービー・カメラがあったら、彼は映画を撮っていたと思いますね。

小倉　本質的に、ゾラは新しいもの好きですね。映画と同時代の美意識というか。

山田　ゾラの映画化されたもので、私が見たのは概してできがいいですよ。ところがバルザックの方は、あまりいいものがないような気がします。

小倉　確かにバルザックというのは、あまり映画に向かない作家かもしれませんね。十九世紀の小説家では多分ゾラとスタンダールでしょう、一番映画に向いているのは。

現代的な職業作家の誕生

宮下　『ルーゴン＝マッカール叢書』は全部で二十作ですよね。それを本当に、毎日のように書いていたわけでしょう。途中からメダンの別荘に行くけれども、実に勤勉。小説が、何年に何が出たというのを調べてみると、本当にリズムが毎年きちきちとしていて、リズムをくずさないですね。そのことと、そこで書いている事柄の乖離というのかな、それが何か不思議な気がしますけれど。とにかく彼の日常というのは、かなりかっちりしていたと思うんです。

小倉　彼がモットーにしていた、ラテン語の標語がありますよね。

山田　「一行モ書カヌ日ハ一日モナシ」というやつですね。だから作家にはめずらしく、いわゆる天才的、あるいはボヘミヤン的な芸術家というのではなくて職業人的な、いわばサラリーマン的な生き方ですよね、一日の日課をきめてそれをきちんと守る。午前中は執筆、午後は手紙を書く、夜は読書、調べもの。

宮下　このタイプの作家というのは、それまでいなかったのではと思ったりする。いまはそういう人は多いですよね。プロの作家は。時間を区切って働いて、あとは好きな遊びをするとか、そういう人がいます。そういう職業的な作家というのかな、それまでいなかったのではないですか。

山田 現代的な作家の誕生というのか、そういう感じがしますね。ジャーナリズムに結びついていますからね、日刊新聞に書くという形でね。だからこの辺が、ロマンティックな芸術家、小説家というのとちがって、非常に散文的というか。それも魅力がないと。

小倉 普通作家というとバルザックとかユゴーとか、何か天才的なインスピレーションに駆られて、執筆するときは夜も眠らず、というのがあるけれども。バルザックみたいに書くというタイプと全く違うんですね、ゾラの場合は。きちんとプランを立て資料を集めて、一日の一定の時刻に一定の時間を執筆にあてていました。

宮下 何日も徹夜をしてとか、そういうタイプではないんですね。

山田 ものすごく借金をしたり、ばくちをしたとか、女関係が多いこともなくて。ゾラのそうした規則正しすぎる生活の仕方に問題があると思う。

宮下 僕も、何かそこにある種不気味なものを感じます。

山田 すごく禁欲的な面があったと思う。

小倉 だからこそ作品の中で、逆におどろおどろしい世界、たとえば殺人や狂気を語ったのかもしれません。

山田 『ナナ』のミュファ伯爵みたいなところがゾラにはあるんですよ。欲望を押さえつけている人間の暗さみたいなものというか。

小倉　書くことが、一種の代償行為だったのかもしれませんね。ある種官僚的な律儀さ……いまの官僚がみんな律儀かどうか知らないけれども、ある種官僚的な律儀さで、午前中早起きして小説を何ページか書いてという感じですよね。

山田　酒もそんなに飲まずにね。そういう禁欲的な面が私はおもしろかったですね。

宮下　でも、いまの作家はかなりそういう人が多いのではないかなと思う。いまの日本の作家なんか、どうでしょうか。

山田　だんだん、そうなってきているでしょう。規則正しくなったと思いますね。家庭生活を大事にして破滅的な生き方をしないし。よき市民生活というか。

宮下　そうですね。そういう人はいなくなりましたね。サラリーマン的になったといいますね。だけど書くものは、かなり恐ろしい世界をみんな書くという。

小倉　では、そういう作家の先駆者がゾラという感じですかね。

山田　いや、それは違うと思う。いまの日本の若い作家の書く恐ろしい世界なるものは、ヴァーチャル・リアリティーによっているのではないか。ゾラなどと次元がちがう。フランスでもそうかもしれませんね。フランスでも若い作家がそうじゃないですか。最近、割に。どうですか。

宮下　多分いわゆる無頼とか、そういうのはもういないと思いますけれど。そういう時代は、終わってしまったのではないかな。

小倉　作家を純粋に職業として生きた最初の作家という感じがします。実際ゾラというのは、若いころすごく苦労しているわけですね。父親は早くに亡くなっているし、彼は本当に極貧の生活を経験しています。ですから、新聞記事の原稿料や小説の印税で堅実な市民生活を送ることを重視していました。壮年期になってからは、妻と老いた母親を養うという意識も働いたでしょうし。

宮下　晩年の、ジャンヌという若い女性との恋愛がありますね。

小倉　メダンの館で働いていた洗濯係というか、シーツ係というか。あれは、一つは奥さんとの間に子供がいなかったからですよね。

宮下　そうだといわれていますよね。子供が欲しかったみたいですよ、ゾラはね。大体彼が書くものを見てもそうですよ。女性の母性ということについて、非常に強い思い入れがあります。強い憧れを抱いていますよね。ゾラの文学では、豊かな母性をもった女性がとりわけ価値づけられているように思います。

小倉　「多産」はゾラのオブセッションですからね。晩年、写真に夢中になるけれども、家族の写真が多いですね。撮りまくっています。

宮下　それからジャンヌの方が、例えばゾラが二人の子供をひざに抱いている場面の写真をとるとか、そういうものが多いですよね。他方で、晩年のゾラがジャンヌという女性を愛したものだから、何となく本妻であるアレクサンドリーヌの評判が悪くて。一時期そういう時代があったんですけれども、何年か前にアレクサンドリーヌについての伝記が出て、彼女の本当の姿が分かってきました。

山田　アレクサンドリーヌは、ジャンヌとゾラの関係について割に寛容だったんでしょう。認知して、それで割に最後は上手くいったみたいな。

小倉　最初は、やはり激怒したようですけれども、結局諦めたというか。アレクサンドリーヌにしても子供ができないということで、一種の負い目があったのではないですかね。

原稿料によって作家は自由になる

山田　ゾラが最初に就職したのが出版社のアシェットの広告・宣伝部でしたね。広告から入っていったところが象徴的で。これは宮下さんも書いていますけれども、いかに自分の書いたものを売り込むか。そういう点では先ほどの職業人的な作家としての日常生活とも結びつくんだけれども、なかなか抜け目のないところもある。

宮下　確かに何というのか、印税のアップなんかも、あまりに着実すぎて破綻をきたすことがない。着実に印税のパーセンテージを上げていくところが、逆に愛敬がないですね。ただそういうあり方、印税システムは文学のデモクラシーだと考えるような作家のあり方というものが出てきたことが興味深い。しかもその前にバルザックがいて、バルザックに学んで、反面教師とした面もあって。そのあたりが非常におもしろいですね。

山田　お金というものを、ポジティブに捉えていた。それによって作家は自由になれる、自立できると書いていますね。

小倉　そこら辺が多分前の世代、例えばフロベールやボードレールと全く違う考え方ですね。フロベールが手紙の中でいっているんですけれども、そもそも自分の作品が幾らになる、そういうことは理解できないというんですね。もちろん宮下さんも書いていたように（『読書の首都パリ』みすず書房）、フロベールがその問題に全く無関心であったわけではないんです。けれども、そもそも自分の作品にある種の値段がつけられることに対して、何か終生違和感をぬぐい切れなかった作家なんですね、フロベールは。だけどゾラの場合は全く違うことをいっていますから。自分の作品でお金を儲けることに対して、疚しさというものは全くない世代ですね。

宮下　単純明快過ぎるなとか、思ったりするんだけれど。

小倉　あまり屈折がないということですよね。

山田　パトロンとか、遺産とか、そういう特権なしに、裸一貫で、自分の力で築いてきたんだという自負がありますね。

小倉　文学者の生き方としては、当時としてはかなり新しい生き方の一つですね。

宮下　ただ、ゾラも恐らく自分がそういう生き方を示すことによって、ほかの作家たちにもよかれと思ってやってはいるんですよね、作家の地位ということを考えて。文芸家協会の会長も引き受けてますしね。でもやはり、あのフロベールのあいまいさ……あいまいさというかジレンマが、事例としては一番おもしろいのかもしれない。揺れ動いているんですね、フロベールの場合だって、現実にはお金が欲しいわけだから。

小倉　ただゾラと違って、作品が売れなければ食えないという立場の人ではなかったから。

宮下　パリ大学法学部を中退して作家の道に入り、一回も働いていないですからね。父親の遺産で食っていたわけだから。そこが違うんですよね、そもそも前提が。

小倉　前提が違いますね。ゾラが書くものは、特にジャーナリスティックな著作がそうですけれども、多かれ少なかれ挑発的です。いい意味でも、悪い意味でも、書いたものによって批判されてもいいから、評判にならなければ何にもならない、端的にいうとそういう考え方が、ゾラの場合あったんですね。恐らく自分が考えることを考える以上に誇張して書いて、その結果場合によってはスキャンダルや筆禍事件を引き起こしたこともあったけれども、それはやはりゾラにとって思うつぼだという面もありましたからね。ゾラのジャーナリスティックな著作は非常に挑発的で、意図的に読者を刺激しようという感じが強いんです。僕は今回の〈ゾラ・セレクション〉でたまたまジャーナリスティックな著作の巻を担当しているもので、そこら辺がよくわかります。

メダンに集う人びと

宮下　ゾラは物書きになって苦節十年、一八七七年の『居酒屋』で一挙にベストセラー作家になって、その印税でパリ郊外、セーヌ河に近いメダン村に別荘をかまえた。やがて、もっぱらこの屋敷で執筆に明け暮れるのですし、自然主義の聖地ともなるわけですが、山田さんはメダンに行かれたことは。

山田　行きました。あれはちょうど私が『ナナ』を訳した後フランスに行っていたときでね。その少し前に河出書房が『カラー版世界文学全集』というのを出して、それに『ナナ』のほかに『クロードの告白』という初期の中篇を私が訳したんです。それにカラーの写真が欲しいというので、写真をとりに行ったんです。それでメダンに行ったら、たまたま「ゾラ友の会」の年会というか、年一回の「メダン詣で」のグループと一緒になって。そのときに旧ソ連の作家のエレンブルグがちょうどフランスに来ていて、スピーチをしましたね。ゾラの記念館で。ドレフュス事件とゾラ、そのゾラを擁護したチェーホフ、ともに人間の真実の味方だといった、いかにも公式的な、面白味のない話でしたが。

小倉 やはりいろいろな国から来ていたんですか。

山田 いや、そのときはそういう人は来ていなかった。研究者みたいなものも、そんなに来ていなかったようですね。専門家ではなくて、ゾラの愛読者。いかにもゾラが好きそうな感じの庶民的な男女が来ていました。

小倉 むしろ愛好家の集いということですね。「プルースト友の会」とか、そういう類いの。ときどきゾラの子孫が来ることもあるらしいんですね。ゾラの愛人ジャンヌの子供たちの子孫ですね。

実はそのメダンで毎年行われる年次総会ですね、それで昔セリーヌが一九三三年に講演をしたことがあるんです。大体ゾラの命日（九月二九日）にちなんでやるんですけれども。セリーヌの講演も十月の初めでした。僕はメダンには行ったことがないんですけど。

宮下 僕はもう随分昔に行ったので、はっきりいってよく覚えていないです。セーヌのそばだったような気もするし、結構遠かったような気もするし。線路のすぐそばだったというのはよく覚えているんですよ。すぐ下が線路でした。

小倉 だから執筆しているときは、ゾラは列車の音が聞こえていたんですよ。『獣人』を書いているときには、しょっちゅう機関車を見ていたというんですものね。

山田 そうです、聞こえます。パリから鉄道で行って、そんなに時間がかからなかった。割に近かった気がする。慈善孤児院になっていますね。

宮下 収入がふえて、どんどん土地を買い足していくじゃないですか。それでセーヌ河の川中島のあたりにも土地を買ったらしいんですよね。

ゾラの書簡集

山田 このセレクションには『書簡集』というものがありますね。これはどうですか、ゾラの手紙というのは。

小倉 たいへんおもしろいです。同時代の文学運動や、ドレフュス事件のような政治・社会的な出来事に深くコミットした作家なので、歴史的な資料としての価値も高いと思います。ただし、現代なら電話やメールですませるような事務的な用件や簡単な連絡にすぎないような手紙もありますが。若いころ、まだ作家として名を成す前に友人のセザンヌやバイイに宛てた手紙は、ゾラの野心や文学観が率直に披瀝されていて非常におもしろいです。成功して以降はやはり同業者、例えばフロベール、ドーデ、エドモン・ド・ゴンクールとの間にたくさん手紙を交わしているし、マラルメやモーパッサンへの手紙もあって、そういったひとたちとのやりとりは、彼らの芸術観や世界観の違いを浮き彫りにしてくれるのでなかなか興味深いですね。それから晩年ドレフュス事件にかかわっていた頃の手紙には、歴史的な証言として大きな価値があります。

セレクションに入る『書簡集』はもちろん抜粋で、一定の原則を立てたうえでゾラの手紙を選び出し、ページが許せば必要に応じて相手の手紙も部分的に収録しようと思っています。ただし『書簡集』を編むのは大変なんですよね。まず分量が半端じゃない。ゾラの書簡集は一九七五年から九五年にかけて、全十巻で刊行されています。これはフランスとカナダの研究者たちが共同して作りあげたもので、作家の書簡集としては模範みたいな版です。両手で持ちきれないぐらい重いんですよね。そこに収められている手紙は全部で四千二百通、さらにその後新たに発掘された手紙がおよそ百通あって、あわせて四千三百通の手紙が公刊されています。そのうちセレクションの『書簡集』に収められるのはせいぜい二百通ぐらいじゃないでしょうか。しかもそれがすべてではなくて、妻アレクサンドリーヌや愛人ジャンヌへの手紙の多くはいまだに刊行されていません。子孫が保存しているんです。ゾラが生涯に書いた手紙は、合計でおそらく一万五千通ぐらいあるだろうと言われています。バルザック、ジョルジュ・サンド、フロベール、マラルメ、さらには歴史家のミシュレやルナンなど、十九世紀の文学者は本当に筆まめでしたね。感心しますよ。とりわけ手紙の数が多いのがサンドで一万六千通、ミシュレはおよそ一万通、それに較べれば少ないフロベールですら四千通ありますから。書簡集というのは作家によって微妙に相貌が異なるようで、いわば「書簡集の美学」というようなものが考えられるかもしれませんね。

山田　だけどそういうものが出ていると全部目を通さなければいけなくなって、研究者は大変だな。

いまフランスでゾラ作品はどのように読まれているか

宮下　ところで、ゾラの『ルーゴン＝マッカール叢書』以後のシリーズというのは、当時の読者に迎えられたわけですか。それなりに。

小倉　同時代の読者たちというのは、かなり興味深く読んだみたいですね。

宮下　一応、ベストセラーになっているんですね。

小倉　ゾラの生前の小説は、大体そうでしたからね。だけどいまはやはりフランスでも『三都市』や『四福音書』は、あまり簡単に読めませんね。『ルルド』と『ローマ』は、ポケット・ブックに入ったんですよ、つい最近ですけれども。ですから第三巻の『パリ』も、いずれ同じシリーズに入ると思います。これらの作品はもう『ルーゴン＝マッカール叢書』に比べて、さらに長いんです。『ローマ』なんて、フォリオ版で九百ページぐらいあります。

山田　『ルーゴン＝マッカール叢書』はポケット・ブック判で全部入っていますね。

小倉　この辺は宮下さんの専門ですけれども、ゾラのポケット・ブックはよく売れるんですよね。

宮下　データがありましてね、一九八〇年代後半から一九九〇年ごろのデータなんですけれども。文庫本の代表といえば、ゾラ本人も勤めていたアシェット社のリーブル・ドゥ・ポッシュですよね。それのミリオンセラーというのが、四十点ぐらいあるらしいんですよ。その四十点のうち、もうこれは驚くべきものですが、ゾラは六点も入ってる。『獣人』や『ボヌール・デ・ダム百貨店』もね。とにかくフランスでは圧倒的な人気を誇っている。バルザックだって『ゴリオ爺さん』一点しか入っていないですから。だから、日本でも十分に可能です。

小倉 いま宮下さんがポケット・ブックの売れ行きの話をしましたけれども、僕もちょっと別のデータを持ち出すと、まだパリで学生をしていたころの話なんですが『ル・モンド』の書評欄で特集があって、高校生はどういう古典的な作品をよく読むかというアンケート調査があったんですね。そうすると、高校生の場合、ゾラは文字どおりトップに来るんですよ。人気のトップです。教師の間だと十番目ぐらいだったと思うんですけれど。一九八〇年代の半ばから後半にかけての話です。だからそういう若い人たちが読んでおもしろいというのも多いんですね。もちろん二十世紀のカミュとかサルトルとか、詩人だとボードレールなんかも高校生とか学生に好まれる作家の上位に来るんです。けれどもゾラが文字どおり上に来るというのは、日本の一般的な読者からいうと感覚的に非常に驚きだと思うんです。そういう状況はいまでも変わっていないし。実際さっき宮下さんがいったように、ポケット・ブックも売れるということは確かな証拠みたいになっていますからね。

宮下 常に読者が再生産されているんですね。だから日本で翻訳が限られたものしか出ていなかったことに、問題があった。日本は翻訳大国で、バルザック、フロベールは当然として、メリメ、さらにノディエのようなややマイナーな作家だって作品集が出ている。ゾラのまとまった翻訳が出なかったのがおかしい。ゾラの眼差しはパリの街角をしっかりと見つめている。その眼差しは、矛盾をはらんだ社会全体を見つめる眼差しでもある。ぼくは、今度の〈ゾラ・セレクション〉が、現在の日本の社会を考える上でも、きわめて有効なテクスト群だと信じてますから。

小倉　とにかくゾラは、日本では名前はよく知られているのにその多様な側面がよく理解されていないし、正当な評価も受けていない作家なんです。そのことにたいする義憤のようなものが、今回のセレクション立ち上げの根底にありました。文学好きのひとだけでなく、もっと広く近代フランスの歴史と社会に関心をいだくひとにとっても、ゾラの作品から得るところは多いと思います。幅広い読者に今回の〈ゾラ・セレクション〉の意義を認めてもらえれば、監修者のひとりとしてこんなに嬉しいことはありません。

山田　このセレクションによってゾラの読者がひろがればいいですね。それだけに訳をする人は大変だろうが、新鮮な魅力的な訳文を期待します。

――本当に、本日はどうもありがとうございました。

第2章

マルチ作家の肖像——ゾラ文学の射程

小倉孝誠

不遇な作家

　誰でもその名前ぐらいは知っている作家、どういう作品を書いたのか、その表題や粗筋をときには耳学問で知っていながら、実際にはあまり読まれることのない作家というものがある。フランスの作家エミール・ゾラ（一八四〇―一九〇二）もそうした作家の一人であろう。

　記念碑的な『ルーゴン＝マッカール叢書』全二十巻の作者、ヨーロッパ自然主義文学の領袖、そして十九世紀末のフランス社会を揺るがしたドレフュス事件に際しては、「私は告発する！」と題する公開状を発表して敢然とドレフュス擁護の立場を貫いた知識人として、ゾラの名前は日本でもよく知られている（ちなみに、この「知識人 intellectuel」という言葉がフランス語として市民権を認められたのは、まさにドレフュス事件のときである）。しかし有名なわりに、あるいはむしろ有名であるがゆえに、ゾラは現在の日本であまり読まれず、正当に評価されていないのだ。

　わが国では、外国のもの、日本のものを含めて、一般に自然主義文学の評判はけっして芳しくない。戦後のある時期まで、作家や批評家たちは日本の自然主義が人間と社会のきわめて限られた側面を語ったにすぎず、結果的に文学を矮小なものにしてしまったと批判してきたし、そのモデルとされたヨーロッパ自然主義にまで批判の矛先が向けられた。現実には、日本とヨーロッパの自然主義のあいだに美学的にも、世界観のうえでもほとんど類縁性はないのだが、日本の自然主義にたいする不信が波及してヨーロッパ自然主義にたいする冷淡さと無理解を助長したという不幸な経緯がある。ゾラにかんして言うならば、永井荷風のような熱烈な賛美者は稀で、一般にはむしろ冷遇されてきた。小林秀雄がランボーやヴァレリーに、中村光夫がフロベールに、野間宏や寺田透がバルザックに、中村真一郎がプルーストに、大岡昇平がスタンダールに、そして大江健三郎がサルトルに傾倒し、彼らについてしばしば語ったと同じような意味で、戦後ゾラを熱く語った作家や批評家はいなかったのである。フランス文学研究者や、フランス文学を学ぶ学生のあいだでも近年にいたるまで事情は似たようなものだった。

それも理由のひとつだと思うが、これまでゾラの翻訳著作集がまとまったかたちで出版されたことはない。ゾラはすでに明治半ばに日本に紹介されたが、尾崎紅葉や田山花袋らは英訳で読み、邦訳も英訳からの重訳が大半だった。永井荷風のように原書からの邦訳を試みたひとは例外で、当時はまだフランス語をきちんと読めるひとが少ない時代だった。戦後、外国文学が隆盛をきわめ、いくつかの出版社から「世界文学全集」が大きなシリーズとして刊行されていた頃も、ゾラの場合はいつも『居酒屋』や『ナナ』といった特定の作品が翻訳されるばかりで、その全体像が知られることはなかった。

かつてはフランス文学にかぎらず、古典的で重要な作家については日本で著作集あるいは全集がしばしば出ていたし、その水準は高かった。そうしたものを読むことによって多くの日本人は文学に開眼し、やがて大学で文学を学び、その中から研究者が育っていったのである。近代フランスの作家について言えば、おもな作家が一度は（ひとによっては二度、三度と）まとまった著作集の対象になってきたが、ゾラはそうではなかった。彼ほど重要でないと思われる作家の全集や作品集が次々と読書市場に出まわるなかで、彼の作品は二十世紀をつうじてついにその栄誉に恵まれることがなかったのである。日本のフランス文学者は怠慢と誹《そし》られてもしかたがない。

ゾラの復権

幸いなことに、近年にいたって情況に変化が見えてきた。日本語で読めるゾラの研究書がいくつか刊行されているし、社会史、心性史、美術史関係の著作で彼の名前や作品が言及されているのに出会うことはめずらしくない。若い世代にもゾラに関心をいだくひとが増え、たとえば年二回、春と秋に開催される日本フランス語フランス文学会の大会では、ゾラにかんする質の高い発表が行われるようになった。学生や一般読者のあいだでも、ゾラにたいする興味は静かに、しかし着実に高まっている。

問題は現在入手できる邦訳がきわめて少ないこと、そしてこれまで邦訳されてきたのは『居酒屋』や『ジェルミナール』など特定の作品ばかりだったことである。この二作が近代小説史上の傑作であることに間違いはないのだが、そればかりがゾラではない。一九九九年に『制作』(清水正和訳、岩波文庫、本書では『作品』と表記する)が上梓されたのは、その意味で画期的な出来事だった。ゾラ文学の多面性を伝え、彼の多岐にわたる活動を示すためには、彼の仕事をその全体性において紹介する必要のあることが久しい以前から感じられていた。

このたび藤原書店から〈ゾラ・セレクション〉(全十一巻、別巻一)が刊行される運びとなった。小説だけでなく、文学評論、美術批評、ジャーナリスティックな著作、そして書簡集を収めた文字どおり本邦初の本格的なゾラ著作集である。小説については、すでに何度か訳されてきた定番をはずし、これまでまともに翻訳されたことのない作品を中心にゾラの知られざる側面をクローズアップした。読者に、ゾラはこんな小説も書いたのかという快い驚きを感じていただければ幸いである。折しも二〇〇二年はゾラ没後百年にあたり、その節目の年に著作集の刊行がスタートするのは監修者として喜びの至りである。

本国フランスでも、ゾラが常に脚光をあびてきたというわけではない。生前から彼は、批評家や読者の側から激しい毀誉褒貶にさらされていた。新たな文学の旗手として称賛される一方で、人間の獣性をことさらに露呈させた下品な作家として顰蹙をかった。良家の子女であればページを開かないほうがいいとさえ言われた小説家なのである。二十世紀半ばまでほぼそのような情況が続いた、と言っていいだろう。文学研究の領域でも一九五〇年代まで事情は似たようなものであった。戦後さまざまな方法論を駆使して注目すべき成果を次々にあげたいわゆる「新批評（ヌーヴェル・クリティック）」にとって、特権的な参照作家はフロベール、マラルメ、プルーストであり、けっしてゾラではなかったのである。

一九六〇年代に入ってから情況は一変する。現代を代表するゾラ学者アンリ・ミットランの編纂で、プレイヤード版に『ルーゴン＝マッカール叢書』が収められ、セルクル・デュ・リーヴル・プレシュー社からは十五巻のみごとな全集が刊行された。現在ではゾラが小説執筆のため取材をおこなった際に書きしるした『取材ノート』や、厖大な量にのぼる書簡集（全十巻）も完結している。それにともない、ゾラの斬新さと価値があらためて認識され、記号学、社会学的分析、精神分析的研究、テーマ批評、生成論（草稿分析）などが好んで分析のメスをふるう対象になった。それに加えて、ジル・ドゥルーズやミシェル・セールといった哲学者が刺激的なゾラ論を発表し、モーリス・アギュロンやアラン・コルバンの例を持ち出すまでもなく、十九世紀を専門にする社会史家や感性の歴史家は『ルーゴン＝マッカール叢書』を避けて通ることはできない。アメリカ、カナダ、イギリスなど外国の研究者の手になる研究も次々に上梓されている。こうして今や、ゾラはもっとも頻繁に議論されるフランス作家の一人になったのである（この点の詳細については第6章を参照していただきたい）。

それればかりではない。文学の専門家のみならず、一般のフランス人のあいだでもゾラはよく読まれているのだ。いささか古いデータになるが、一九八九年五月十九日付けの『ル・モンド』紙に掲載されたアンケート調査によれば、高校のフランス語の授業で取りあげられる作家のうちで、ゾラは教師たちが好む作家としては十六番目に位置し、生徒たちからはもっとも愛好されている作家なのである。文化的にみて、この高い支持は無視しがたいだろう。そのうえ、市場に数多出まわっているポケット・ブック版での作品の売り上げ部数がもっとも多い作家の一人だという。ゾラの小説はいずれも長く、読み通すためにはフランス人でさえかなりの時間とエネルギーを費やすはずである。それにもかかわらず研究者と一般読者がこのようにゾラを愛読するのは、その作品がおもしろく、現代人の感性にうったえるものが多いからだ。

要するに、ゾラにたいする認識を改めるべきなのだ。ゾラは古い、ゾラの文学は硬直した理論のたんなる適用にすぎないというのは、ほんとうにゾラを読んだ体験をもたないひとの主張としか思えない。そのように主張するひとが典拠とするのは『テレーズ・ラカン』（一八六七）の序文や『実験小説論』（一八八〇）、すなわち理論的ディスクールであって、けっして作品そのものではない。たしかにゾラの文学理論はいくらか粗雑で、性急に結論を引き出そうとする傾向があるし、そのイデオロギー的背景は明らかに過ぎ去った時代の刻印をおびている。一般に文学理論というものはすべてそうであろう。しかし、偉大な作家にあってはつねに〈作品〉が〈イデオロギー〉を超えるものである。ゾラをその理論ゆえに遠ざけるのは、彼の作品にたいする無知を告白することにほかならない。

自然主義すなわちテーヌ流の科学主義の応用、遺伝理論にもとづいた決定論的な人間観、クロード・ベルナールの実験医学思想への傾倒、厭世主義——日本で刊行されているフランス文学史のなかに今日でも読まれるこのような定義づけは、ゾラの文学世界の限られた一面を説明してくれるにすぎない。しかもその一面は、かならずしもゾラ文学の主要な特徴ではない。科学主義や、実証主義や、社会的ダーウィニズムといった言葉だけでゾラを語ることには、もはやいかなる有効性もない。それは『ルーゴン＝マッカール叢書』の射程を狭め、ゾラの小説宇宙を矮小化するだけである。理論をとりあえず捨象して、彼の作品をひとつひとつ素直に読んでみようではないか。そのとき彼の作品は強靭な構想、たくましい想像力、深い象徴的意味、そして時代を超えた神話性にささえられた豊饒な物語としてわれわれの前に現れてくるはずである。

小説家ゾラの価値

わが国において、エミール・ゾラは長いあいだ未踏の高峰だった。二十一世紀のとば口にある今、われわれはようやくその高峰にたどり着こうとしている。

ゾラはじつに多面的な作家である。

まず小説家としてのゾラ。全二十巻からなる文字どおり巨大な連作『ルーゴン＝マッカール叢書』（一八七一―九三）において、ナポレオン三世の第二帝政期（一八五二―七〇）のフランス社会を活写し、『三都市』（一八九四―九八）と『四福音書』（一八九九―一九〇三）では、世紀末の不安と夢想を語ってみせた。これら一連の作品は、十九世紀後半のフランスを描きつくした一大フレスコ画であり、およそこの時代に関心をもつ者であれば読まずにすますことは許されないだろう。ゾラは政治、経済、社会、文化、風俗、科学など同時代のあらゆる現実に強い興味を示しつづけ、それを小説のなかで表現した。

時代を画する事件や人物がはっきりと名指しで語られ、登場してくることがある。『ルーゴン家の繁栄』では、一八五二年のルイ・ナポレオンによるクーデタとそれに対する南仏での蜂起と鎮圧が語られ、『壊滅』では一八七〇年の普仏戦争と翌年のパリ・コミューンのエピソードが描かれている。いくつかの小説にはナポレオン三世が、『ローマ』には時の教皇レオ十三世が姿を見せて、虚構の作中人物とのあいだで物語論的に深いつながりを結ぶ。

しかしそれ以上にゾラ文学の歴史性を際立たせているのは、社会史的な側面である。ゾラにとって、歴史の現実を突き動かしているのは政治家や権力者だけではないし、制度や法だけではない。十九世紀半ばのフランスに独特の活気とダイナミズムをもたらしたのは、経済的な発展と技術革新であった。ゾラはそのことをみごとに認識していたし、それが引き起こした軋轢や矛盾にも気づいていた。だからこそ彼は、セーヌ県知事オスマンによる首都改造事業が誘発したあくどい土地投機や（『獲物の分け前』）、近代的なデパートの誕生や（『ボヌール・デ・ダム百貨店』）や、鉄道と鉄道員の生活や（『獣人』）、証券取引所とそこに群がる人間たちの生態（『金』）など、資本主義が生み出した独自の空間を表象することができたのである。さらに、このような政治・社会現象が人々の日常性や感性や習俗にもたらす変化をいち早く捉えることができた。そしてゾラがみずからの小説をつうじて提示した表象が、逆に現代のわれわれが第二帝政という時代について抱くイメージを大きく規定しているのである。

だがゾラは結局のところ作家であり、小説はフィクションだから、『ルーゴン＝マッカール叢書』の歴史性を過大評価すべきではない、という反論が返ってくるかもしれない。たしかにゾラは歴史の専門家ではなかったし、現代の学問水準からみて彼の知識の欠落や誤解を指摘することは容易だろう。それぞれの領域で研究は深化し、方法論的にも新しい視点が案出されてきたのも事実である。しかしこれまで蓄積されてきた歴史の知識が、ゾラの文学を無効にすることはない。物語の才能に恵まれていたゾラは、同時に忍耐強く観察や調査をおこなう人間でもあった。

実際、彼はパリ中央市場を一日のさまざまな時間帯に訪れてその模様と労働を書きとめ、ボン・マルシェ・デパートの売り場をすべて歩きまわり、フランス北部の炭鉱の中にみずから入り込み、蒸気機関車の操縦席に身を置き、駅舎でなされるあらゆる作業を調べている。自分が経験できなかったことは、当事者たちに尋ねたり、書物や資料を読んで補ったりした。そうした観察や調査の際に書き記されたメモを読むと、ゾラはまさしく一種の社会学者であり、人類学者であると主張したくなる（この『取材ノート』の抜粋が巻末の「付録」に収められているので参照していただきたい）。彼はものの形態や色彩や配列をまたたく間に把握し、人間のしぐさや動作をみごとに捉え、労働空間の力学をよく理解していた。近眼だったゾラは、ものごとの本質を洞察するすばらしい視線に恵まれていたのである。モーリス・アギュロンやアラン・コルバンといった歴史家が、みずからの著作においてしばしばゾラに言及し、その作品を証言として引用するのは偶然ではない。

それはリアリズム文学一般について言えることではないか、という意見があるかもしれない。バルザックやフロベールやゴンクール兄弟は、すでに同じような野心を表明していたのではなかったか。もちろんそうだ。ゾラはバルザックを先駆者と見なし、彼が十九世紀前半のフランス社会についておこなったことを、みずからは十九世紀後半について実行しようとした。『ルーゴン＝マッカール叢書』が『人間喜劇』との競合関係において書き継がれたことは否定できないし、ゾラ自身そのことを認めている。フロベールは『ボヴァリー夫人』（一八五六）で地方風俗の見取り図を示し、『感情教育』（一八六九）で一八四〇年代のパリ社会をあらゆる階層とイデオロギーをふくめて網羅的に描写してみせた。そしてゴンクール兄弟は、とりわけ『ジェルミニー・ラセルトゥー』（一八六五）のなかで民衆の生態と感性とセクシュアリティーを活写した。いずれもゾラが師と仰いだ作家たちである。

しかし、ゾラの特徴は次のような点にあると言えるだろう。世界が特定の傑出した個人（たとえばヴォートランやフェラギュス）の意志と行動によって動かされるとしたバルザックに較べると、ゾラは社会全体をもっと多様な階層の利害関係が衝突する空間、個人よりも集団や匿名の群衆が支配する空間と考えていた。愚かさと無気力に呑みこまれていく社会のイメージを示したフロベールに対して、野心と欲望が激しく渦巻く世界を語りつづけたゾラはきわめてダイナミックな社会観をもっていた。そしてブルジョワジーや民衆の病理をことさら強調したゴンクール兄弟と比較すると、ゾラは身体、言葉、快楽、労働、日常性の儀式など人間生活のあらゆる側面を体系的に喚起した。ゾラが物語った世界は葛藤に満ち、動的で、総合的であり、それは彼の文学宇宙のすばらしい特質なのである。

ジャーナリストとしてのゾラ

社会の動きと習俗の推移を的確に捉え、表象できたのは、ゾラにジャーナリストとしての鋭い嗅覚が備わっていたからだ。ジャーナリズムでの活躍、それが彼の仕事の第二の側面である。

そもそも彼は小説家になる以前にジャーナリストだった。作家として売れるようになるまでは、生活の資を稼ぐためという現実的な必要性があったのだが、『居酒屋』(一八七七)の成功で充分な印税を手にするようになって以降も、新聞・雑誌に寄稿することをやめなかった。これはゾラに特有の態度ではない。ゾラを含め、モーパッサンなど当時の作家の多くが、文学とジャーナリズムという二つの世界を活動の場にしていたのである。フロベールのように田舎になかば隠棲してひたすら文学に耽溺できた作家は、むしろ例外にほかならない。本質的に新しいもの好きで、好奇心が旺盛で、同時代の出来事と風俗に絶えず関心を抱きつづけたゾラにとって、ジャーナリスティックな仕事はみずからの知性を覚醒させ、感性のみずみずしさを保つための手段でもあったろう。

ジャーナリスト・ゾラと言えば、ドレフュス事件での活躍がすぐに想起されるかもしれない。一八九四年に軍事機密を漏洩したという容疑で逮捕された、ユダヤ系の陸軍大尉ドレフュスをめぐる事件の成りゆきを見守っていたゾラは、軍部、司法当局、カトリック勢力の対応に疑わしいものを嗅ぎつけてドレフュスの無実を確信するに至る。かくして一八九八年一月十三日付けの『オーロール』紙に、「私は告発する!」と題された大統領宛の公開状(巻末付録参照)が掲載された。矯激な調子で綴られたこの弾劾文のなかで、ゾラはドレフュスの罪は捏造されたものであると主張し、その張本人たちを名指して糾弾したのだった。

しかしジャーナリスト・ゾラの活動は、ドレフュス事件に限られるものではない。一八七一年には議会通信を定期的に書いているし、劇評・書評の類も数多く寄稿している。そしてまた、同時代の世論を賑わせたさまざまな出来事、風習について無数の時評を執筆したのである。宗教、教育、青少年の問題、犯罪、女性の地位、ブルジョワジーと不倫、離婚、動物愛護、ユダヤ人問題、人口の減少……。あらゆるトピックがゾラの耳目を引きつけた。そしてそれが、彼の小説作品とのあいだに強い主題上の関連を織り込んでいることは言をまたないだろう。

炯眼な美術批評家

第三に、ゾラは炯眼で戦闘的な美術批評家であった。十九世紀美術史の専門家にとっては周知のことがらに属するが、意外に思う読者もいるかもしれない。

『ルーゴン=マッカール叢書』の作家になる以前の一八六〇年代から、ゾラはエドゥアール・マネの作品を高く評価していた。スキャンダルを巻き起こした《オランピア》の画家に、絵画を根底から刷新する先駆者を見てとった。みずからはひそかに文学を変革するという野心を抱懐していたゾラにとって、マネは象徴であり、モデルだったのである。「光と影の真実を、そしてものと被造物の現実を特異な言語で力強く表現した」と、ゾラは画家に賛辞をささげた。その後もモネ、ルノワール、セザンヌら印象派の画家たちを擁護した。現在でこそ印象派は十九世紀フランス絵画を代表する潮流として世界的に高く評価され、日本でもファンは多いが、一八六〇―七〇年代のフランスではけっしてそうではなく、伝統的なアカデミズム絵画が画壇を支配していたのである。そうしたなかで、ゾラは印象派の革新性をいち早く認めた数少ない批評家の一人であった。

旧弊な批評家と無理解な観客にたいして自分を擁護してくれたゾラに謝意を表するために、マネは《エミール・ゾラの肖像》(一八六八)を描く(一三一頁を参照)。椅子に腰かけたゾラが開いた本を左手に持ち、机の上にはゾラがマネを論じた冊子が置かれ、壁には浮世絵が貼られ、左奥には日本製の屏風も見えるあの有名な肖像画である。またファンタン=ラトゥールの《バティニョール街のアトリエ》(一八七〇)では、キャンバスを前に絵筆を手にしたマネがおり、ゾラがルノワールやモネらとともに彼の後方に描き込まれている。いずれもゾラが新進の画家集団と深い親交を結んでいたことを証言するものである。しかも当時のゾラが、『居酒屋』や『ナナ』の作家として著名になるよりもはるか前の、まだ駆け出しの作家にすぎなかったことを忘れてはならない。『ルーゴン=マッカール叢書』の作者になる以前に、ゾラは後に絵画を変革することになる画家たちの知遇を得ていたのだ。

▲ファンタン=ラトゥール《バティニョール街のアトリエ》(1870)
右から4人目がゾラ、絵筆を手にしているのがマネ、ゾラの左隣がルノワール、右端がモネである。

ゾラ文学の新しさ

それ以前の文学と比較したとき、ゾラの小説世界にはどのような新しさがあるのだろうか。以下では、四点にしぼって特徴を述べてみたい。

❶文学と産業革命　少なくともフランスにかんするかぎり、ゾラとともに初めて「産業革命」が文学のなかに登場してきた。フランスの産業革命は七月王政期(一八三〇―一八四八)から本格化し、第二帝政期に頂点に達して人々の生活を大きく変えることになるのだが、不思議なことに同時代の文学作品にはそれを伝えるページがほとんどない。このすぐれて近代的な現象を目の当たりにしていたはずのバルザックやスタンダールやフロベールやボードレールの作品には、それがほとんど反映していない。『ルーゴン=マッカール叢書』によって初めて、産業革命がもたらした近代産業と消費文化、そして資本と労働の対

立が小説のなかで語られるようになったのである。リアリズム文学が同時代の現実を描くというのは、かならずしも真実ではない。たとえ同時代の出来事や現象であっても、それが文学のテーマになりうるためには感性の変貌が必要であり、それを表現する作家の大胆さが求められるのだ。このことは文学にかぎらず、芸術一般にあてはまるだろう。産業革命が文学世界に登場するためには、まさにゾラを待たねばならなかったのである。

たとえば金やものが循環し、流通する空間。『獲物の分け前』では、パリ大改造にともなって発生した山師的な不動産投機の裏面があばかれ（そのさまはほとんど一九八〇年代末の日本を思わせる）、『パリの胃袋』では、パリ住民の食生活をささえる中央市場に集められ、そこから市内に配分されていく食料をめぐるメカニズムが語られる。『ボヌール・デ・ダム百貨店』では欲望の殿堂としてのデパートが舞台となり、大規模な商業資本が周辺の零細な商店を次々に併呑していく。パリ証券取引所をおもな物語空間とする『金』では、ユダヤ系資本の台頭を背景にしながら、ひとりの投資家の栄光と挫折が語られている。

あるいはまた、近代テクノロジーが生み出した装置や制度。ゾラの最高傑作のひとつ『ジェルミナール』は、北部の炭鉱地帯における労働現場の細部をなまなましく再現し、そこで繰り広げられる労働者のストライキと社会主義思想の浸透を喚起してみせる。『獣人』は産業革命の象徴とも言うべき鉄道、駅、蒸気機関車が物語を推進させる重要なファクターである。

金銭、もの、ひとが流通・循環し、それを運ぶ鉄道網がフランスに張りめぐらされた時代。中央市場、デパート、証券取引所、鉄道の駅舎など流通の場ではすべてが円滑に流れ、循環していかなければならない。そしてこれら近代性の空間はすべて、当時の最新テクノロジーである鉄骨ガラス建築の所産だった。ヴァルター・ベンヤミンが『パサージュ論』のなかで指摘したように、「流通」と「循環」は十九世紀文化史のキーワードである。その中心にいる作家のひとりがゾラにほかならない。

❷パリの形象

フランスの都市のなかで、パリほど多くの文学作品の舞台となった都市はない。文学のみならず歴史書、社会的な調査、ルポルタージュなどさまざまなジャンルが、パリの姿と生態、その快楽と病理を倦むことなしに語りつづけてきた。他の国の都市に較べても、おそらくフランスの首都はもっとも表象されることの多い町のひとつだろう。パリがフランスの他の都市を凌駕して、人々の社会的想像力のなかで中心的な位置をしめるようになったのは十九世紀前半のことである。

文学の領域にはそのことがよく現れている。十九世紀フランスを代表する小説の多くは、パリ小説である。バルザックの多数の作品が、王政復古期と七月王政期のパリを舞台にしていることは言うまでもない。『人間喜劇』のなかには「パリ生活情景」と題されたセクションがあり、そこには『娼婦盛衰記』、『十三人組』など彼の代表作が含まれている。スタンダールの『赤と黒』（一八三〇）や『リュシアン・ルーヴェン』（一八三四―三五執筆）には地方で展開する章も多いが、物語の中心はやはり首都である。十九世紀半ばになれば、ユゴーの『レ・ミゼラブル』（一八六二）やフロベールの『感情教育』が、それぞれ十九世紀初頭のパリの場末と、一八四〇年代のパリを形象したことで記憶されている。大衆小説の分野に目を転じれば、ウージェーヌ・シューの『パリの秘密』（一八四二―四三）を忘れるわけにはいかないし、詩の分野ではボードレールが首都パリのうちに「現代性《モデルニテ》」の詩学を読みとり、ロートレアモンが『マ

◀早朝のパリ中央市場

▶ルーヴル百貨店の外観

◀パリ証券取引所

ルドロールの歌』（一八六九）において、幻想的な闇のパリを造型してみせた。

そうしたなかでゾラの作品が、十九世紀後半のパリをめぐるもっとも体系的な文学表象であることに異論の余地はない。旧きパリへのノスタルジーを謳ったボードレールと違い、ゾラは変貌するパリを愛し、首都の新しい相貌を描ききった。『テレーズ・ラカン』（一八六七）から『ルーゴン＝マッカール叢書』を経て晩年の『パリ』（一八九八）にいたるまで、パリの都市空間は彼の文学における主要なテーマのひとつであった。そこではパリが動き、ざわめき、熱狂し、燃え上がる。まるで巨大な機械装置のように、都市は唸り声をあげ、エネルギーを発散し、固有のダイナミズムにもとづいて機能する。これほど動的で、力強いパリの表象はかつてなかったし、その後もほとんど例がない。

❸身体へのまなざし　第三に、ゾラは身体、とりわけ女性の身体を徹底的に描いた作家として記憶に値する。彼以前に身体が描かれなかったということではない。バルザックやフロベールも女の身体と感覚性を語っていた。しかしそれはつねにブルジョワジーの身体であり、感情や心理といった内面を外部に露呈する表面としての身体だった。しかも身体について語る言語はどちらかといえば慎ましやかで、倫理的な配慮にささえられていた。

ゾラは農民、パリの労働者、北部の炭鉱夫、司祭、ブルジョワ、そして貴族とあらゆる階級の身体を描き、身体そのものが強い階級性を刻印されてしまうことを明らかにしたのである。彼にあっては、身体はたんなる外部や表面ではなく、身体とそれにまつわる現象（セクシュアリティー、欲望、快楽、病理）が人間存在の根元的な条件と見なされている。身体は感情や心理と同じくらいに、あるいはそれ以上に本

▲鏡で自分の裸身に見入るナナ。
アンドレ・ジルによる『ナナ』の挿絵

▶民衆の生活と縁が深かった公営質屋。
『居酒屋』のジェルヴェーズも通うことになる。

質的な次元なのである。ときに荒々しいまでの官能性や感覚の解放は、現代の読者さえ驚嘆させるほどだ。身体という誰にとっても親しいものが、文学のなかではっきりと市民権を得たのはそれほど古いことではないのである。

つい最近まで、女性は見られる対象であって、見る主体ではなかったということを想起しよう。とりわけ女の身体は男たちによって見つめられ、欲望されるものだった。見ることを特権化した視覚文化の時代である十九世紀は、女性そのものをスペクタクル化したとさえ言えるかもしれない。ゾラの小説には、窓辺やバルコニーで展開するエピソード、舞踏会や夜会のシーン、劇場やオペラ座での観劇の場面がしばしば描写されるが、それは女性の身体や、表情や、衣服を表象するための恰好の物語装置になっている。窓辺にたたずむ女、舞踏会で踊る女、劇場のボックス席にすわる女——彼女たちは何かを見つめると同時に、ひとから見つめられるためにそこにいるのである。

▲劇場のボックス席

たとえば『ナナ』のヒロイン。ナナは女優であり高級娼婦なのだが、当時は両者のあいだにほとんど区別がなかった。劇場の世界と売春の世界は当然のことのように通底していた。そして女優=娼婦というのは、男たちから欲望のまなざしを向けられることを宿命づけられている存在である。実際この作品は、ナナが金髪のヴィーナスに扮して舞台に登場するという場面から始まる。薄い布を一枚まとったばかりで、豊満な肉体をおしげもなくさらす彼女を前にして、観客（大部分が男）は喘ぐように息をのむ。ナナの肉体は、男たちを破滅に追いやる蠱惑の肉体である。

そして最後に第三の点と関連するのだが、ゾラはさまざまな職業をいとなむ民衆の姿をあざやかに定着させた。

❹民衆を描く

そもそも文学にかぎらず、「民衆」は十九世紀の政治、歴史学、社会思想などにおいてきわめて重要なテーマだった。たとえば『フランス革命史』の著者である歴史家ミシュレは、民衆を歴史の担い手として復権させようとしたし、『民衆』（一八四六）という著作では民衆の社会的使命について語った。バルザックは『金色の眼の娘』（一八三五）のプロローグで、パリ住民をめぐる社会人類学的な考察を展開し、そのなかで民衆を特徴づけた。フロベールやゴンクール兄弟の小説には、庶民階級に属する人物がところどころに登場する。しかし結局のところ民衆はかなり抽象的、あるいは個別的な表情しか示してくれない。

それに対して、ゾラは民衆の多様な日常性、労働空間、快楽、苦痛などを総体的に語ったおそらく最初の作家、民衆の生活をその具体的な細部において跡づけた最初の作家である。『パリの胃袋』では中央市場とその界隈で働く商人たちの姿が描かれ、『居酒屋』のジェルヴェーズは洗濯女、その夫クーポーは屋根ふき職人である。『ジェルミナール』は炭鉱夫とその家族たちの生活と風俗を、『大地』はフランス中部ボース地方の農民の世界を語っている。

　これらの作品においてゾラは民衆のたくましさと弱さを、身体と言葉をとおして描こうとした。民衆とは何よりもまず肉体であり、運動であり、声であり、汗であり、においであった。労働者は酔いしれ、動きまわり、殴りあい、罵りあい、あらあらしく交接する。民衆の生理のあらゆる側面をなまなましく、具体的に語りつくした功績はゾラに認めてやらなければならない。民衆の表象がこれほど広い範囲にわたったことはなかったし、その後も、おそらくセリーヌの作品を除けばゾラに匹敵するような例はない。

　民衆はしばしば「群衆」に変わる。近代的な意味での群衆は十九世紀に誕生したものである。ドイツの哲学者エリアス・カネッティは『群衆と権力』（一九六〇）のなかで、さまざまな群衆のカテゴリーを分類している。体制の変革をめざす革命的群衆、戦争のときの軍事的群衆、搾取にたいして立ちあがる労働者の群れ、万国博覧会を見物する祝祭的群衆、デパートに集まる商業的群衆、都市の大通りを行きかう匿名の群衆などである。カネッティがゾラを念頭に置いていたわけではなかろうが、ここで列挙されている群衆はすべてゾラの小説に登場する。さらに、聖地に蝟集する巡礼者の群れという宗教的群衆もつけ加えておこう（『ルルド』、一八九四）。群衆が固有の力学にもとづいて行動することをよく知っていたゾラは、他のいかなる作家よりも巧みに、かつ力強く群衆の運動と無秩序を物語った。ゾラの描く群衆はほとんど叙事詩の次元に達している。ゾラはすぐれて群衆の小説家であった。

第3章

ゾラの多面性

宮下志朗　小倉孝誠
佐藤正年　三浦　篤
菅野賢治

1 小説家

初期の小説・短編

この項では、『ルーゴン＝マッカール叢書』の作家ゾラという既成のイメージに隠れてしまって、論じられることも、また翻訳されることもほとんどなかった、初期の長編について、また短編・中編の数々について瞥見してみたい。

❶初期作品　一八六二年にアシェット社に入り、広告部で人脈をつくったゾラは、やがて作家としてデビュー、二足のわらじを履く生活に突入する。そして一八六六年一月、勇んで退社するものの、筆一本の生活は苦しく、なかなか軌道に乗りはしない。

さてゾラ助走時代の長編は、『クロードの告白』(一八六五)、『死せる女の願い』(一八六六)、『マルセイユの秘密』(一八六七)、『テレーズ・ラカン』(一八六七)、『マドレーヌ・フェラ』(一八六八) の五作である。『クロードの告白』は、いわゆる書き下ろしであるが、それ以外は、いずれも新聞・雑誌に連載ないし分載ののち、単行本となっている。なんといっても若書きの小説であって、正直なところ、読んで格別におもしろいのは、『クロードの告白』『テレーズ・ラカン』『マドレーヌ・フェラ』の三作と思われる。

同郷の友人セザンヌとバイユに捧げられた『クロードの告白』は、自伝的要素の濃い作品。クロードは地方から上京してパリの屋根裏部屋に住む貧乏詩人である。この純真で、繊細な若者は、娼婦のローランスに憐れみを覚えて、いつのまにか一緒に住む。だが退廃的な彼女はクロードの友人ジャックと寝てしまう。クロードは、ジャックに捨てられたマリー——結核というロマンチックな病いにかかっている——の死を看取ると、パリという猥雑な都市に見切りをつけて、結局は故郷に帰るのであった。みじめな青春、とはいえ一読して、懐かしさがこみ上げてくるような佳作で、忘れがたい（山田稔訳「カラー版世界文学全集16」集英社、一九六七）。

『テレーズ・ラカン』（本セレクション第1巻に収録）の舞台は、セーヌ左岸の陰気なパサージュ。いとこのカミーユと結婚させられたテレーズは、そこで義母とともに小間物屋を営んでいる。夫が病弱で、テレーズの欲望をみたしてはくれず、彼女はたくましく、情熱的な男ローランとの快楽に溺れていく。やがてふたりは、じゃま者のカミーユを溺死させて、結婚を果たす。しかしながらカミーユの亡霊に悩まされて気がおかしくなり、ついに二人は心中する。「体質《タンペラマン》」という理論を適用した、ゾラ最初の傑作だが、刊行当時は「腐敗堕落した文学」として批判され、翌年、再版の序文で作家は反論している。

『マドレーヌ・フェラ』（邦訳なし）は、「感応遺伝」の理論を適用した小説で、数年前に脱稿したまま筐底に秘められていた『マドレーヌ』という戯曲が原型となっている。「感応遺伝」とは『ルーゴン＝マッカール叢書』にも影響を与えたプロスペル・リュカ博士が唱えた説で、女性にとって最初の男の刻印は決定的であって、別の男と結婚しても、できた子供は最初の男に似てくるというものである。もちろん、現在では、いかなる科学的な根拠もないけれど、ゾラは、ミシュレの『愛』(一八五八)で「最初の愛の結びつきは決定的なのだ」という「感応遺伝」のことを知り、衝撃を受けて、応用してみたのである。主人公のマドレーヌにはギヨームという恋人がいるが、実はギヨームは、最初の恋人ジャックの友人なのだった。やがてギヨームと結婚したマドレーヌに、娘のリュシーが生まれる。ところが船が難破して死んだはずなのに、奇跡的に生き残ったジャックが、夫婦の前に出現する。ギヨームは、ジャックに似ている娘が憎らしくて、突き倒してしまう。危機を悟った夫婦は、ジャックから遠ざかるものの、やがて偶然も重なって、マドレーヌはジャックと再会、「過去」が強迫観念となって、ついには昔の恋人の胸元に飛び込む。そうしたなかで、娘のリュシーが死んでしまい、「悔い改めた」マドレーヌは、夫の前で毒を仰ぐ。残されたギヨームは、妻の死体の上で狂気のダンスを舞うしかなかった。肖像画への返礼として、ゾラがマネに捧げた作品でもある。

❷短編　ゾラの最初の刊本は『ニノンへのコント』(一八六四)、つまり短編集なのである。以後、一八八〇年頃まで、ゾラはあちこちの新聞・雑誌メディアに、短編や中編を執筆しており、プレイヤード版で一冊に集成されている。従来は、長編のための素材の提示であるとか、アイデアだけで書いた未完成なテクストだとして、不当に周縁的な存在とされてきたきらいがあるが、そんなことはない。ゾラの世界を知るのには、不可欠な作品群といえよう。その一端が、本セレクションにおいて初めて紹介されることになる。

さて作家が生前刊行した短編集ないし中編集は、『ニノンへのコント』(一八六四)、『新ニノンへのコント』(一八七四)、『ビュルル大尉』(一八八二)、『ナイス・ミクラン』(一八八三)の四点である。

『ニノンへのコント』は八つの短編・中編を集めたもので、おとぎ話から風刺物まで、そのトーンはさまざまである。「貧者のシスター」は虐待されている少女が、乞食に化けた聖母から、打出の小槌のような「天上の貨幣」をもらう話。少女は、その奇跡のコインを使って人々に施しをしてまわるものの、やがて労働によって報酬を得ることこそ正道なのだと悟って、コインを絵の中の聖母に返すのだった。童話として書かれたとはいえ、「労働と金銭」という作家の終生のテーマが予告されていて興味深い。また四人の兵士が、戦場で見た悪夢を語った「血」もユニークである。最後、兵士たちは武器を埋めて、脱走してしまう。

『新ニノンへのコント』は、一八六七年から七三年にかけて各種の媒体に書かれた二七編からなる。本書に訳出した「猫たちの天国」のほかに、鍛冶屋や墓堀人夫など、『居酒屋』を予告させるスケッチ風の文章も収められていて見のがせない。

次の『ビュルル大尉』は中編六編からなり、いずれもサンクト=ペテルブルグの月刊誌『ヨーロッパ通報』に掲載された。表題作は、将軍になる寸前に死んでしまった夫の遺志を継がせようとして、息子を陸軍士官学校に入れてエリートにしようとする母の話。だが息子は期待を裏切り、決闘で死んでしまう。そこで彼女は孫に希望を託そうとするのだが……。「一晩の愛のために」は、うだつの上がらない小役人ジュリアンが、近くにすむ美女テレーズに惚れる物語。死体を片づけてくれれば、一晩だけ愛してあげるといわれて、この醜男はその気になるのだが……。その名前が示すように、『テレーズ・ラカン』

に連なる妖婦（ファム・ファタル）を描き、アヌーク・エーメ主演で、テレビ映画化されたという。

『ナイス・ミクラン』も、同じく『ヨーロッパ通報』誌に掲載された六編からなる。表題作では、南仏の地主の息子フレデリックが、小作人の娘のナイスを恋人にしている。フレデリックはただの遊びだが、ナイスは本気である。娘がもてあそばれていることを知った父親は、フレデリックを殺そうとするが、ナイスは断崖に火薬をしかけて、父親を殺してしまう。そんなことを知らぬフレデリックは、火遊び相手のことなど忘れて、実家のあるエクスに去ってしまう。フェルナンデル主演で、マルセル・パニョルが映画化した。また「ジャック・ダムール」は、パリ・コミューヌ関係者への恩赦と帰還をテーマとした、アクチュアルな中編として注目に値する。

とはいえ、これ以外にも、ゾラは多くの短編・中編を残している。たとえば「風車小屋攻撃」は、自然主義のマニフェスト的な意味合いを有する『メダンの夕べ』（一八八〇）に収録されている。また「パリ・スケッチ」という総題の四編も忘れてはならない。これは、連載時に不評で、第一部のみで「強制終了」させられた小説『死せる女の願い』（一八六六）の出版にあたって、いわば埋め草として巻末に挿入された。ボードレールの「ちっぽけな老婆」を想起させる「青い目の老婆たち」、淑女に醜い女をレンタルして、パリの町を歩いてもらおうという「引き立て役」、お針子娘の夢想をスケッチした「屋根裏部屋の愛」など、いずれも印象に残る。また「広告の犠牲者」は、消費社会を予見した辛辣な短編として、『ボヌール・デ・ダム百貨店』と併読すれば興味深い。なおゾラが、各種媒体の求めに応じて、同じ短編を使い回していることも指摘しておきたい。たとえば「広告の犠牲者」の場合、初出は『イリュストラシオン』紙（一八六六年十一月十七日号）だが、その後、『トリビューヌ』紙など、三度にわたって別のメディアに発表される。もちろん、その都度、テクストは微妙に加筆訂正を受けていくこととなる。

かくして一八七五年から八〇年にかけての、サンクト＝ペテルブルグの『ヨーロッパ通報』誌への寄稿――仲介者はトゥルゲーネフであった――を最後として、ゾラは短編や中編の世界からは実質的に足を洗い、以後はもっぱら『ルーゴン＝マッカール叢書』の執筆に努力を傾けることとなる。

（宮下志朗）

『ルーゴン＝マッカール叢書』

言うまでもなくゾラの主著で、全二十巻からなるシリーズ。ルーゴン、マッカールはそれぞれ人名（姓）で、両家の家系につらなる人々が各作品で中心人物となる。一八七一年から一八九三年にかけて、ほぼ一年に一作のペースで刊行された。小説の準備、取材、資料調査、そして執筆のほかに、新聞・雑誌に書評、劇評、時事論文をしばしば寄稿し、みずからの作品を劇化するために奔走したりすることもあったから、これは驚異的なペースと言ってよい。実際ゾラは人気作家になって以降も、規則正しい生活を営みながら毎日一定の時間をかならず執筆に当てるという態度をつらぬく。「一行モ書カヌ日ハ一日モナシ Nulla dies sine linea」というラテン語の一句を座右の銘にしていたゾラではあった。

まずシリーズ全二十巻の表題、刊行年、そしてごく簡単な梗概を記しておこう。

第一巻**『ルーゴン家の繁栄』**（一八七一）……南仏の町プラッサンを舞台に、一八五一年のルイ・ナポレオンのクーデタに乗じて権力を握る男の策謀と、共和派の挫折を描く。

第二巻**『獲物の分け前』**（一八七二）……パリ改造事業にのって巨万の富を手にする男の物語。情欲と野心が渦巻き、第二帝政期の雰囲気をよく伝える作品。

第三巻**『パリの胃袋』**（一八七三）……パリ中央市場とその周辺の商人たちの生態を描く。鉄骨ガラス張りの中央市場とそこに並ぶ食料品の描写が印象的である。

第四巻**『プラッサンの征服』**（一八七四）……政府のスパイとして南仏に送りこまれたボナパルト派の司祭の暗躍。カトリシズムと政治の癒着を批判する。

第五巻**『ムーレ神父のあやまち』**（一八七五）……神秘的な傾向の強い若き司祭と、天使のように無垢な女性との悲恋物語。楽園を思わせるような庭の描写がすばらしい。

第六巻**『ウージェーヌ・ルーゴン閣下』**（一八七六）……権力欲の強い男が、仲間の協力をえてパリの政界で成功していく政治小説。華やかな宮廷生活も語られている。

第七巻**『居酒屋』**（一八七七）……貧しいが働き者の洗濯女ジェルヴェーズの一代記。パリ民衆の姿をあざやかに示し、ゾラを流行作家の地位に押し上げた代表作。

第八巻**『愛の一ページ』**（一八七八）……当時はパリの郊外だったパシーを舞台に、若い未亡人と妻子ある医師のあいだで展開する美しいラヴ・ストーリー。

第九巻**『ナナ』**（一八八〇）……高級娼婦としてパリの男たちを手玉にとり、破滅させていくナナの栄光と悲惨。天然痘による彼女の死は第二帝政の腐敗を象徴する。

第十巻**『ごった煮』**（一八八二）……パリ中心部のブルジョワ界隈の風俗を物語り、その偽善とデカダンスを痛烈に諷刺した作品。

第十一巻**『ボヌール・デ・ダム百貨店』**（一八八三）……小さな流行品店を近代的なデパートにまで発展させる男の物語。資本主義にたいするオマージュとも言うべき作品で、世界初のデパート小説である。

第十二巻**『生きる歓び』**（一八八四）……さまざまな不幸や苦悩や死の恐怖のなかで健気に生きる娘の物語。ノルマンディー海岸の村を舞台に展開する。

第十三巻**『ジェルミナール』**（一八八五）……北フランスの炭鉱地帯を舞台に、炭鉱夫のストライキとその挫折を語る。資本と労働の葛藤を描いたゾラの傑作で、炭鉱の設備、作業、地下坑道の描写などが圧倒的な印象を残す。

第十四巻**『作品』（『制作』）**（一八八六）……天才的であるがゆえに世に認められず破滅していく画家の生涯。画家、文学者を中心に、当時のパリの芸術家世界の内幕を描いている。

第十五巻**『大地』**（一八八七）……フランス中部ボース平野を舞台にした農民小説。農村の自然と風土、農民生活の詩情を謳った叙事詩的な作品になっている。

第十六巻**『夢』**（一八八八）……聖女のような女性アンジェリックの生涯を語る。シリーズ中では異色の作品で、世紀末に復活した神秘主義の雰囲気を強くただよわせている。

第十七巻**『獣人』**（一八九〇）……パリとル・アーヴルを結ぶ西部鉄道で働く人々をめぐるドラマ。鉄道小説であると同時に欲望と錯乱を描く狂気の小説であり、犯罪とその捜査を語る犯罪小説でもある。

第十八巻**『金』**（一八九一）……パリ証券取引所を舞台にして、金融界の裏面をあばいた一種のドキュメンタリー小説。ユダヤ資本の脅威という主題も取り上げられている。

第十九巻**『壊滅』**（一八九二）……一八七〇年の普仏戦争、プロシア軍によるパリ包囲、パリ・コミューンとその圧殺を物語る。火、血、死など滅びのイメージにあふれた黙示録的な作品。

第二十巻**『パスカル博士』**（一八九三）……医師パスカルは自分の家系を資料にして遺伝の研究をしているが、やがて彼の手伝いをする姪のクロチルドと愛し合うようになる。二人のあいだに生まれた子供が未来の希望を象徴する。

『ルーゴン＝マッカール叢書』の副題は「第二帝政下における一家族の自然的、社会的な物語」という。「物語」の原語はhistoireで、この語には歴史という意味もある。「自然的」というのは、当時の進化論や遺伝理論や生理学に関心を寄せていたゾラが、作中人物の造型に際して遺伝的な要素を付加したからであり、「生物学的」と読みかえることもできようし、「社会的」なのは、彼らがさまざまな環境に暮らすひとたちだからである。そのうえで作家は、シリーズの歴史的枠組みを第二帝政（一八五二―七〇）という時代に限定した。この枠を超えてのフラッシュバックや一八七〇年以後の出来事・情況にたいする言及は散見されるものの、基本的にはこの時代に収まっている。第一巻『ルーゴン家の繁栄』はクーデタという体制の起源と、ルーゴン＝マッカール一族という家系の起源を語る作品だし、普仏戦争とパリ・

コミューンの物語である第十九巻『壊滅』は第二帝政の終焉を描き、第二十巻『パスカル博士』は家系の総括を試みている。

ゾラは一八六〇年代末に叢書全体のプランを練りあげた。すでに『テレーズ・ラカン』などいくつかの小説を発表していた彼は、テーヌの文学理論に触発されてバルザック、スタンダール、フロベールを読み、あるいは再読し、リュカやルトゥルノーの著作によって近代生理学を研究した。そして第二帝政という同時代の社会を全体的に俯瞰するような文学宇宙を構想したのである。ゾラの作品は現代の読者から見れば、十九世紀後半のフランス社会をめぐるみごとな歴史的証言という側面が強いが、第二帝政はゾラ自身が生きた時代であり、彼は徹底して同時代の情況にこだわったのである。

その際ゾラが強く意識したのは『人間喜劇』の著者で、彼自身の言葉を借りるならば「バルザックがルイ=フィリップの治世にかんして行ったことを、より体系的に第二帝政期にかんして行う」という野心が表明されている。同じ作中人物を異なる作品に再登場させるという手法も、バルザックから継承したものである。たとえばアリスティッド・ルーゴンは『獲物の分け前』と『金』の主人公であり、ジャン・マッカールは『大地』と『壊滅』で中心的な役割を演じる。

生物学的な存在としての人間と社会的な存在としての人間。ゾラにとって、その二つに規定されていることは人類の本質であった。とはいっても、『ルーゴン=マッカール叢書』の主要人物はしばしば言われるのと違って、けっして遺伝や生理学の法則だけに支配されているわけではない。それほど硬直した文学世界ならば、今日まで読み継がれてきたはずがない。ゾラ文学の価値はむしろ、十九世紀を避けがたい近代性とダイナミックな運動の相のもとに捉えたことにある。一八六九年（つまり第二帝政はまだ続いていた）に出版社に渡した叢書全体の構想ノートのなかで、ゾラは次のように記していた。

クーデタから現在に至るまでの第二帝政期全体を研究する。さまざまな人物類型をつうじて現代社会を、極悪人と英雄たちを描く。事実と感情をとおしてひとつの時代全体を描き、その時代の習俗と事件のあらゆる細部を語る。

現代という時代はさまざまな欲求や野心をそそり、それが社会に活力と刺激をもたらす。きわめてダイナミックな社会観がゾラの文学ヴィジョンの根底に横たわっているのである。「近代の動きの特徴はあらゆる野心のぶつかり合い、民主主義の昂揚、あらゆる階級の登場ということである。私の小説は一七八九年以前には不可能だったろう。したがって私は、さまざまな野心と欲求の衝突という時代の真実にもとづいて小説を書く」と、ゾラは構想ノートに書き記している。十九世紀は後退や停滞とは相容れない時代として認識されていたのである。

一八六九年の段階でゾラが予定していたのは十巻からなるシリーズだった。そこには『パリの胃袋』、『ボヌール・デ・ダム百貨店』、『ジェルミナール』などは含まれていない。戦争小説は一八五九年のイタリア戦役を主題にした作品が予定されており、普仏戦争を語る『壊滅』はその後新たに構想されたものだし、『獣人』は初め犯罪小説として計画されたもので、鉄道という産業革命の次元は欠落していた。実際に執筆を進めていくにつれてゾラの野心はふくらみ、主題が多様化し、ついには倍の二十巻におよぶ長大なシリーズに結実したのだった。

時代を総体として表象するために、ゾラは当初から階級の観点にもとづいて社会を把握していた。彼によれば民衆・労働者、商人、ブルジョワジー、上流階級、そして特殊な集団（娼婦、聖職者、芸術家）という五つの階級が世界を構成している。作中人物たちはこれらすべての階級に分散し、結果として『ルーゴン=マッカール叢書』は第二帝政期をめぐる網羅的な鳥瞰図となった。急速に変貌していく社会と都市をあざやかに表現する才能に、ゾラは恵まれていたのである。そこではじつにさまざまな社会空間と職業空間が喚起されているし、小説の舞台として首都パリと地方がほぼ半分ずつを占める。また科学とテクノロジーの進歩、そして経済活動と都市化の発展が突きつけたあらゆる問題が物語化されている。オスマン計画にもとづく首都改造と土地投機、デパートの誕生、証券取引所や銀行といった経済の世界が語られ、鉄骨ガラス張りのパリ中央市場や鉄道・駅舎など近代テクノロジーが生みだした建築物と装置を描き、都市化にともなうパリの変貌や民衆の病理やブルジョワの生態を取りあげ、炭鉱労働者のストライキや農村の土地をめぐる抗争など社会問題をテーマ化し、聖職者、芸術家、娼婦といった特異な世界に入り込んだ。

こうした多様な宇宙を表現するために、ゾラは現地調査をおこなって厖大な量にのぼるノートをとり、読書メモを作成し、当事者たちに問い合わせた。対象を見きわめ、現象の本質を洞察し、細部を捉える嗅覚はすばらしい。残された草稿は、十九世紀後半のフランス社会にかんする比類のない社会人類学的な資料と言っていいだろう。

『ルーゴン＝マッカール叢書』は社会と人間を説明しようとする強い意志によって特徴づけられる。作品のプランや序文のなかに、論証や分析の領域に属する用語が頻出するのはそのためである。しかも各作品の舞台は、ある特定の職業空間や集団にかぎられる傾向が顕著で、そのなかではそれぞれの職業空間や集団の生態、心性、規範をしめすために大量の知が投入される。ゾラはつねに現実を読み解き、世界を解読しようとしていた。他方で、彼は天性の物語作家でもあった。ドラマチックで起承転結に富む物語を創案して読者を惹きつけ、豊かで喚起力の強い比喩で描写を展開していく。科学の合理性を信じたゾラは同時に、神秘性や非合理や内的衝動が人間におよぼす力を知っていた。幻想、狂気、宗教的な法悦、エロスの誘惑と破壊力、人類の祖型をなす神話や伝説なども、『ルーゴン＝マッカール叢書』から排除されていないのである。

（小倉孝誠）

『三都市』と『四福音書』

一八九三年に最終巻『パスカル博士』が刊行されて『ルーゴン＝マッカール叢書』は完結し、それを祝して六月には盛大な宴が催された。しかしそれによって小説家ゾラの活動が終わったわけではない。叢書が完結する以前から、作家はすでに次のシリーズの構想をあたためていた。最晩年の十年は、ドレフュス事件への関与とそれに由来するイギリスでの一年間の亡命生活、私生活面では若いジャンヌ・ロズロとの恋愛と子供の誕生など、公私にわたって多忙な年月だったが、ゾラは二つの大きな小説シリーズに取り組んだ。すなわち『三都市』(全三巻)と『四福音書』(全四巻、ただし最終巻『正義』はプランのみ)がそれで、『正義』が中断されたのは一九〇二年九月にゾラが不慮の死をとげたからにすぎない。

ゾラは第三共和制の初めの二十年間を費やして、第二帝政期のフランス社会の見取り図を描いた。その間にフランスは大きく変化した。帝政の記憶はかなり遠のき、共和制の基盤は固まったものの不安定な要因が消え去ったわけではなかった。十九世紀末には民衆の貧困、それが惹起した労働運動や社会主義の発展、政界の腐敗、アナーキズム・テロの脅威、ドレフュス事件、反ユダヤ主義などが社会問題となり、他方では帝国主義イデオロギーのもとでフランスはアフリカとアジアで植民地を拡大し、機械文明の恩恵が都市のブルジョワ層に浸透しつつあった時代だった。頽廃趣味《デカダンス》、カトリシズムと神秘思想の隆盛もまたこの時代の特徴に数えられよう。同時代の動きに敏感だったゾラが、そうした現象に無関心でいるはずはなかった。ゾラ晩年の作品は、『ルーゴン゠マッカール叢書』以上に時代の刻印を強くおびているのである。

『三都市』はいずれもピエール・フロマン神父を主人公とする連作で、社会における宗教の役割と労働者階級の貧困が物語の通奏底音をなしている。

第一巻**『ルルド』**(一八九四)……ピエールは世の悲惨さを目にしてカトリックの信仰が揺らぐのを感じている。その揺らぎを克服しようと、巡礼団を率いて南仏の聖地ルルドに赴くが、治癒の奇蹟も彼の信仰を回復させてはくれない。

第二巻『**ローマ**』（一八九六）……宗教を刷新しようとしてピエールが書いたカトリック社会主義的な本『新たなローマ』が、教皇庁によって禁書扱いされそうになる。自己弁明のためローマにやって来た彼は、教会当局の頑迷な態度にぶちあたり、落胆してローマを去る。

第三巻『**パリ**』（一八九八）……パリに戻ったピエールは、貧民救済の事業に尽くすうちに、政治、制度、教会などの腐敗を呪うようになる。化学者の兄ギヨームはアナーキズムに共鳴し、爆弾まで製造する。ピエールはマリーという女性と愛し合うようになり、信仰を棄てて世俗の世界で社会改革をめざす決心をする。

世紀末のフランス社会に向けられた作家の矯激な憤りがあちこちに感じられる三作である。人間の救済を真摯にもとめるピエールの精神的彷徨はほとんどいたましい。カトリシズムは日本人には分かりづらい問題だ。一言で要約するならば、十九世紀をつうじて教会は政治、教育、道徳、家庭などあらゆる領域に介入したが、それにたいしてゾラは、教会は宗教的なことだけに活動を限定すべきであるとする「反教権主義《アンチクレリカリスム》」に与した。近代科学の合理性と実証主義を支持した彼であってみれば、当然のことであった。

『四福音書』はピエールとマリーの間に生まれた四人の息子マチュー、リュック、マルクそしてジャンを主人公とする連作である（子供の名前はそれぞれ、『聖書』の『福音書』の四人の作者マタイ、ルカ、マルコ、ヨハネのフランス名）。当初は三巻の予定だったが、ドレフュス事件の体験が新たな主題を提供して四巻に増えた。どの作品も時代的な設定は意図的に曖昧にされ、舞台も架空の町に設定されており、未来社会を見据えたユートピア小説である。

第一巻『**豊饒**』(一八九九)……世間の産児制限の風潮に逆らってマチューとマリアンヌは多くの子供をつくり、荒れた土地を豊かな農地に変えていく。子供たちもまた子宝に恵まれ、一家は愛と富を手にして栄えていく。世紀末のマルサス主義にたいする異議申し立てであるが、大家族と家父長制の繁栄は植民地主義イデオロギーの擁護とも読める。ヒロインの名マリアンヌは、フランス共和国を象徴する女性の名でもあるのだから。

第二巻『**労働**』(一九〇一)……リュックは、野放しの資本主義の悪弊にさらされている工場町を蘇生させようとする。そして友人の技師ジョルダンらの助けを借りて、さまざまな逆境を克服して資本と労働が調和した理想都市を実現する。シャルル・フーリエの社会主義思想への共鳴をはっきりと示す作品になっている。

第三巻『**真実**』(一九〇三)……小学校教師マルクは、赴任した学校の前任者シモンの名誉回復のために奔走する。シモンはユダヤ人であり、生徒の一人を暴行したうえで殺したという罪で投獄されていた。教会や世間の迫害にもかかわらず、マルクは最後に彼の無実を証明する。明らかにドレフュス事件の置き換えだが、加えて公教育にたいする教会当局の干渉を弾劾するという意図が読みとれる。

第四巻『**正義**』(プランのみ)……フランスが世界に正義の範を垂れるという物語。

この梗概からも分かるように、『四福音書』はいずれもきわめてユートピア的な物語である。『豊饒』は家族を、『労働』は都市を、『真実』は国家を、そして『正義』は人類全体を表象するはずであった。ゾラ自身、「私はこれまで四十年間、分析ばかりしてきた。老いた今は少しは夢想することも許されるでしょう」（オクターヴ・ミルボー宛の手紙、一八九九年十一月二九日）と述べている。わが国では、世紀末文学というとデカダン美学や厭世主義ばかりが強調されがちだが、ゾラのように未来の理想を語った作家もいたのである。そして二十世紀の歴史を知っているわれわれから見れば、ゾラのユートピアは単なる絵空事ではなく、ときに予言的ですらある。晩年のゾラは文学的創造力が弱まったという指摘があるが、『三都市』でも『四福音書』でも神話的なイメージのみごとさ、群衆を描く筆致の力強さ、構築力の堅固さは失われていない。

『ルーゴン=マッカール叢書』に較べると、この二つのシリーズは日本ではほとんど知られていない。フランスでも事情は似たようなもので、近年になって『ルルド』と『ローマ』がポケット・ブックの「フォリオ」版に収録されただけで、それ以外はいまだに全集版に頼るしかない。一般読者の目にはなかなか触れることのない作品なのである。当然、研究の蓄積も少なく、体系的な分析はまだこれからというところであろう。残念ながら、今回の〈ゾラ・セレクション〉にも二つのシリーズからは一作も入っていない。いずれ機会があれば紹介されてしかるべきだと思う。

（小倉孝誠）

2　文学評論家——地平の拡大に向かって

三つの時期

ジャーナリストとしてのエミール・ゾラの仕事は、おびただしい数の文学評論文を生んだ。それらはまず新聞や雑誌に寄稿され、のちにその多くがゾラ自身の手で本にまとめられた。

文学批評家・理論家ゾラのキャリアは、ほぼ三つの時期に分けることができる。第一期は、挑発的なタイトルの初期評論集『わが憎悪』が出版された一八六六年から、『テレーズ・ラカン』第二版への序文を経て、『ルーゴン家の繁栄』への序文が書かれる一八七一年に至るほぼ六年間である。「自然主義者」という語は、一八六六年に早くもゾラのペンのもとに現れる。彼はこの語をまず『英文学史』の著者イポリット・テーヌへの讃辞として用い、この芸術哲学者を、自然界の研究で採用されている純粋な観察と正確な分析を精神界の研究に導入した「自然主義の哲学者」と呼んだ。この時期のゾラは、「自然主義」をキー・タームとしてスタンダール、バルザック、フロベール、ゴンクール兄弟など、彼に先行する諸作家の読解を試みている。のちにみずからが指揮する流派の先駆者とみなすことになるこれらの小説家にゾラが見たのは、「調査と人間資料」を踏まえた新しい小説の創始であった。以後これらの大家をモデルとして、自然科学の研究精神と方法とを文学芸術に移しかえるような小説家グループの誕生を期待することになる。

第二期は、ロシアの雑誌『ヨーロッパ通報』誌に月ごとの寄稿を開始する一八七五年から、既発表の記事をまとめた三冊の評論集『自然主義の小説家たち』『演劇における自然主義』『文学資料』が相次いで出版を見る一八八一年までの約七年間と考えることができる。この時期は『居酒屋』が大成功を収め、旺盛な創作活動と並行して、熱烈でねばり強い自然主義キャンペーンを展開した期間にあたる。特筆すべきは、ゾラがその理論を先鋭化し、「フランス共和国は自然主義者になるべきである。さもなければ存立しないだろう」と叫んで、政治の領域にまで活動の場を広げた一八七九年である。この年は、かの「実験小説論」が『ヨーロッパ通報』誌に掲載され、新たな構成要素として自然主義に実験理論がつけ加えられた年でもある。周知のように、この実験理論には批評界からきびしい反論が突きつけられることになる。

『ルーゴン=マッカール叢書』がまもなく完成を見ようとする一八九〇年頃、ゾラは自然主義が息切れしてきたと感じる。グループの亜流と呼べるような作家たちの小説技法は、主題の選択においても方法の適用においても、単なる約束事のゲームの観を呈していたからである。この第三期のゾラは、資料と科学的合理主義に縛られない、もっと柔軟な自然主義思想を提案し、実験理論にそれとなく自己批判を投げかけている。一八九一年、ジャーナリストのジュール・ユレは、「文学の進化についてのアンケート」のために、作家たちにインタヴュー形式の意見聴取を行なった。ゾラも質問を受け、「厳格すぎる理論から解放され、人生をもっと優しく受け入れること」「人類に向かってもっと大きく入り口を開くこと」と答えている。この新たな展開は、晩年の二つの小説サイクル『三都市』『四福音書』に表出されるメシア願望へとつながってゆく。

封印を解かれた禁忌

このようにゾラの自然主義理論は、大きく見れば、構築、体系化、柔軟化という経路をたどっているが、この三つの時期を貫き支配する彼の姿勢は、あくなき真実の探求である。もちろん、真実という概念自体は、けっして独創的とはいえない。古典派もロマン派も、真実の名のもとで仕事をした。けれどもゾラのいう真実とは、それ以前の文学が禁忌として封印してきた文学素材、例えば肉体、性、神経症、遺伝、下層社会、階級間抗争などを開封し解き放つことを前提としている。こうした新たな素材を小説に導入することは、小説の生産条件と受容条件の両面で文学の前提に大きな変更を迫ることであった。それはまた、物語の構築コードとともに読者の期待の地平をくつがえすことをも意味していた。物語はもはや、世界の精神的ヴィジョンも、モラルも、予定的なドグマも、あるべき理想も例証してはくれない。読者は、それまでタブーとして物語言説から締め出されていた様々な素材やモチーフに耳を傾け、次第に慣れることを要求されるのである。

ゾラが魅せられた文学素材は、とりわけ肉体である。肉体から粉飾を取り去り、その衝動、享楽、無秩序、狂気、悲惨を含め、まるごと生の姿で描くこと、これがみずからに課した使命であった。彼の肉体の哲学はエロスとタナトス、つまり性と死の宿命的な結合の問題を含んでいる。一八六五年、ゴンクール兄弟の『ジェルミニー・ラセルトゥー』が出版された。ゾラはこの生理学小説にいち早く着目し、すでに同年、この作品についての考察を発表している。彼は、ゴンクール兄弟が小説に付与した肉体の役割に目をみはる。主人公は、うわべは平穏で規則正しい生活を送っているが、実際にはうちに秘めた激しい欲望に翻弄される召使いである。彼女は一人の男を愛し、貢ぎ、食いものにされたあげく、やがて飲酒癖に染まり、行きずりの男に身を任せ、最後に死んでしまう。この小説の研究においてゾラは、『ボヴァリー夫人』の主人公エンマの依然として上品で、一定の節度を逸脱しない洗練された恋愛と、どぶのなかを這いまわるようなジェルミニーのそれとを比較し、肉体の宿命がたどる真実の視点から、後者により高い評価を与えている。『ジェルミニー・ラセルトゥー』はゾラの目に、生理学的な観察に基づいたヒステリー症例研究の先駆的で典型的な実践と映ったのである。以後、性と死の宿命的な結合に科学的な根拠を与えることが、彼の大きな関心事のひとつとなる。一八六七年、自身も生理学小説『テレーズ・ラカン』を書いたのちゾラは、二十巻からなるサイクル小説『ルーゴン＝マッカール叢書』の構想のために、ルトゥルノーの『情熱の生理学』とリュカの『自然界的遺伝論』を読み、丹念にメモをとっている。そして、一八六八年末には、社交人らしくもったいぶった態度をとるゴンクール兄弟を前に、「私たちの作中人物の性格は生殖器によって決定されます。それはダーウィンに由来しているのです。まさにこれこそが文学です」と荒々しく叫ぶことになるのである。

しかしこの肉体の言語は、受容態勢をまだ十分に整えていない読書界からごうごうたる非難を浴びる。

風刺画家たちからは、頭から尿瓶《しびん》を被った姿で描かれたり、ゴミ箱を漁る屑屋になぞらえられる。因襲的な美の理想に執着しつづける批評界の反応もこれに類似していた。人間のあらゆる現実についての調査、観察、分析を踏まえた新しい小説の擁護のためにゾラが展開した理論キャンペーンは、既成文学の価値規範から大きくはずれていたために、彼らの神経を逆なでしたのだった。『居酒屋』(一八七七)の出版を機に、ゾラは汚辱と猥褻《わいせつ》にまみれて悦にいっていると非難され、さらにのちの『大地』(一八八七)出版のあとでは、『フィガロ』紙上に掲載された攻撃文「五人の宣言」によって、自分が育てた弟子たちから絶縁をいい渡される。

この種の無理解な批評に対して、ゾラは当初から強く抗議している。彼の反論は少なくないが、ここでは二つだけ引用してみよう。まず最初に挙げるのは、批評家ルイ・ユルバックから『ジェルミニー・ラセルトゥー』とともに「腐った文学」という烙印を押された初期小説『テレーズ・ラカン』第二版への序文からの断片的な抜粋である。

この本は批評界から無遠慮な憤慨の声で迎えられた。(…)

私は『テレーズ・ラカン』で、性格ではなく、体質を研究しようとした。この本のすべては、この点にある。あくまで神経と血にもてあそばれる人物を選んだ。かれらには自由意志はない。その日その日の行為は、いつでも宿命的な肉体の本能に左右されている。テレーズとローランは人獣〔人間のうちなる動物性の部分そのもの〕であって、それ以外のなにものでもない。この獣の体内の情念のひそかな働き、本能の衝動、ヒステリーの発作につづく頭の狂乱状態などを、私はひとつびとつたどろうとした。ふたりの主人公の恋愛は、欲求を満たすことだ。(…)

この小説を注意して読んでいただきたい。そうすれば、一章一章が生理学の興味あるケースの研究になっていることに気づかれるだろう。

(小林正訳、〔 〕内は筆者)

次に、『ジェルミナール』(一八八五)を皮肉たっぷりに攻撃した批評家ジュール・ルメートルへの手紙による反論。

私は、あなたの定義「人間の動物性の悲観的な叙事詩」を、大いなる喜びをもって甘受します。けれども、この「動物性」という語について私の考えを説明したうえで、と条件をつけさせていただきましょう。

あなたは人間というものを頭脳に見ておられますが、私はそれをあらゆる器官に見ているのです。あなたは人間を自然から切り離しておいでですが、私には大地と無縁な人間など考えられません。人間は大地から生まれ、大地へと帰ってゆくからです。(…)すべての論争は、例の心理学、特別のものと考えられている魂の研究に、あなたが唯心論的な重要性を与えておられることから生じています。私が魂を特別のものとは思っていないことがお分かりでしょう。だからこそ私は、心理学をもってはいないのです。

(一八八五年三月十四日付け)

ルメートルが『ルーゴン＝マッカール叢書』に与えた定義「動物性の叙事詩」は、先にバルザックに捧げた研究記事のなかで、ゾラが『人間喜劇』に贈った讃辞「現代の叙事詩」を逆手に取ってもじった表現だろうと推測されるが、それはともかく、この二つの引用に明確に現れているのは、従来の文学とは逆方向のベクトル、つまり生物学と生理学に依拠する科学的真実の名において作中人物たちを露わな動物性ないし獣性の相貌のもとに描き、彼らの性格や心理はカッコに括ってしまう態度である。『ルーゴン＝マッカール叢書』第十七巻のタイトルとなるまでに、しばしばゾラが言及する獣性のモチーフは、すでに第一期の初めの一八六六年、人間のうちに巣くう獣を研究し肉体の叫びを聴く芸術家というテーヌ評価に現れている。したがって理想化、観念化、抽象化を排除し、いっさいの虚飾を取り去って、肉体的な存在としての人間を、冷徹な観察と分析に基づいて描きつくすことは、ゾラが初期からみずからに課していた小説家としての使命だったと考えることができる。肉体の自然化は、古典派やロマン派による肉体の理想化ないし肉体の検閲と真っ向から対立する。

小説家の資質と創作法

ところで、このような新しい文学素材を扱う小説家に要求される資質と創作法は、ゾラにとってどのようなものだったのだろうか。一八七八年『ヴォルテール』紙に掲載された記事「現実感覚」が、この問いにひとつの答えを与えてくれる。そのなかでゾラは、長いあいだ小説家の資質を測る基準とされてきた想像力を現実感覚に置きかえ、「自然を感じとり、それをあるがままに表現すること」が、実生活の描写に取り組む自然主義の小説家にはぜひとも必要な資質だといっている。小説の使命が読者に精神の息抜きを提供することではなくなった以上、おもしろい話をつくり出したり、架空の恋物語で読者を酔わせることは問題にならない。作家の努力は、むしろ現実世界のしたに想像世界を隠すことに向けられなければならないのである。

ゾラが、師と仰ぎライバルともみなしたバルザックに見いだした最大の資質も、現実感覚であった。のちに『自然主義の小説家たち』に再録されることになる記事「バルザック」で、金銭のドラマ、政治喜劇の歯車、古い社会の退廃と時代社会の激動をこの小説家がみごとに描出しえたのは、彼が現実を正確に把握するために必要な鋭い視線を備えていたからだと述べている。この自然主義の先駆者においては、現実世界の分析能力が想像力に取ってかわっているのである。

したがって当然、資料踏査の重要性が力説される。「現実感覚」を執筆していた頃、折しもゾラは、演劇の世界を主題とする小説『ナナ』の構想に取りかかっていた。この記事のなかで彼は、自然主義小説家の一人という匿名のもとに自身を隠しつつも、『ナナ』の準備作業を具体例として、必要な創作資料を集めるために踏むべき一連の手続きを紹介している。最初に、ある俳優ないしシーンを見た記憶がある（着想の萌芽）。次に劇場の世界に通じた人々に会って話を聴き（口頭による取材）、役に立ちそうな記録文書をすべて読む（文書の渉猟）。最後に現場を訪れ、女優の楽屋でいく晩も過ごす（現地調査）。いったん資料が集積されれば、作品執筆までの道のりはそう遠くはない。取材ノートは、作中人物が歩むべき人生の道筋に沿って分類・配置され、物語の筋の展開がつむぎ出される。同様の手順は、『ジェルミナール』など他の作品準備についても守られた。

小説の物語が集められた資料から組み立てられるとするなら、作家の個性はどのように考えられているのか。ゾラは、物語技法と物語構成法の範をフロベールに見いだしている。一八七五年に発表された研究「ギュスターヴ・フロベール」で、この写実主義の巨匠の特質として、英雄的な主人公の拒否、小説的なバネ（波乱、サスペンス、どんでん返し、悲壮感、思いがけない結末など）の排除、形式に対するきびしい姿勢と並んで、なるほど没個性が評価され強調されてはいる。けれども、そこでいわれているのは、作家の没個性ではない。作者はドラマの演出家に徹し、作品のなかに顔を出してはならないという意味である。読者が作品にモラルないし教訓を読みとることは自由だが、作者自身は作中人物たちとともに泣いたり笑ったりしないし、彼らの行為に判断をくだすこともしない。物語のなかに絶えず介入し、作品から引き出すべき教訓を読者に指示するバルザックは、この点では否認されるのである。

初期のテーヌ研究においてゾラは、作品評価の基準に抽象的な美の理想を置くことを拒み、文学作品の生成を三つの要素、すなわち文化的な起源、社会環境、時代の歴史的な位置づけの交差によって説明しようとした彼の実証的な批評態度に魅了された。けれども同時に、テーヌにおいては芸術家の感受性、情熱、才能とともに、個性が十分に考慮されていないことを惜しんでいる。ゾラにとっての芸術作品とは、「ある気質を通して観察された自然の片隅」だったからである。この定義において、「気質」は明らかに個性と等価であり、その同義語として用いられている。

小説の文体と形式についても個性は尊重された。「現実感覚」の七日後、これと対をなす「個性的な表現」が、同じく『ヴォルテール』紙に掲載される。ゾラが考察対象としたのは、スタンダールとバルザックであった。この二人の小説家はいずれも悪文家の汚名を着せられていたが、ゾラが彼らに与えた評価はまったく異なる。まるで民法典をまねたようにそっけないスタンダールの文体は、分析のみごとな道具になっていると称えられ、水面は凍てついていても、深みがたぎり立つ湖のようなものだと形容される。重い書き出し、長すぎる描写、作中人物の誇張など、バルザックの小説形式に向けられた非難に対しては、『人間喜劇』全体における位置づけとの関連で判断すれば彼の形式の価値は明らかだとする。そして文体は鍛冶屋の仕事に喩え、作品に作者の刻印をとどめるまで、練りなおし、鍛えなおされた偉大な文体だと称讃を惜しんでいない。

かくして、現実感覚をもつこと、ついで自分の生命を吹きこみつつ自然を独創的に表現すること、これがゾラが偉大な小説家に認めた資質であり創作法であった。この姿勢は、他の二つの発言にこだまを返している。「文学においては才能の問題がすべてに優先する」。「どれほど貴重な素材に触れてもそれに生命を吹きこめない手があるものだが、芸術家には創造する手がある。（…）作家が自然を見るときの緊張感、自然を変形し自分の鋳型に流しこむときの驚くべき方法、そして最後に自分の触れるものすべてに残す刻印、これこそが真に人間的な創造であり、天才の真の署名なのである」。ゾラは科学者の研究法と芸術家の創造とを混同していると批判されるが、自然主義の小説理論が両者の相違をけっして無視するものではなかったことは明らかだろう。

「実験小説論」

最後に、悪評の的とされてきた——そして今日なお、されている——「実験小説論」について付言しておこう。一八七九年に発表したこの記事でゾラが理論的根拠としているのは、『ルーゴン＝マッカール叢書』の準備（一八六八年末から開始）に先立つ一八六五年に出版されたクロード・ベルナールの『実験医学序説』の所説である。ところで、この医学理論書の発表年とサイクル小説の構想時期の時間的な前後関係は、ひとつの大きな誤解を生む原因になった。一部の批評家（わが国の批評家も含めて）は、サイクル小説の構想もベルナール理論を基礎に進められていると考えたのである。ゾラはベルナールの著書の存在を出版当初から知ってはいたと推測される。しかし、最近の研究が明らかにしたように、友人アンリ・セアールからこの本を借りて熟読したのは、ようやく一八七九年、「実験小説論」執筆直前のことにすぎない。したがって、『ルーゴン＝マッカール叢書』が実験理論の小説への応用だと考えることはできないのだ。

さて、科学における実験モデルとは、問題の限定、データと客観的事実の観察、仮説の設定、仮説の有効性あるいは無効性を検証するための実験、結論という一連の作業のことだが、ゾラはこのモデルをとりわけ作中人物に適用しようとした。物語の筋のうえでの波乱を、作中人物たちが遭遇する虚構の試練として組み立て、この試練を通して彼らの情熱や行為の仕組みと原因を究明することができるというのである。手ごわい論敵フェルディナン・ブリュヌティエールは、ゾラの立論上の錯覚を容易に見抜き、小説においては物語の編成効果を得るために作中人物に独自の要請が課せられる以上、小説家は厳密な意味ではけっして実験を仕組むことはできないことを論証した。『居酒屋』の作中人物クーポーを例にとったブリュヌティエールの痛烈な批判を待つまでもなく、小説は語り手の恣意性に従う可能世界のなかでしか存立しえないのだから、現実世界を対象とする科学的な実験を小説に対して行なうことはもちろんできない。

代表的なゾラ研究者の一人アンリ・ミットランも、『ゾラと自然主義』(拙訳、白水社、一九九九)第二章のなかで実験理論を第二期自然主義の最後にできた「瘤《こぶ》」と評し、その弱点を認めている。だからといって「実験小説論」の小説理論としての価値をいっさい否定してよいものだろうかと自問しつつ、ミットランは記号論的な読み取りを提案している。すなわち彼にとって「実験小説論」は、発端の状況(例えば『居酒屋』におけるジェルヴェーズとクーポーの結婚)から始まり、その状況から危機の与件(クーポーが事故に遭い、アルコールに溺れる)あるいは抗争の与件を引き出し、それが解決されると出発点とは著しく異なった結末(ジェルヴェーズの零落と死)へと至る物語のプログラムを、実験的な方法の言語を借りて、比喩的な形で記述したものなのである。言葉をかえればミットランは、規範的な物語の原型モデルへのゾラのたくましい直観を、時代の夢あるいは神話ともいうべき科学の言語コードに移しかえたものが「実験小説論」だと考えるのである。

まとめ

文学評論の活動全体を通じてゾラが問題にし力点を置いたのは、同時代の小説家が担うべき役割ないし使命であった。そのためか、彼の批評文は挑戦的・論戦的な調子を色濃くとどめる。例えば、先に見た「現実感覚」のなかで、ゾラは確かに小説における想像力の役割はもはや終わったと断言し、これをきびしく糾弾している。しかし、ゾラ自身が文献と現地調査から生まれた作品と自負する『ナナ』を読んで、この小説に想像力の欠如を感じる読者がいるだろうか。小説家の資質を測る尺度の振り子を、想像力の極から現実感覚の極へと大きく振ることを意図したにすぎなかったと解釈すべきであろう。

フィクションの技法についても同じことがいえる。彼がたくましい構成力と語りの能力を備えた物語作者であったことは、一九七〇年以降に発表された諸研究が明らかにしている。数的な関係を念頭に置いた周到な章区分、そこから生まれる均斉、出来事と象徴の照応関係、テーマやモチーフの神話からの借用など、小説のいたるところで彼の物語作者としての才能が発揮される。けれども、公表を予定しない準備ノートを除けば、文学思想を扱う批評的な言説の場では、物語作者としてのゾラの相貌は、彼が夢みる生物学者、医者、社会学者のイメージのしたにかき消されている。

自然主義小説と自然主義理論は相同ではないし、ほとんど重なりあってもいない。前者は後者の応用ではないのだ。だからこそ私たちが小説に差し向かうとき、理論家ゾラのきびしい監視のもとに抑圧されていたものが、堰《せき》を切ったように姿を現すのである。

（佐藤正年）

3 美術評論家——絵画と文学の共闘と乖離

十九世紀フランスの文学者で美術批評の筆を執った人物はかなりの数にのぼる。著名な例だけを挙げても、スタンダール、ボードレール、ゴーティエ、ゴンクール兄弟、フロマンタン、マラルメ、ユイスマンス、ラフォルグ等々、実に錚々たる顔ぶれである。そのリストに堂々と名前が含まれるべき一人がエミール・ゾラであることは歴史的に見て正当と考えるのは、決して私だけとは思われない。

ところが、ゾラが書き残した美術評論は、その重要性にもかかわらず、常に正当な評価を受けてきたとは言い難い。「作家と視覚芸術」の副題を持つ『ディドロからヴァレリーへ』（一九六〇）の中で、フランソワ・フォスカが、絵画を論ずるだけの能力と趣味が欠落しているとしてゾラを無視する挙に出たのは、その極端な場合であろう。その後、少しずつ美術批評家ゾラの再評価は進んでいるが、とりわけ日本での紹介は遅れ、未だまともな翻訳もない状況のまま今日に立ちいたっている。ゾラと美術の関係を見直し、その美術評論を再読する機は熟したと言うべきであろう。

エクスの中学時代からセザンヌの親友であったゾラは、パリで革新派の絵画の世界に関心を抱き、小説家として独り立ちする以前に、美術批評家としてデビューしている。一八六〇年代後半から、保守的なアカデミズムを批判し、マネや印象派を擁護する文章をサロン（官展）の批評その他の形で執筆しており、とりわけ一八六六年から六七年にかけて発表されたマネ論は画期的であった。ただし、後述するように、一八七〇年代末になるとマネや印象派に関する論調が微妙に変化したことは確かであるし、八六年には画家を主人公とした小説『作品』(『制作』)をきっかけとして親友セザンヌとの仲が疎遠になってもいる。こうした「変化」や「無理解」がゾラの審美眼に根本的な疑いを抱かせる原因になったのだが、この問題は慎重な考察と見極めが必要である。ここでは、マネ論を中心にゾラの美術評論を検討してみよう。

マネの擁護

一八六六年五月七日、画家エドゥアール・マネはゾラに対して礼状を書く。

あなたに会ってお礼を申し上げ、あなたのような才能のある方に弁護され私がどんなに幸せで誇りに思っているかをお伝えするには、どこへうかがえばよいのかわかりません。何という素晴らしい記事でしょう。本当にありがとう。

あなたの前回の記事(「芸術の現在」)はもっとも注目すべきものであり、強い感銘を与えました。ご意見を伺いたいのですが、どこでお会いできるのでしょうか。あなたさえ良ければ、私は毎日五時半から七時までカフェ・バードにおります。

それでは近い内に。私の心からの親愛の念とご恩に対する感謝の気持ちをお受け取り下さい。

ゾラとマネの緊密な交友の始まりを告げるこの書簡は、ゾラが『エヴェヌマン』紙に初の連載サロン批評の一環として、「マネ氏」と題する記事を載せたのと同じ日付をもつ。自己の芸術に対する理解と称賛に満ちた文章を読んだ画家は、即座にペンを取り、お礼の手紙を書いたのであろう。その頃、一八六五年のサロンにおける《オランピア》のスキャンダルこの方、ほとんど四面楚歌のなかで失意に沈み込んでいたマネは、今年こそはと意気込んだ一八六六年のサロンで《悲劇俳優》と《笛吹き》が落選の憂き目に会い、デビュー以来最悪の状況のなかにいた。さらに、マネを励まし支えてくれたボードレールは遠いベルギーの地で病床に伏せっており、半身不随のままパリに戻ってくるのは七月になってからのこと。強力な擁護者を欠いたまま不遇の日々を送る画家の前へ、救いの神のように現れたのが、エネルギッシュな若き批評家ゾラであった。マネの喜びもひとしおだったに違いない。

ゾラの一八六六年のサロン評は、四月二七日から五月二十日まで前後七回にわたって『エヴェヌマン』紙に掲載された。前年に「プルードンとクールベ」、「ギュスターヴ・ドレ」を執筆し、美術批評の筆慣らしを終えていたゾラは、よしも悪しくも美術界注目の画家マネの弁護をあえて買って出た。共感する新しい才能が正当に認められないことへの怒り、話題性のある批評で自らも世に売り出そうという思惑、どちらの動機もおそらく真実であろう。サロンの審査委員会の閉鎖的な保守性をまずやり玉に挙げたゾラは、三回目の記事「芸術の現在」(五月四日)において、自らの美学的原理を明快に提示した。

ゾラにとって芸術作品は、何よりもまず芸術家の個性、個人の特徴が明確に表れたものでなければならない。「重要なことは自分自身であること、あるがままの心を見せること、断固として個性を表現すること」なのである。ゾラは芸術作品を構成するふたつの要素として、現実的な要素である「自然」と、個人的な要素である「人間」を挙げる。そして、自然は常に一定で人間は無限に変化するものとし、したがって「芸術作品は可変的な要素である人間と普遍的な要素である自然の結合にほかならない」と主張する。このふたつの要素のうち、ゾラが重視するのは芸術家の個性、気質、独創性に関わる前者の方であり、この点において、ゾラは自らの立場と旧世代の「写実主義《レアリスム》」の間に一線を画す。「現実的なものを気質に従わせることを表明する私にとって、〈写実主義者《レアリスト》〉という言葉は何も意味しない。真実を描けば私は拍手する。しかし個性的に生き生きと描けば、私はさらに力を込めて拍手しよう」。単に、自然（＝現実）を再現するだけでは充分ではない。芸術家は観察した現実を、独自の解釈と方法で力強く表現しなければならない、というわけである。

以上のような考え方に基づいて、ゾラは四回目の記事「マネ氏」の中で画家を敢然と擁護し、その作品を積極的に評価する。サロンに落選し、公衆から嘲笑を蒙っているが、マネは「我々の時代のもっともはつらつとした個性の持ち主のひとり」にほかならない。ゾラはマネのなかに、生命と個性的な気質にあふれた作品を生み出すひとりの独創的な芸術家をはっきりと見出す。そして、ゾラによれば、「マネ氏の才能は単純さと的確さとから成っており」、それを支えるのは画家の「ドライな sec」気質と事物に対する正確な観察力である。そのような特徴を備えた優れた作品として、ゾラは《草上の昼食》、《オランピア》、《笛吹き》を取り上げ、サロンで好評を博す小ぎれいな絵の「胸が悪くなるような甘ったるさ」

と比べて、それらがいかに生命と真実を率直に表現しているかを指摘する。「クールベと同じく、また独創的で力強い気質をもったすべての画家と同じく、マネ氏の場所はルーヴルにある」というのが、ゾラの結論である。

これに続く「サロンの写実主義者たち」と題された五回目の記事において、ゾラは、実証主義的な科学の時代にあっては現実を描くことこそが画家の使命であるとしながらも、強力な個性を欠く現実模倣の写実主義の空しさを再び説き、最後に芸術作品の有名な定義を掲げる。曰く「芸術作品はある気質を通して見られた創造の一隅である」（別の文章では「自然の一隅」とも言う）。

歴史的に見ると、非難の嵐に囲まれていたマネを一貫した価値基準をもって弁護したのは、まさしく一八六六年のゾラが初めてである。同時代の現実への関心という意味で前世代のレアリスムを継承しつつも、芸術家の個性が刻印された表現の主観性あるいは独創性を強調することで、客観的な現実再現から一線を画す姿勢は揺るぎないものがあった。渦中の人マネが対象であるがゆえに、若き美術批評家の鮮烈な登場ぶりは際立っていたと言ってよかろう。しかし、アカデミズムの大家をこき下ろし、問題児マネを持ち上げるゾラのサロン評は、『エヴェヌマン』紙の読者の強い反発を招き、この後二回連載して終止符を打たざるを得なくなる。ただし、ゾラは同年七月に、『わがサロン評』と題した小冊子の形で、「十年来芸術や文学を語り合ってきた」盟友セザンヌへの献辞とともに、これらの記事を改めて公にするのである。

一八六七年のマネ論

雑誌『十九世紀評論』の一八六七年一月一日号に掲載されたゾラの長大なマネ論に対する礼状を、画家は翌一月二日に書く。

親愛なるゾラ、あなたが私に下さったのは飛び切りのお年玉で、あなたの素晴らしい論文は私にとって大変心地よいものです。(…) 個展を開くことに決めました。少なくとも四十点の絵は見せます。シャン・ド・マルス〔万博会場地〕にとても近いところにある地所をすでに提供してもらっています。一か八かやってみるつもりですが、あなたのような人たちに助けてもらえば、成功が期待できるでしょう。近いうちにまた。

マネの個展とゾラの関わりについては後述するとして、まずはゾラがマネに贈った「飛び切りのお年玉」を検討しよう。それは「絵画の新しい流儀、エドゥアール・マネ」と題する論文で、前年のサロン評に見られたゾラの美学とマネ評価をさらに充実させ、練り上げた内容となっている。ちなみに、この雑誌論文は『エドゥアール・マネ——伝記的、批評的研究』という小冊子に姿を変えて、後にマネの個展に合わせて出版されることになる。

このゾラの論文は、マネに関する史上初の本格的な研究とでもいうべきもので、その美術史的意義はきわめて高い。全体は短い序文に続いて「人と芸術家」「作品」「公衆」という三つの部分から成る。第一部において、ゾラはまずマネの人間性を長々と擁護する。巷に流布する傲岸不遜なボヘミアンのへぼ絵描きというイメージはまったくの誤りで、実は礼儀正しい上品なブルジョワ紳士なのだとしつこく強調してから本論に入るのは、それだけマネを取り囲む偏見が強かったせいであろう。

芸術家としてのマネの捉え方は、基本的には前年のマネ論と変わってはいない。ゾラによれば、真の芸術家としてのマネの誕生は、画家がそれまで見聞きした絵画の教えをすべて忘れて自然と向き合い、観察した結果を固有のやり方で絵画に表現しようと努めた時点に始まる。それ以来、マネは自分の進むべき道を見出し、「独創的な言語による自然の翻訳」を作品として定着しており、私たちもマネの作品を前にして、「ある気質に特有の現実表現」以外のものを探してはならないのである。それでは、マネが絵画にもたらした斬新で個性的な表現とは、どういう性質のものなのか。ここからゾラの論は、作品の造形性に即して展開する。

ゾラにとって、マネは「単純さと的確さから成る新しい言語を語る」。「単純さ simplicité」は対象を量塊《マッス》によって平面的に処理することと関係し、エピナル版画（素朴な民衆版画）や日本の浮世絵版画の色面対比の効果が引き合いに出される。「的確さ justesse」は色調の適正さに関わる言葉で、色調の微妙な相互関係や、色価《ヴァルール》の法則の遵守について語るのに用いられる。要するに、正確な調子の色斑《タッシュ》を対比的に置くことで画面を構成していく、マネの造形的な質を積極的に評価しているのである。ゆえにゾラにとって、マネの革新性は純粋に絵画的なものである。「彼がいくつかの物や人物を〔画面に〕集めるとしたら、それを選ぶにあたっては、ただ単に美しい色斑、美しい対比を得たいという欲望によって導かれている」、という言辞すら生まれるのはそのためである。

そうすると、絵画の主題はどうなるのか。それは口実に過ぎないとゾラは断言する。「彼ら〔マネを含めた画家たち〕にとって主題は描くための口実である一方、大衆にとっては主題のみが存在する。したがって、間違いなく、《草上の昼食》の裸体の女性は、少しばかりの肉体を描く機会を芸術家に与えるためにのみ、そこに存在する」。あるいは、《オランピア》について、ゾラはこう説明する。「あなたには裸の女性が必要だったので、最初に現れたオランピアを選んだのだ。あなたには明るく光に満ちた色斑が必要だったので、花束を置いたのだ。あなたには黒い色斑が必要だったので、片隅に黒人女と猫を据えたのだ」。このような造形優先＝主題口実説をゾラが唱える背景には、まさしく《草上の昼食》や《オランピア》が主題にまつわる道徳的次元（いかがわしいピクニック、高級娼婦など）で非難されたので、それをかわすねらいがあったのかもしれない。少なくともそれを強弁する必要はあったろう。しかし同時に、マネの絵の色彩や筆触など、造形自体の魅力に反応するゾラの感性も否定できない。いずれにせよ、結果からみれば、この「純粋絵画論」の主張にこそゾラのマネ論における最大の歴史的な意義がある。「絵画とは、軍馬や裸婦やなんらかの逸話である以前に、本質的には、ある秩序にしたがって寄せ集められた色彩によって覆われた、平坦な面なのだ」という、モーリス・ドニの有名な定義（一八九〇）に直結していく、絵画の自律性を重視した近代絵画史観の起点に位置する言説だからである。

絵画と文学の共同戦線——自然主義

さて、一八六七年のマネの個展は成功したとは言い難かった。自己に誠実な画家の課題は独自の様式をいかに公衆の眼に慣れさせ、認めさせるかにある、とは個展のカタログ序文で謳われているところであるが、公衆の眼はこの時点でマネの絵にさほど慣れていたわけではなかった。そして、六七年のマネ論第三章でゾラが意識したのも、受容者としての「公衆」という存在をいかに征服するかという問題であり、その内容、文体の共通性から、無記名のカタログ序文はマネとゾラの共作という可能性が指摘されているくらいである。加えて、ゾラは同年一月に発表したマネ論を小冊子に仕立て上げ、マネの個展に合わせて六月に刊行してもいる。そこには、画家との共闘を企てるジャーナリストとしての戦略的な態度が見受けられよう。

マネの方でも、一八六七年から六八年にかけて《エミール・ゾラの肖像》(挿図参照)を制作し、六八年のサロンに出品した。ただし、書斎に座す精悍なゾラの姿は、単なる友人の肖像ではない。膝の上に広げられた美術関係の書物、背後の屏風、額縁の中の版画や複製写真は、明らかにこの人物の美術に対する関心の高さを示唆している。また、机の上に雑然と置かれた本、インク壺、ペンなどは、この人物が読書し、文章を書く習慣を持っていることを表す。つまり、ここに描かれているのは、美術に興味があり、文筆業を営む人間なのだが、しかし分かるのはそれだけではない。画面右上の額縁の中には、浮世絵版画とベラスケスの絵の複製版画、それにマネの《オランピア》の複製写真が、重なり合って入っている。ゾラは《オランピア》をマネの代表作として称賛を惜しまなかったが、この複製の真下に見える、淡いブルーの表紙にMANETと印刷された薄手の本は、まさしくゾラが六七年に出版したマネ論に他ならない。おそらく、この作品でマネが描きたかったのは、一八六六年から六七年にかけて四面楚歌の自分の弁護を買って出た美術批評家ゾラの勇姿なのである。その意味で、この肖像画は美術批評家に対する画家の感謝のしるし、ふたりの友情と戦いの記念と見なせよう。

一八六八年のサロン評を『エヴェヌマン・イリュストレ』紙で担当したゾラは、五月十日付けの記事「エドゥアール・マネ」の中で、自分がモデルとなったこの《エミール・ゾラの肖像》について論じつつ、次のようなマネの言葉を紹介した。

▲エドゥアール・マネ
《エミール・ゾラの肖像》(1867–68年)
油彩・画布、パリ、オルセー美術館。

いやだめだ、と彼は私に答えた。僕は自然なしには何も描けない。自分で作り出すことはできない。学んだ教えにしたがって描こうとしたとき、僕は価値あるものを何も生み出せなかった。今日、僕が何かをもたらすとしたら、それは、正確な解釈と忠実な分析のおかげだ。

続けてゾラはこう述べる。「そこにこそ彼の才能のすべてがある。彼は何よりもまず自然主義者だ。彼の眼は洗練された単純さとともに対象を見て表現する」。ゾラがマネの言葉をどこまで正確に伝えているかはともかくとして、ここでは「固有の気質を通して見られた現実の表現」という従来のマネ論の趣旨を継承すると同時に、その論調にいささか変化が見られるのがわかる。それはマネのことを「自然主義者 naturaliste」と呼んでいる点で、ゾラは「自然主義者」としての画家の才能を、「正確な解釈と忠実な分析」と関連づけている。同じ記事の中には、「あなた〔マネ〕の眼の科学、気質の促しが、独特の結果へとあなたを導く」という一節もあり、ゾラが「自然主義者」という言葉に疑似科学主義的な方法、態度というニュアンスを込めようとしていることがうかがわれよう。「一八六八年のサロン評」で、こうした変化が出現したのはなぜだろうか。

一八六七年の暮れに、ゾラは小説『テレーズ・ラカン』を発表する。姦通と殺人を犯し、破滅へと至る男女の心理と生理を執拗に追求した小説の刊行は、センセーショナルな文学的事件となり、陰惨かつ不道徳であるとして批評家たちの非難を浴びる。こうした批判に応えるために、ゾラは六八年の四月に第二版を刊行した際、序文をつけて自己の文学的意図を明らかにした。それによれば、何よりもまず「科学的な目的」をもってこの小説を執筆したゾラは、「気質を研究したかった」のであり、「外科医が死体に対してなす分析的な仕事を、ふたつの生きた肉体に対してなしたに過ぎない」。そして、ゾラは自らが目指す文学を集約する用語として、「自然主義」という言葉を用いたのである。

文学や美術に関して自然主義という言葉を用いたのは、ゾラが最初ではないにせよ、それが強力な芸術的主張として世に流布するのは、これをきっかけとする。そして、『テレーズ・ラカン』執筆以後の一八六七―六八年にかけて、絵画批評にまでも「科学的な分析」という主張が波及していったと思われる(一八六七年のマネ論にもその萌芽はある)。マネを「自然主義者」と呼んだ背景には、こうした文脈が想定されよう。それは、「自然主義」という言葉を媒介にして、ゾラが前衛的な絵画と文学との間に並行関係を樹立しようと意図した、別の言い方をすれば、自らの文学的野心に絵画の問題を巻き込んだということでもあった。

『テレーズ・ラカン』第二版の序文を読んだマネも、次のような手紙をゾラに送っている。「ブラボー、ゾラ。あれは厳しい序文だ。しかも、君が弁護しているのは、作家のグループのためだけではなく、芸術家のグループすべてのためなのだ(…)」。初めに引用した、「彼〔マネ〕は何よりも自然主義者だ」というゾラの言葉が、六八年五月十日のサロン評に現れるのは、『テレーズ・ラカン』第二版が世に出てから約一か月後、マネの手紙が書かれてからまもなくのことである。こうして、ゾラは、マネを「自然主義者」と名付けることによって、いわばレアリスム以後の新しい文学と新しい絵画の共同戦線を形成しようと企てたのである。

しかしながら、マネの芸術自体は、自然主義という言葉及びその背後にある科学主義的な発想で括れるものでは決してない。「一八六八年のサロン評」において、ある意味でゾラはマネを語る以上に、自分自身を語っていると考えた方がよいかもしれない。小説家として世にセンセーションを引き起こした際に、ゾラ自身の気質と方法で、戦略的にマネを解釈したという見方もできよう。これから『ルーゴン＝マッカール叢書』において、社会的な現実にしっかりと根ざし、科学の名の下に人間の生理、病理を分析し描き尽くそうと企てる小説家と、現実を素材としながらも、自由な感性に基づいて、形態と色彩の多彩な表現を試みる画家とは、長く蜜月が続くはずもなかったのである。

マネ、印象派評価の変貌

ゾラの「一八六八年のサロン評」では、マネのみならず、後に印象派として活躍するピサロ、モネ、ルノワールらも、「自然主義者」あるいは「アクチュアリスト」などと命名され、現代的な主題を独自の様式で描く画家として、肯定的に評価されている。こうして、マネを中心とする若い革新派の画家たちを擁護する美術批評家のひとりとなったゾラは——他にはザカリ・アストリュック、エドモン・デュランティ、テオドール・デュレなどがいた——、クリシー広場にあった有名なカフェ・ゲルボワの芸術家の集いにも顔を出すようになる。ところが、ゾラの美術評論、とりわけ一八七四年からグループ展を開始した印象派の評価に関する部分には、一八七〇年代末から微妙な留保や揺れが現れてくる。

一八七〇年代のゾラの美術評論は、主としてパリ以外で発行される新聞雑誌、『マルセイユの信号機』紙、『ヨーロッパ通報』誌（ロシア）などに、サロン評、印象派展評として掲載された。一八七八年七月に『ヨーロッパ通報』誌に発表した「パリ通信、一八七八年の展覧会におけるフランス画派」の末尾で、同年刊行された初の本格的な印象派論であるデュレの『印象派の画家たち』を引用しながら、ゾラは印象派に言及し、こう付け加える。「仮に印象派の画家たちによって引き起こされた変動が素晴らしいものであるとしても、それでもなお、ひとりの天才画家が新しい方式 nouvelle formule を実現しに来るのを待たなければならない」と。この留保的な言辞には、おそらく「自然主義」を標榜する小説家として自己確立したゾラの芸術観と、印象派の作品世界の間にある種の齟齬が兆したことを示唆している。

翌一八七九年七月に、同じく『ヨーロッパ通報』誌に発表した「パリ通信」の中で、サロンと第四回印象派展について論評したゾラは、印象派の画家たちに対する不満もしくは批判を表明する。一八六〇年代のマネ作品を積極的に弁護したゾラだが、一八七〇年代半ばから印象派風の筆致に接近していたマネをまず取り上げ、十九世紀後半の偉大な画家と認めつつも、固有の手法を練り上げるに至っていない、時に作品は未完成で不完全であると言明する。そして、印象派については技法が不完全であるとし、「長い間に熟した作品の堅固さ solidité を軽視する点で彼らは間違っている」と言い切ったのである。確かに、「固有の気質を通した現実表現」というゾラの美学の根本原理において、固有の気質という主観的な要素を押し進め、現実を視覚現象として捉えるために筆触分割の技法を用いる印象派に対して、より現実に密着するタイプのゾラがどうしても馴染めないもの感じ、作品を未完成、未成熟と見なしてしまうのは理解できなくはない。

逆に、ゾラがこの年のサロンで高く評価したのが、アカデミズムと印象派を折衷した様式で画壇に登場したジュール・バスティアン＝ルパージュであったのはきわめて示唆的である。すなわち、束の間の印象をスケッチ風の様式で表現する印象派の画家ではなく、より堅固な完成した様式を実現してくれそうな自然主義の画家への期待。これを絵画の前衛性への盲目と見るか、自ら実現した小説世界との相同的特徴を絵画に求めたと見るか、いずれにせよゾラの唱える「自然主義」は、一八七〇年後半以降はマネ、印象派の絵画とは乖離していくのである。

一八八〇年のサロンを批評した「サロンにおける自然主義」は、パリの新聞『ヴォルテール』紙に発表されたが、明るい外光派の絵画を導入した点で印象派に一定の評価を与えつつも、「堅固さ」を欠くなどといった、むしろ限界の指摘が目につく。あるいは結論部分の一節。「大きな不幸、それはこの集団の芸術家が、新しい方式を力強くかつ決定的に実現しなかったことだ（…）」。ゾラにとって、印象派は先駆者であっても、完成者ではなかった。ゾラの後期美術批評に見られる、印象派をめぐるこうしたアンビヴァレントな言説に関しては、さらに分析を進める必要があるだろう。一八八六年の芸術家小説『作品』の主人公である画家クロードの人物や作品には、セザンヌ、マネ、モネらとの交友が明らかに反映しているが、新しい外光派絵画を目指して苦闘し、最終的に確固たる様式を生み出せずに自殺する芸術家像を設定したことには、一八七〇年代以降の美術批評の論点の変化が関係していると見ることもできるのである。

以上のように、ゾラ美術評論は一八六〇年代のマネをいち早く擁護した点に最大の歴史的な意義を持つが、一八七〇年代後半以降は芸術家としての気質や目標の相違から、印象派の絵画運動とはある距離を保つようになる。よって、一八六〇年代後半にゾラが仕掛けた文学と絵画の共同戦線は自壊せざるを得なかった。ただし、ゾラが残した美術批評文は、鋭敏な観察眼と的確な判断力に裏付けられており、明快率直で、戦闘的、挑発的な文体によって、今日でも独特な魅力を放っている。改めて読み直してみたいテクストなのである。

（三浦篤）

4　ジャーナリスト——素早く、具体的に、かつドラマティークに

「私は告発する！」に発揮されたジャーナリスト、ゾラの偉才

真実を語ろうとする時、人は知っていることしか口にしない。真実に忠実であろうとすればするほど、人は寡黙になり、その語りは素っ気ないものとなる。無理に言葉を積み増そうとしても、「ドレフュスの筆跡はドレフュスの筆跡に一致し、エステラジーの筆跡はエステラジーの筆跡に一致する」という「ラ・パリスの真実」にはまり込み、同義反復を連ねた退屈きわまりない学術論文の域に入り込んでしまう。

他方、真実を権力——ドレフュス事件の場合、陸軍参謀本部——の懐に預け、被告の不利になることならば何を言ってもかまわないという立場からものを言う人間の舌は限りなく回り、その筆は限りなく走る。一八九八年一月、ゾラが事件に介入した時点では、「スパイ文書を書いたのはドレフュスではなくエステラジーである」という単純素朴な真実よりも、「何者かがエステラジーの筆跡を真似てスパイ文書を書き、ドレフュスはドレフュスで裏切り行為を働いたことにかわりはない」という複雑怪奇な虚偽の方が、はるかに優勢であり、はるかに雄弁であった。単純明快な「無実」よりも複雑怪奇な「有罪」の方が食欲をそそる。ドレフュスによる裏切り行為の「不在」を証明する方程式よりも、根も葉もないユダヤ組織による陰謀の「存在」を仄めかす物語の方が商品としてはけがいい。具体的な虚偽が、常に抽象的な真実の数歩前を突き進み、遅れて腰を上げる正義がたちまち足をすくわれる陥穽が用意されてし

まう、こうした「世論」なるものの状況にあって、事実の報道、ジャーナリズムの使命とは一体何を意味し得るのか……。

『ルーゴン=マッカール叢書』と「実験小説論」、そして一部の美術批評を別にすれば、ゾラの作品(業績)として一般に知名度が高いのは、一八九八年一月十三日、エルネスト・ヴォーガンを編集長、ジョルジュ・クレマンソーを政治欄主筆とする共和派左派の日刊紙『オーロール』紙の第一面を埋め尽くし、ドレフュス事件の政治化に決定的に寄与した一文、「共和国大統領フェリックス・フォール氏への手紙」であろう。この十九世紀最後のフランス言論界を飾る偉業が、一文学者の気まぐれな義侠心の発作などではなく、三十年以上の経験をもつ古参ジャーナリストの勘と技に裏打ちされた「職人芸」であったという側面は、アンリ・ミットラン『ジャーナリスト、ゾラ』(アルマン・コラン、一九六二)、稲葉三千男『ドレフュス事件とゾラ――抵抗のジャーナリズム』(青木書店、一九七九)、尾崎和郎『若きジャーナリスト、エミール・ゾラ』(誠文堂新光社、一九八二)といった先行研究のなかで常に強調されてきた。一八六二年、二二歳でアシェット社の梱包係、広告担当事務員から身を起こし、書評と雑報を得意とするジャーナリストとして徐々に地歩を固め、一八六六年の「マネ事件」で一躍論戦家としての勇名を馳せたゾラは、第二帝政期、軽妙洒脱な風俗描写に「小ナポレオン」に対する痛烈な揶揄を織り交ぜ、続く普仏戦争の混乱、パリ・コミューンの熱狂、第三共和国成立の裏舞台を現場から生々しくリポートした。続く「道徳的秩序」の時代、筆禍ぎりぎりのスキャンダルを何度もくぐり抜けたあと、自然主義文学の重鎮として――「共和国は自然主義的なものとなろう、さもなくば無であろう」――日々の雑文で糊口をしのぐ必要もなくなった一八八〇年代以降、新聞への定期的寄稿からは手を引くものの、風俗の変遷と時代の趨勢には常に目を光らせ、求めに応じて種々の話題を新聞に提供し続けた。

テーブルの隅っこで、今日も、また明日も、という有様で書く新聞記事など、作家の腕を堕落させる一方なのではないか、という人もいる。しかし、私の意見は逆であり、作家の腕が試される場として新聞に勝るものはないと思うのだ。本物の作家は、この激務によく耐え、それをつうじて夾雑物を払い落とし、陶冶の光沢を帯びる。そこで駄文に走ってしまっては、作家として本物ではない。無論、新聞の仕事をつうじて文体がもたらされるわけではない。ただ、自分なりの文体を打ち出すことのできる人々にとって、それは火の試練の意味をもつ、ということだ。われわれは皆、その試練をくぐり抜け、そして、皆、なにがしかの収穫をつかみ取ってそこから抜け出してきたのである。

（ゾラ「ジャーナリズム研究」、アンリ・ミットラン『ジャーナリスト、ゾラ』五頁に引用）

ジャーナリストとしてのゾラの履歴を、ここで編年式に縷々繰り返すことは避ける（厳密にそれを行おうとするならば、書物として数十巻は下るまいといわれる『エミール・ゾラ、新聞発表全記事』を編纂し、それに隅々まで目を通した後でなくてはなるまい）。むしろ、「私は告発する！」の執筆経緯とその初歩的な文体解析から、この一文が「ジャーナリズムという彼の最初の天職の湧出」（ミットラン）であったという事実を確認し、ゾラ自身によるジャーナリズム文体論の実践形態を確かめるために、以下に許された紙幅を割いてみたい。

史的に厳密な意味で最初の、かつ言葉以前の「ドレフュス派」ジャーナリスト、知識人といえば、事件発生直後からドレフュス家との接触に入り、九八年一月時点で、すでに三冊の誤審告発の書を世に問うていたベルナール＝ラザール（一八六五―一九〇三）であり、また、九五年一月のドレフュス位階剥奪式に被告の無実の可能性を見て取り、九七年十一月五日（六日付）『タン』紙掲載の「公開状」をもって、新聞紙上ではじめてドレフュス無実の確信を表明したパリ高等師範学校歴史学教授ガブリエル・モノー（一八四四―一九一二）である。「私は告発する！」から遡ること二年半、一八九六年秋に、ベルナール＝ラザールが第一の告発の書『誤審』を携えてゾラのもとを訪ねた時、古参ジャーナリスト、ゾラは触手を動かさなかった。「筋書き自体は彼も気に入ったようだった。しかし、彼は事件について何の考えも持っていなかったので、この段階で事件が彼の興味を引くことはあるまい、と私は感じていた。事件が彼の興味を引いたのは、メロドラマが完成し、その登場人物を目にしたあとのことにすぎない」（ベルナール＝ラザールよりジョゼフ・レナック宛書簡）。「私は告発する！」の二か月ほど前、九七年十一月六日（モノーの「公開状」の翌日）、ベルナール＝ラザールが、再度、第二の『誤審』を携えてゾラ宅を訪問した時にも、ゾラの嗅覚は、事件のドラマ性よりも陰謀性の方を強く嗅ぎつけていた。「距離を保っていたい。あの傷はあまりに膿んでいる」（十一月六日、妻アレクサンドリーヌ宛書簡）。

いかに有能な劇作家といえども、いつまでも犠牲者とその擁護に奔走する義人たちしか登場しないようなシナリオを延々と書き繋ぐことはできない。「メロドラマ」が完成するためには、真犯人エステラジーと、その存在に気づきながらも真相解明の道を遮られ、チュニジアに左遷さえされてしまったもう一人の犠牲者、ピカール中佐の登場が欠かせなかったわけである。それまで演じられていたのは、いわば犯人も刑事も登場しない犯罪劇である。舞台上では、南米ギアナの流刑地、悪魔島に繋がれたドレフュスの姿を遠景とし、右手にドレフュス家の人々、左手に陸軍参謀本部の要人たちが押し黙ったまま腕を組み、時折、真偽入り交じった新聞報道が扇情的なファンファーレを鳴り響かせるのを別とすれば、オーケストラ席のベルナール＝ラザールが、機密保持の制約のもと、窮屈そうに振り続ける指揮棒にあわせて、〈真実〉の女神、〈正義〉の女神が「反ユダヤ主義」の悪魔払いを悲愴なアリアにのせて歌い続けていただけである。ゾラ以外にも、『誤審』の冊子を携えたベルナール＝ラザールの訪問を受けた多くの言論人、学識者、政治家たちが、この段階で、ドラマの進展のために一役買おうと腰を上げなかったとしてもまったく不思議はない。

のちにレオン・ブルムが述べているように、一八九七年十一月以前のドレフュス事件には「源をはっきり異にする二つの流通経路」があった（稲葉三千男訳『ドレフュス事件の思い出』創風社、一二三頁）。「明細書」と呼ばれるスパイ文書と九四年裁判における「秘密通達」の存在に関わるドレフュス家、ドマンジュ弁護士の水脈と、いま一つ、真犯人エステラジーの存在に関わるピカール中佐、ルブロワ弁護士、シュレール＝ケストネール上院副議長の水脈である。この二つの水脈が合流したのは、ようやく九七年十一月十一日、ドレフュスの実兄マチウが、偶然、真犯人エステラジーの名前に辿り着き、それをシュレール＝ケストネールのもとで確認した日のことであったという事実を明記しておかねばならない。十一月十三日、シュレール＝ケストネールは、エミール・ゾラを食事に招き、ルブロワ弁護士と同席させる。シュレールの回想によると、この時、ルブロワが縷々展開するピカール情報に耳を傾けながら、ゾラは、「恐るべきことだ。忌まわしきドラマだ。しかし、同時になんと雄壮な話だろう」と感嘆詞を連発し、すでに「詩情のなかを泳ぎ回っていた」という（オーギュスト・シュレール＝ケストネール『ある上院議員の回想』、一七九頁）。ベルナール＝ラザールによる二冊の『誤審』も、ガブリエル・モノーの「公開状」も、ドレフュス家に発する第一の水脈の上で構成されたものにすぎなかった。それに対し、エミール・ゾラは、エステラジーに発する第二の水脈のただなかに、それが第一の水脈と交差した直後に投げ込まれるという、きわめて特権的な「情報収集」を体験することとなった。

私に何ができるか、まだわかりませんが、ただ、人間のドラマがこれほど胸を突き刺すような感動をもって私の心を満たしたことはありません。

（ゾラよりシュレール＝ケストネール宛、一八九七年十一月二十日付け）

一度、事件のドラマ性、舞台設定の詩情に目覚めたジャーナリスト、ゾラの筆は速い。九七年十一月末から翌九八年一月十三日の「私は告発する！」まで、「シュレール・ケストネール氏」「ユダヤ組合」など、のちに『真実は前進する』としてまとめられることになるドレフュス事件関係記事を、はじめ『フィガロ』紙に、ついで『フィガロ』紙が反ドレフュス派に傾くにいたって個別の小冊子として次々と公表した（この時期のゾラに関する詳細については、稲葉三千男『ドレフュス事件とゾラ、一八九七年』、同『ドレフュス事件とゾラ、告発』を参照）。

一八九七年十一月十五日、マチウ・ドレフュスがエステラジーを真犯人として告発し、その予審の途上でさまざまな事実が明らかになった段階で、二人のジャーナリスト、ベルナール＝ラザールとゾラがおかれている情報面での条件はほぼ同等となっていた。そこからベルナール＝ラザールは第三の誤審告発の書『いかに無実の人間を罰するか』を書き（九八年一月十日頃、エステラジー裁判開廷にあわせて刊行）、エミール・ゾラは「共和国大統領への手紙」を書いた（エステラジー裁判の閉廷後、一両日中に執筆）。「私は告発する　j'accuse」という構文を連ねる文章の構成を含めて、用いられた語彙が偶然の一致以上の相似を示していることから、ゾラがベルナール＝ラザールの冊子を手元において「私は告発する！」を書いたことはほぼ疑いない。しかし、なぜ、モノーの「公開状」やベルナール＝ラザールによる三度目の誤審告発は、「私は告発する！」ほどの起爆力を発揮し得なかったのか？　書き手の社会的地位、知名度、出自（ユダヤ系か否か）の違い、書店の棚に平積みにされる小冊子と、「特ダネ！」と叫びながら売り子が持ち歩く日刊紙という媒体の違いなども考慮に入れた上で、その答えは文章の質そのものに求められるだろう。

たしかに数か月前から、私はドレフュス大尉が誤審の犠牲者であったとの確信にいたっていた。しかし、私は、その意見になんらかの公的な性格を付与することが自分の義務であるとは考えなかった。それは二つの理由による。まず、私は、再審を呼び覚まし、真実を知らしめることができるという確証なくして、人々の良心に混乱の種を蒔き、また、私が敬意を表してやまない軍当局を誤謬の主として告発する資格などない、と考えた。そのためには実証的証拠と、真犯人が残した痕跡に関する指標が必要不可欠であったのだ。しかるに、私にあったのは、否定的証拠と精神的確信のみであった。第二に、この種の運動の主導権は、教職にたずさわる一介の公務員から発動されるべきものではなかった。

（ガブリエル・モノー「公開状」、『タン』紙、一八九七年十一月六日付け、第二面）

もちろん、かりにドレフュス大尉が犯人であったとしても、私は、私自身が属することを誇りとしているこの人種に彼の咎の責任を負わせるような真似を黙って見過ごしてはいなかったと思う。しかし、その場合でも、あらゆる明証性に逆らって、そもそも論証不可能な無実を論証しようと躍起になったりはしなかったはずだ。だが、これまでも述べてきたように、私は裏切り者の弁護に立ったのではない。私はただ、殉教者を不当な責め苦から解き放ちたいだけなのだ。

（ベルナール＝ラザール『いかに無実の人間を罰するか』、一八九八年一月十日頃刊、冒頭部）

「たしかに」「しかし」「第一に」「第二に」……。「かりに」「しかし」「そもそも」「だが」……。ここには、九五年以来、人権蹂躙の共犯者であることの罪悪感と共和国陸軍に対する信頼のあいだを揺れ動いてきたガブリエル・モノー、そして、イデオロギーの闘いではないと言いながらやはりイデオロギーの闘い以外の何物でもない反ユダヤ主義批判という孤独な思想劇を演じてきたベルナール゠ラザールの、蓄積された時間そのものに対する感慨がにじみ出ている。皮肉なことに、この三年の時間の蓄積が、かえって二人の文章の運びを重苦しいものにし、説得力、起爆力を削ぐ結果にもなっている。

それに対し、つい一か月半ほど前、事件の真相を知らされ、エステラジー裁判で真実が口にされないようであれば自分がそれを口にすると公言し、今、実際にその公言を実行に移そうとするゾラの筆の伸びやかさはどうだ。

彼らがこのような暴挙に出たのですから、私もまた、一つの暴挙に出てご覧に入れましょう。真実を申し上げましょう。私は、以前より約束していたのであります。もしも、正規の手続きにのっとって提訴を受理した司法が正義を十全に遂行することができないようであるならば、この私が真実を口にするであろう、と。私の義務は語ることであります。私は共犯者ではありたくない。このままでは、遠い地で身の毛もよだつような責め苦にあわされ、みずから犯したものでもない罪の償いをさせられている無実の人間の亡霊が、夜ごと夜ごとに私の夢枕に立つことにもなりかねません。

（エミール・ゾラ「共和国大統領フェリックス・フォール氏への手紙」）

ゾラの一文は、もはや「書き手」から「読み手」へ型どおりに委ねられる論説などではない。これはむしろ一種のパフォーマンスである。読み手、観客はあくまでも新聞の一般読者でありながら、形式上、舞台袖にいるとされた国家の長に話しかける「アパルテ」の技法。「罪人」として舞台上に引きずり出される人物も、彼にとっては「社会悪なるものの観念、その精神を具現している存在」にすぎず、「怨恨や憎悪」の対象とはなり得ないと言いながら、「三文新聞小説の手法に特別な嗜好を示す人物」、「もとよりの精神の惰弱」、「視力と判断力に欠陥」など、個人的中傷そのままの表現を散りばめる不敵さ。そして、なによりも文章全体に溢れる〝芝居気〟。これこそは、煩瑣な裁判資料や自称「科学的」筆跡鑑定報告の迷宮から抜け出し、一編のドラマのように事件を把握したいという一八九八年初頭の一般読者の欲求に見事に応えるものであった。事件をドラマとして提示しようにも、みずから物事にドラマ性を感じない人間には到底不可能な業である。ベルナール=ラザールによる三冊の誤審告発の書やガブリエル・モノーの「公開状」に欠けており、ゾラの一文に満ち満ちていたもの、それは、事実にもとづきながらも事実を越えるドラマツルギーの才であった。

「私は告発する！」で述べられている内容が、一点一点すべて事実であったわけでもなければ、事実のすべてがそこに遺漏なく盛られているわけでもない。たとえば、デュ・パティ・ド・クラムが「全面鏡張りの部屋で」ドレフュスの尋問を行おうと考えたというのは明らかに事実に反しているし（デュ・パティは被疑者の「心理的動揺」がほかの立会人にも見えるようにと、部屋の隅に姿見を配置したにすぎなかった）、また、デュ・パティの役割を過大視するあまり、メルシエ将軍ら首脳部の関与の度合や、陰謀の黒幕（と考えられている）アンリの存在も完全に見落とされている（それ自体、この時点では如何ともしがたい見誤り、不知である）。しかし、「私は告発する！」の主眼は、個々の事実を検証することでも、「叩けばいくらでも出て来るであろう、この種の話」を網羅することでもない。真の狙いは——ここでこそ、作家、ジャーナリストの筆が「火の試練」を課されるのだ、とゾラは言うであろう——、単純素朴な真実の周囲に張り巡らされた複雑怪奇な虚偽の壁に、具体的な人間劇の筋書きを、対抗言説として、大音響とともに衝突させることなのだ。

「正義とは何か」「歴史における真実とは何か」などと大上段に構えるまでもなく、「反ユダヤ主義とは何か」という程度の抽象性をもってすら、すでに「思想」は、民衆を動かし、事件を事件として政治化するには不向きであった。そこには舞台の上を生き生きと動き回る人物像が欠けていた。そして、民衆を動かし、事件を事件として政治化することに成功したのは、同じジャーナリズムの筆に生きる人間でも、ドレフュス家の水脈から「犯人なき犯罪劇」を構成したベルナール＝ラザールではなく——そもそも反ユダヤ主義批判というイデオロギーの闘いにおいて、ベルナール＝ラザールは人物としての真犯人の存在を必要としなかった——、はじめから真犯人エステラジーに関わる水脈に投げ込まれ、そこから事件のドラマ性を素早く、具体的に掴み取って浮上したエミール・ゾラであった。

パフォーマンス、芝居気、ドラマ性、いずれも誤解を招きかねない言葉である。しかしここで、古参ジャーナリスト、ゾラの筆にふたたび往年の生気を取り戻させたのがドレフュス事件の「ドラマ性」であったという時、われわれが意味したいのは、出来事にありもせぬ重要性を付与し、ことさら騒ぎ立てる愚挙としての演出効果などではなく、「ドラマ」というギリシア語本来の意味、すなわち「人間の動き」「行動」である。

「すべてゾラのせいだ！」――今日なお、現代文学の「退廃」なるものを前にした文芸批評家たちは叫んでやまない。（…）現代作家が「労働者階級」のレベルまで品位を落としたのも、スタール夫人やウージェーヌ・フロマンタンが書いていたような小説が書かれなくなったのも（…）、文学と政治に「民衆扇動《デマゴギー》」が忍び込んだのも、すべてゾラのせいである、と。

（アンリ・ミットラン『ジャーナリスト、ゾラ』、二四六頁）

かりにこうしたゾラ批判に根拠があるとしても、それはゾラが十九世紀のセリーヌであり、文体の偉大なる改革者であったことの証左以外の何ものでもない。ならば、われわれもここに堂々と書き加えよう、「ドレフュス事件が人間のドラマとして今日に受け継がれたのも、すべて、ジャーナリスト、ゾラのせいである！」と。

（菅野賢治）

第4章
ゾラの面白み　あれこれ

宮下志朗
小倉孝誠

創作スタイル

■小説の作法

執筆スタイルというのは作家によってずいぶんちがうものだ。呻吟しながら一字一句おろそかにせず、文章を彫琢していく詩人がいるし、想像力に恵まれ、一気呵成に作品を書きあげる小説家もいる。多作な作家となると、インスピレーションが豊かで、構想が熟した後は文字どおり寝食を忘れて、昼夜をわかたず何かに憑かれたように書いていくのではないか。日常生活のことなど意に介さず、アナーキーなまでに、他人が見たらほとんど狂気にちかいほどの情熱で執筆するのが天才作家なのではないか、とおよそインスピレーションや天才と無縁の筆者などはつい空想してしまう。真実のほどは本人だけが知っていることだろうけれど。

執筆スタイルの特異さがほとんど伝説になってしまったような作家が、フランスには何人かいる。バルザックは夜の社交から帰宅後、僧服をまとい、コーヒーをがぶがぶ飲みながら夜を徹して書きまくった。彼にとって、夜は休息するためではなく創造するためにあったのである。フロベールは生まれ故郷ルーアン郊外の、セーヌ河べりの家で書斎に閉じこもり、河のせせらぎを耳にしながら文体の錬成に精魂をすりへらした。極度に過敏な体質だったプルーストは、パリ中心部の高級住宅街に居を構えつつ、騒音を防ぐためにコルクを張った部屋のなかでカーテンを閉めきり、ランプの光でベッドに横たわりながら『失われた時を求めて』を書きついだ。夜の静寂につつまれながら、誇り高い孤独のなかで創造の詩神ミューズに身をゆだねる——それがいかにも大作家に似つかわしい身ぶりであるように思える。

ところがゾラの場合はまったく違う。作家にしては（？）、彼はじつに規則正しい生活を送った。パリでもメダンの別荘でも朝早く起床し、九時から午後一時までの四時間を作品の執筆にあてる。彼の小説は大部分まず新聞に連載されたものだったから、毎日一定量の原稿を書かなければならなかったのである。午後は手紙をしたため、雑誌・新聞の原稿を書き、資料調査をしノートをとる。それから散歩をして、五時にお茶。夜はひとを招いたりするが、ふつうは読書をして午前一時頃にベッドに入る。感心するほど勤勉な、律儀な事務員のような生活ぶりで、「一行モ書カヌ日ハ一日モナシ」というラテン語の一句を座右の銘にしていただけのことはある。ライフスタイルを見るかぎり、ゾラの生産性は、作家自身も制御できないほとばしるような創造のエネルギーによってではなく（エネルギーがあったのは確かだが）、規則ただしい仕事ぶりによって保証されていた。ゾラにとって、書くことは職業であり、労働であった。

小説を執筆するにあたっては、一定の方法にしたがう。まずテーマと物語の概略を決め、それについて資料を収集し、ノートを作成する。資料は三種類のノートから構成される。自分が描こうとする環境や空間について詳しい友人・知人からの情報、みずから現場におもむいて見聞したことの記録、そして専門的な著作を読んだうえでの読書ノートである。つづいてゾラは作中人物にかんする考察を深め、各人物ごとにカードを作る。作品全体のプランを練った後は、各章ごとに背景と出来事を配列した個別の詳細なプランを作成する。資料収集でえた知識・情報を物語のなかに組みこんだうえで、最終的に執筆を開始する。こうした一連の作業はこの順序どおりに厳密に進行したわけではなく、執筆のプロセスで互いに交錯することもあった。

（小倉孝誠）

取材ノート

前項「創作スタイル」のなかで触れたように、ゾラは作品を書くためにさまざまなかたちで資料収集をおこなった。収集された資料は大きく三つのカテゴリーに分けられる。

まず、作品の舞台となる環境や職業空間について詳しいひとから提供してもらった情報。友人・知人や文通相手が情報をもたらしてくれることもあった。とりわけ医学や科学のことについては数多くの医者や学者の助けを求めている。次に、一定のテーマにかんして専門書や事典類を渉猟したときの読書ノート。そして第三に、実際に作品の舞台となる場所に赴き、その場で取った詳細な記録ノート。

この三番目の資料がじつにおもしろいのである。プレイヤード版の『ルーゴン＝マッカール叢書』には、補遺としてこの資料が部分的に収められていて、研究者のあいだでは知られていた。それがすべて集められて一書にまとまり、『取材ノート』というタイトルで刊行されたのが一九八六年のことである。これはゾラ自身がつけたタイトルではなく、編者のアンリ・ミットランによるネーミングで、きわめて適切だと思う。当時、筆者は留学生としてパリで暮らしていたが、この本が出版されてたいへん評判になったのをよく覚えている。文学研究者のみならず、歴史家、人類学者、社会学者などもあらためてゾラの観察眼の鋭さに脱帽したのだった。

ゾラが観察したのは高級住宅街の建物、証券取引所、デパート、サロン展、劇場の楽屋、高級娼婦の生活、競馬、パリ中央市場、庶民の界隈と仕事、北部の炭鉱地帯と炭鉱労働者の生活ぶり、鉄道産業と鉄道員の生活、ボース地方の農村などである。取材ノートには、ときに地理的な細部を記録するためのデッサンもつけられている。視覚的なものを瞬時にとらえるゾラの能力はきわだっていて、取材ノートはほとんど画家のスケッチブックの趣を呈している。労働と生活の現場に足をはこんだゾラはそこであらゆるものを見つめ、聞き、においを嗅ぎとった。その意味で、彼の残したノートは十九世紀末のフランス社会にかんする比類ない資料になっている。ミットランの言葉を借りれば、ゾラはまさしく民族誌学者のまなざしをもっていたのである。巻末付録に抜粋を訳出しておいたので、参照いただければ幸いである。

▲炭鉱の地形にかんするメモ(『ジェルミナール』)

現代の作家なら、作品を書くための準備作業として舞台となる土地や場所をじっさいに訪れること、つまり取材旅行はごく普通におこなうことだろう。必要とあれば、そのために海外にまで足を延ばすことさえ厭わないはずだ。フランス人作家のなかでこれを始めたのは、少なくともシステマティックな取材をみずからの小説作法の一部にしたのは、おそらくゾラが最初であろう。

(小倉孝誠)

鉄道

■近代性（モデルニテ）

ここでは地図を参照しながら、『ルーゴン＝マッカール叢書』時代のパリの鉄道のあらましについて学ぼう。合計六社が、パリからフランス各地に鉄道を走らせていた（表を参照）。

鉄道犯罪小説『獣人』（一八九〇）の舞台となるのは、西武鉄道会社であって、ルーボーはル・アーヴル駅の助役、殺されるグランモラン元裁判長は会社の取締役。パリのターミナルはサン＝ラザール駅である。小説の冒頭を読むと、まず長距離路線の長いプラットホームがあって、その隣りに、ヴェルサイユ行き、アルジャントゥーユ行き、そして環状線と、ホームが並んでいたことが分かる。この環状線は、パリの外縁を周回していただけではなく、各ターミナル駅を結ぶ役目も果たしていた。ゾラは、サン＝ラザール駅に環状線の車庫があったことも記している。なお、こうしたターミナル駅には、必ずホテルがあった。サン＝ラザール駅の場合は、隣接して〈ホテル・テルミニュス〉があった（現在の〈コンコルド・サン＝ラザール〉）。

ゾラが、『獣人』の舞台となるパリ＝ル・アーヴル間を蒸気機関車で往復して取材したのは一八八九年一月頃で、愛人のジャンヌ・ロズロといっしょだった。その二か月後、今度は、運転席にまで入ってパリ＝マント間を走り、詳しい取材ノートを残している。ちなみにゾラとジャンヌとの息子ジャック・エミール＝ゾラは、後年北部鉄道会社の医師になり、鉄道員たちに大いに慕われたという。

また『ボヌール・デ・ダム百貨店』の冒頭では、主人公のドゥニーズが、コタンタン半島のヴァローニュ――訪れたことがあるが、とてもきれいな町だった――から夜行列車で、それも三等車の固い木の座席に長時間揺られて、疲れきってサン=ラザール駅に到着する。

これまた『ボヌール・デ・ダム百貨店』からだけれど、ドゥニーズたちは近郊線に乗って、マルヌ川沿いにピクニックに出かける。東武鉄道経営で、バスチーユ駅から毎時列車が出発していたのだ（現在の郊外線RERのA2に相当）。駅舎の跡はバスチーユ・オペラになっているし、線路跡は散歩道が整備されていて楽しい。＊ともあれ、当時のパリの鉄道事情をしっかりと理解するのは、なかなかにむずかしい。

（宮下志朗）

①東部鉄道	ストラスブール方面、東駅。
②西部鉄道	ノルマンディ方面はサン=ラザール駅（「西駅」とも呼ばれたから注意）。ブルターニュ方面は、モンパルナス駅。
③南部鉄道（オルセー鉄道）	オルセー（パリ南郊二十キロほどの町）、アンフェール駅（＝現在のダンフェール=ロシュロー駅）。これは現在の郊外線（RER）のソー線に相当する。
④北部鉄道	ベルギー方面、北駅。
⑤パリ=リヨン=マルセイユ鉄道（P.L.M.）	リヨン駅。
⑥オルレアン鉄道	オルレアン、トゥール方面、オーステルリッツ駅。その後、乗客増をもくろんで、パリの中心まで（地下で）線路を延長して、オルセー駅を作った（今のオルセー美術館）。

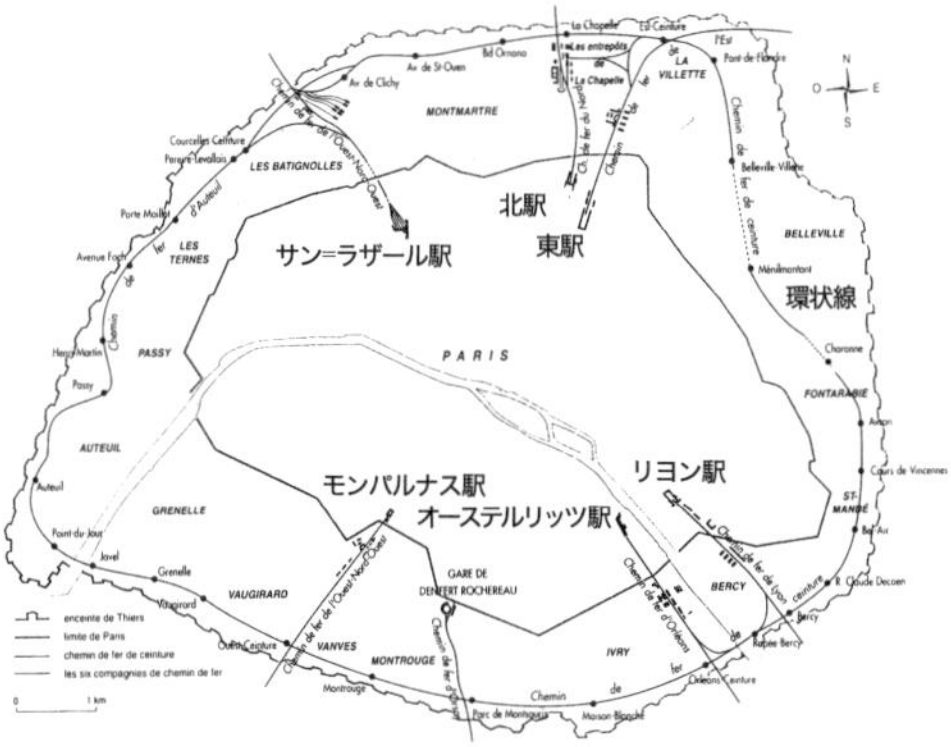

＊宮下志朗『パリ歴史探偵術』講談社現代新書、を参照。

デパート

■近代性（モデルニテ）

デパートの元祖は、「流行品店 magasin de nouveautés」といって、布地や下着、それにアクセサリー類などを扱うところの、今でいえばファッション・ブティックであった。流行品店は、近所の客を相手にした閉鎖的な商法には見切りをつけて、不特定多数の客をターゲットにした開放性――ガラス張りの店舗、定価の表示、現金販売等々――を武器にして、発展していく。

やがて第二帝政時代、オスマン知事によって古い路地や建物がこわされ、直線的な大通りが作られて、パリはモダン都市に変身していく。新しいメインストリート沿いには、〈ボン・マルシェ〉（一八五二）、〈ルーヴル〉（一八五五）、〈プランタン〉（一八六五）と、巨大な流行品店としての「デパート grand magasin」〈直訳は「大きな店」〉が出現する。ちなみにデパートのほとんどは、パサージュと同じく、セーヌ右岸に誕生する。ゾラが『ボヌール・デ・ダム百貨店』のモデルとした〈ボン・マルシェ〉は例外で、左岸に出店した。しかし作家は、これを右岸に、現在のオペラ近くに移動しているのだ。

実は「デパート」という言葉は、『ボヌール・デ・ダム百貨店』から生れた。冒頭、夜行列車で上京したドゥニーズは〈ボヌール・デ・ダム〉という「流行品店」の陳列方法に見とれる。この「流行品店」は、薄利多売・バーゲンセールといった商法で、経営規模を拡大していく。やがて〈ボヌール・デ・ダム〉をやめて独立したロビノーが、古巣に安売り合戦を挑む。〈ボヌール・デ・ダム〉のような大規模店の横暴さを、織元でもあるゴージャンがこう説明する。

大きな織元は、常に販売先がなくてはいけない。それもより大量に、より迅速にさばける先が必要なのです。だから彼らは、〈大きな店《デパート》 les grands magasins〉にひざまずくことになる。大きな店（デパート）への納入をあせって、損してでも注文を取ろうとする織り元を何軒か知ってますよ。彼ら織元は、あなたのところのような〈小さな店 les petits magasins〉との取引で、なんとか帳尻を合わせようとするのですからね。

（第七章）

ゾラはデパートという「現代のカテドラル」が、女性をターゲットとすべきことを意識して、各種セールによって、絶えず祝祭的な空間が演出されるさまを描き出している。この「怪物」は、とりわけ女性の欲望を昂進させ、買い物病をつのらせる（『獣人』のセヴリーヌもそのひとり）。売り場主任と駆け落ちしたサビーヌ伯爵夫人（『ナナ』、ミュファの妻）だって、怪物の犠牲者かもしれない。そしてまた「万引き」という犯罪を、「ご婦人方の不幸」を誘発するのだ。小説の最後近く、ボーヴ伯爵夫人は、高級なレース飾りを袖に忍び込ませたところを捕まる。「お気をつけ遊ばせ。主人は大臣にまでなろうかという大物なのよ」と、むしろ脅しにかかる伯爵夫人。が、女店員に身体検査をさせると、高価なハンカチーフ、扇子なども見つかる。「彼女は、あふれるほど小遣いがありながら、盗んだのだ。人が愛するために愛するように、彼女は、盗むために盗んだ」のである。「デパートという、巨大で、獣のような誘惑の空間のなかで、贅沢さへの欲望が昂進して欲求不満となり」、いわば「ノイローゼ」におちいって万引きを働いたのであった。

◆参考文献　鹿島茂『デパートを発明した夫婦』講談社現代新書、一九九一年。

（宮下志朗）

万国博覧会

■近代性（モデルニテ）

パリはイベントが好きな町であり、またイベントが似合う町でもある。長い歴史の記憶と痕跡をとどめ、町全体がひとつの美術館といった風情があるので、イベントの舞台装置としてうってつけなのだ。こうして政治、文化、学術、さらにはスポーツにいたるまで、あらゆる種類のイベントが頻繁に催されることになる。

十九世紀のパリで催された最大のイベントのひとつは、まちがいなく万国博覧会であろう。世界初の万博は一八五一年にロンドンで開催されたが、その後この催しの中心はフランスの首都に移り、パリでは一八五五年、一八六七年、一八七八年、一八八九年、一九〇〇年と十九世紀中にあわせて五回も開催されている。パリはまさしく博覧会都市だったのである。産業と技術の祭典である万博は、国家がその威信と権力をかけて催す一大イベントであり、政治ショーという側面もあった。帝政と共和制という政体の違いをこえて、パリはそこでさまざまなものが展示される都市であり、同時にそれ自身が見つめられる対象、ひとつのスペクタクル都市になったのだ。

一八五五年の万博に際して醒めた哲学者ルナンは、ヨーロッパ中の人間が商品を見るためにわざわざやって来たが、会場を出た後でひとは「なくても済ませられるものが何とたくさんあることか」と嘆息するだろう、と辛辣に皮肉った。他方、新しいもの好きなゾラはすべての万博を見物し、多くの同時代人がそうであったように科学技術の進歩をすなおに称賛した。『ナナ』には一八六七年の万博への言及が読まれる。一八七八年の万博を見物した後は、ロシアのペテルブルグで発行されていた『ヨーロッパ通報』という雑誌のために詳しい報告を書いている。一八七〇―七一年の普仏戦争とパリ・コミューンで痛手をこうむったフランスが、短期間のうちに安定と繁栄を回復したことを内外に誇示する――それがこの博覧会のねらいであることをゾラはあざやかに見抜いていた。

八年経ち、今やわれわれは廃墟から抜け出した。八年の間に、労働と倹約がすべてを償ってくれた。一時期フランスを滅亡の危機に陥れるかに見えた傷の名残りを探そうとしても、今では見つからない。傷跡さえもはや目につかない。まるで新しいひとたちが誕生し、金がひとりでに金庫に流れこんだようなものだ。この奇蹟的な再生には、隣国の人々も驚きの目を向けている。フランスの肥沃な国土、国家のめざましい活動、われわれが有している膨大な資源によってこの奇蹟が実現されたのである。(…)敗戦という屈辱をこうむったフランスは立ち直り、労働と才能という平和的な舞台で勝利を収めた。

(ゾラ「万国博覧会の開幕」、『パリ便り』より)

万博の会場はおもに、当時の最先端の技術である鉄骨ガラス張りの建築であった。そしてこの技術は鉄道の駅、デパート、温室、市場などの建設に用いられた。いずれも何かを展示する場所、そしてものとひとが流れる場所である。言うまでもなく、これらはすべてゾラ文学において主要な物語空間となる。ゾラが産業革命によって生み出された空間をしきりに描いたのは、その空間が彼の美学そのものとパラレルで同質の構造をもっていたからだろう。

(小倉孝誠)

セクシュアリティー

身体は十九世紀文学のもっとも重要なテーマのひとつである。解剖学、医学、生理学、遺伝学などの発展により、身体にかんする知識が普及し、それが文学の世界にも及んだ。とりわけ十九世紀後半のリアリズム文学には、それが顕著にあらわれている。フロベールやゾラの世代が「身体」を発見したわけではないが、少なくとも彼らの作品において初めて、身体とそれにまつわる現象（感覚、欲望、エロス、快楽、病理）が心理と同じくらいに、あるいはそれ以上に根本的なことがらとして物語られるようになった。ゾラの人間観、世界観が生理学者プロスペル・リュカ、医学者クロード・ベルナール、そしてダーウィンの思想に影響されていることはあらためて指摘するまでもない。そしてゾラはあらゆる階層の、さまざまな情況における身体を描いた点でじつに現代的な作家なのだ。

たとえばセクシュアリティー（性愛）というテーマ。性愛は身体現象のおおきな要素であり、現代のわれわれであれば誰もそのことに異を唱えようとはしないだろう。しかし西洋十九世紀のブルジョワ社会は、およそ身体にまつわることにたいしてはきわめて厳格で、性愛について語ることなどもってのほかだった。身体は公的な空間でも私的な空間でも、つつましく隠蔽されるべきだったのである。とりわけ女性にたいしてブルジョワ道徳は禁欲を課し、文学における性的なものの表現にはきびしかった。実際、フロベールの『ボヴァリー夫人』やボードレールの『悪の華』は公序良俗に反するという理由で、裁判沙汰にまでなったくらいだ。したがって、あからさまなポルノグラフィーを除くと、多くの作家たちは性の表現にかんしていわば自己規制を余儀なくされていた。

ゾラは例外である。十九世紀前半のロマン主義文学が愛と社会を語ったとすれば、彼は欲望と身体をとおして愛を描いたと言える。彼にとって、愛は感情の問題であるとともにすぐれて身体の問題だったからである。

こうしてゾラはさまざまな性愛のかたちを語ってみせた。『獲物の分け前』は若い美貌の人妻と義理の息子との近親相姦的な愛の物語（ゾラはフェードル神話の現代版を書こうとした）、『愛の一ページ』は未亡人と妻子ある医師との不倫の物語である。『ナナ』では、ヒロインがみずからの肉体にむらがる男たちを破滅させていくと同時に、女性の同性愛の風俗も描かれている。『ジェルミナール』では、炭鉱で働く男女があらあらしいまでに交わる。そして『獣人』の主人公ジャックは、欲望の頂点において愛する女を殺してしまうのだが、そこにはエロスとタナトスの一致を説いたフロイトの理論を予言するような驚くべき直観が示されている。

（小倉孝誠）

▲エレーヌとドゥベルルの密会。『愛の一ページ』の挿絵より

女の身体

十九世紀の集合表象において、女は見られる存在であり、見る存在ではない。とりわけ女の身体は男たちによって見つめられる対象であり、逆に女が男の身体をじっと見つめるということはほとんどない。もちろん実生活においては、女のほうが男を見ることはあったが、文学のなかでは男が女の身体を凝視することが一般的な傾向であり、身体をめぐる男女の視線の構図にはジェンダーの論理がはっきり刻印されていた。だからこそ、『ボヴァリー夫人』のヒロインのように、若い愛人の身体に抑えがたい欲望のまなざしを向けた女はスキャンダラスだったのである。

身体がテーマとして大きな位置をしめるゾラの作品には、あらゆる階層の女性たちが登場し、彼女たちの身体が描かれている。その描き方は、女性たちの社会的な帰属によって三つに分けられる。

まず、労働に従事しないブルジョワの女は私生活のさまざまな儀式や慣習のなかで暮らしており、その身体は社交の集いや秘められたプライヴァシー空間のなかに置かれていた。彼女たちを見るのは両親や兄弟姉妹であり、夫であり、子供たちである。ふだんは禁欲と貞淑を強いられている彼女たちは、つつましい身ぶりで身体性を意識せず、読者にも感じさせない。その彼女たちが身体に目覚めるのは、一方で『生きる歓び』のポーリーヌや『夢』のアンジェリックのように、若い娘が思春期を迎えて性と直面したときであり、他方では『獲物の分け前』のルネや『愛の一ページ』のエレーヌのように、満たされない人妻が官能の悦びを知るときである。読者が男か女かで印象はちがうのかもしれないが、男である筆者から見ると、ゾラが描く思春期の女性の相貌には神秘的で、謎めいたところがあり、同時に中年男の若い女にたいするある種の幻想が感じられる。そこにはミシュレが『愛』（一八五八）や『女』（一八五九）のなかで説いたような、女性性や母性への礼讃が表れている。

第二に、働く民衆の女たちの身体。『パリの胃袋』の肉屋の女将リザ、『居酒屋』の洗濯女ジェルヴェーズ、『ジェルミナール』に登場する炭鉱で働く女たち、『大地』の農婦たち、彼女たちはいずれも特定の職業空間で労働する女たちであり、それにまつわる動作と身ぶりがこまかに語られている。働く女の身体のなまなましさをみごとに描いたのはゾラが最初であり、彼の大きな功績のひとつに数えられよう。

第三に、娼婦あるいは娼婦的な女。その典型は言うまでもなくナナである。『ナナ』において女優であり娼婦であるヒロインは男たちに値踏みされ、欲望のまなざしを向けられ、男たちの情欲をそそるよう運命づけられている。物語のなかで彼女はしばしば裸身をさらすが、ゾラにあって裸の女とは脅威にみちた危険な存在で、女を見つめる者を破滅に導いていく。たとえばミュファ伯爵がナナのからだを見つめるとき、作家はその曲線、肌の色つや、肉づき、体毛などをこまかに描写する。他方ヒロインは何をするか。彼女は部屋の大きな鏡にみずからの裸身を映しだしながら悦に入る。女は男の身体ではなく、みずからの身体を見つめるのだ。身体に向けられる女のまなざしはナルシスティックである。

（小倉孝誠）

においと文学

■身体

他の国民と較べると、われわれ日本人はにおいにたいしてきわめて敏感で、日常生活やからだから発するあらゆるにおいを、たとえそれが悪臭でなくても排除しようとする傾向が強い。他方で、最近は香りや匂いのもつ肯定的な価値も認められてきており、ヒーリング効果があるということで「アロマテラピー」が流行し、ある種の香りを職場にただよわせると労働効率が高まるという説もある。欧米と比較すると、女性の香水使用量は少ないが、それでもかつてよりはかなり増えている。どのような香りをまとうかが、自己表現の手段になっているような女性もいるだろう。辻仁成の『嫉妬の香り』や小川洋子の『凍りついた香り』では、ヒロインがつける香水が物語の重要な小道具になっていた。

ヨーロッパでは歴史的にみると長い間、においを感じる嗅覚という感覚は、視覚や聴覚や触覚に比してきわめて低い地位しかあたえられていなかった。劣った感覚、認識や思考とは関係のない下等な感覚と見なされていたのである。感覚論が大きな哲学上の議論になった十八世紀に、たとえばカントやコンディヤックは嗅覚をまったく評価していなかった。

それに対して十九世紀文学には、においや香りにたいする言及がしばしば現れる。嗅覚が復権した時代と言ってもいいだろう。とりわけ十九世紀後半の作家たちは、香りの微妙なニュアンスをとらえ、香りがもたらす陶酔を謳い、匂いが生じさせるときめきを語って止まなかった。

たとえば『悪の華』の詩人ボードレールにあっては、女の髪から立ちのぼってくる香りが見知らぬ異国の地を空想させて旅へといざない、閨房にただよう香りが官能を刺激する。生身のからだから発するにおいではなく、人工的な香りのハーモニーに酔うのはユイスマンス作『さかしま』(一八八四)の主人公デ・ゼサント。彼はさまざまな香料を微妙に調合して作りだした香りを部屋にみたし、甘美な嗅覚の世界に身を沈めていく。

しかし彼らにもましてにおいの作家と呼べるのが、ほかならぬゾラである。自然や人間やものと、作中人物の関係が嗅覚によって規定される度合いが、ゾラほど強い作家はいない。彼は文学におけるにおいや香りの語彙を豊かにし、当時は低劣な感覚とされていた嗅覚に文学的な市民権をあたえた作家である。田舎のにおい、都市のにおい、大地から発するにおい、海から渡ってくるにおい、市場や洗濯場や炭鉱やデパートや教会のなかにただよう香り……。作中人物たちは、彼らが住む空間の香りをからだに染みこませ、彼らの職業に特有のにおいを皮膚から発散しているかに思えるほどだ。

においはとりわけ、男と女の接近、セクシュアリティー、愛や憎悪において決定的な役割をはたす。においや香りは欲望を目覚めさせ、官能をたかぶらせ、あるいは生理的な反発を引きおこす。香りとエロスの密接なつながりを、ゾラはしばしば指摘している。『獲物の分け前』では、ヒロインのルネが義理の息子マキシムとの愛欲に溺れていくが、二人の逢い引きの舞台になるのが温室であり、そこに茂る熱帯植物からただよってくる強烈な香りがルネの肌を熱くし、官能を燃えあがらせる。温室をエロスの空間に変えるのが、香りなのだ。

（小倉孝誠）

病の表象

身体にかかわる話題は快楽、欲望、感覚につきるわけではない。もうひとつ大きな話題は健康か否かということではないだろうか。その場合、文学は健康な身体よりも、病んだ身体を好んで語ってきたように思われる。健康は一様な現象であり、健康でいるあいだわれわれはあまり自分のからだを意識しないものだが、病とそれに対処するしかたはきわめて多様であり、したがって作家の想像力を刺激してきたからだろう。

愛や性や死と同じように、病は人間の生と切り離せない現象、あらゆる時代と社会に見られる普遍的な現象である。しかし愛や性や死についての認識が時代と社会によって変わるように、病をめぐる考え方もけっして不変ではない。病は社会的、文化的に構築される表象でもあって、さまざまに異なる意味をおびてきたのである。医学的な説明とは無縁なところでいろいろな神話や幻想を紡ぎだしてきた病は、その意味で人間観をさぐるうえでの大きなファクターになる。

『ルーゴン＝マッカール叢書』は、遺伝性の疾患を潜在的にかかえた者たちを主要な作中人物にしているわけだから、ゾラ文学は当初から病をテーマとしてはらんでいた。いやゾラのみならず、十九世紀後半のリアリズム文学において病（身体の病と精神の病）は重要なテーマである。一八六〇年代以後は、それにともなって医学のディスクールが小説のなかに参入してくる。

十九世紀のヨーロッパで多数の犠牲者をだしたのはコレラ、天然痘、アルコール中毒、梅毒、結核などであり、精神の病としてはヒステリーと神経症をあげることができる。天然痘とアル中は、ゾラの作品では内面の堕落あるいは不道徳が外面化したものとして機能している。精神のデカダンスを映しだす病ということになろうか。たとえば『ナナ』のラストシーンでは、ヒロインが天然痘に感染して床にふす。今や顔全体に膿がひろがり、目や鼻の輪郭さえ定かではなく、ただひとつ変わらないのは流れるような金髪だけだ。「ヴィーナスは腐乱していた」と作者は残酷な一句を書きしるしている。彼女の病は、堕落した生と放縦な欲望にくわえられた処罰であろう。他方、アル中は民衆の病として語られている。『居酒屋』では、腕のいい屋根ふき職人だったクーポーがけがのせいで働けなくなり、憂さ晴らしのため酒にのめり込み、最後はサン=タンヌ病院で狂死してしまう。ゾラは、アルコールが労働者階級の健康と価値を脅かす危険な液体であることを示唆しているのである。

病が描かれれば、当然のことながら医者が登場してくる。この時代、医者の社会的な威信がたかまり、その発言力もます。職業柄、誰にも知られたくない秘密を託される医者は、ブルジョワ家庭においてしだいに重要な存在になっていく。病んだ身体や精神を治療するばかりでなく、プライヴァシーのひだにまで入りこむ。その意味で、世俗と宗教の違いはあれ、医者と司祭の役割は似ているし、両者がどちらもゾラ文学のなかで大きな位置をしめるのは偶然ではない。パスカル博士や『愛の一ページ』のドゥベルルのように、医者が患者の枕元にひかえて治療行為にあたるさまが、こうして文学のなかで見慣れた光景になっていくのである。

（小倉孝誠）

■視覚芸術

オランピアの眼差し

マネ《オランピア》（一八六三）は、一八六五年のサロン（官展）でスキャンダルとなった。神話的な枠組みでのヌードではなく、そこでは高級娼婦のごとき女が、恥ずかしげもなく裸身をこちらに向けて、観る者を挑発していたのだった。のっぺりした空間構成や彩色法もまた、旧来のアカデミズムへの挑戦にほかならず、画壇の大家クールベが「トランプのクイーン」と揶揄したほどだった。翌年、今度は《笛吹き》が落選した。

だがマネの現代性を擁護する、若き批評家エミール・ゾラが出現する。ゾラは『エヴェヌマン』紙にサロン評を書いて、「わたしは、無条件でマネを称賛する最初の人間であるらしい」と、マネ擁護の論陣を張り、「彼は、明日の巨匠となるであろう」とまで賛辞を贈った（「マネ氏」一八六六年五月七日）。ゾラは、マネのうちに「現代生活の画家」を見たのだ。同時代のバナールな光景を、伝統的な技法とは袂を分かち、あえて平面のコントラストによって描き出したタブローに、きたるべき絵画の姿を予感したにちがいない。資金があればマネ氏のタブローを先物買いして儲けるのになどと、冗談めかして書いてもいるけれど、マネの将来性を確信して、先物買いをしたのである。

スキャンダラスな画家というレッテルを貼られて、いささかくさっていたマネは、新進批評家に、さっそく礼状をしたためている。

そして翌年、ゾラは『エドゥアール・マネ——伝記的・批評的研究』という本格的な論文を発表する（『十九世紀評論』誌）。物議をかもした《オランピア》を、「目の正確さと筆づかいの簡素さとが、この奇蹟を創造した。（…）マネよ、あなたは光と影の真実を、オブジェと被造物の現実を、特有の言語で力強く表すことに成功した」と絶賛したのである。間もなくこのマネ論は、《オランピア》のエッチングを添えて刊行される。

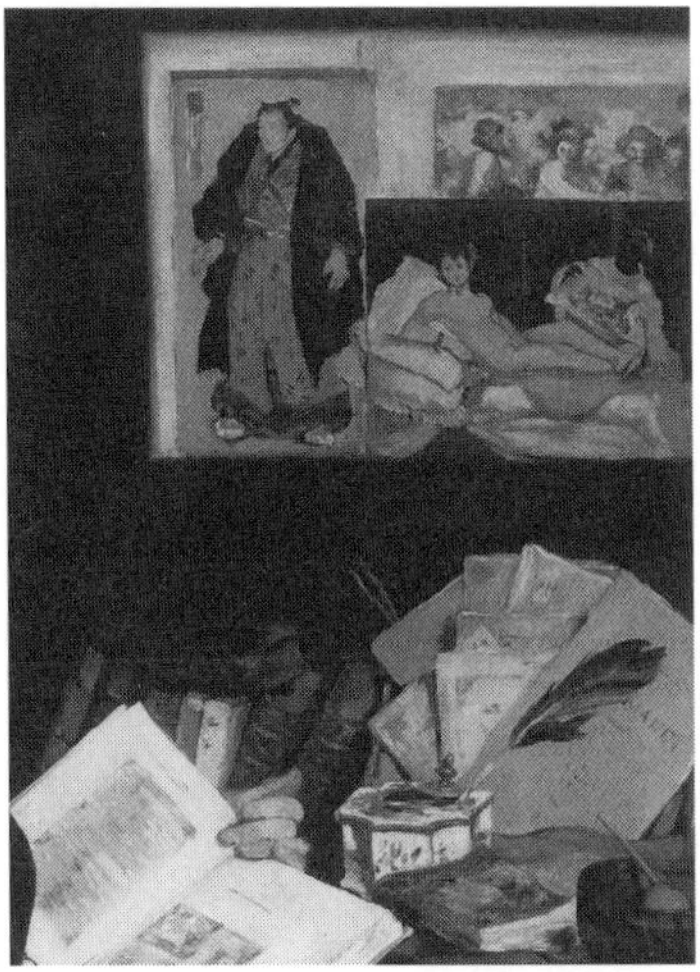

それに対する返礼が、現在オルセー美術館に飾られている《エミール・ゾラの肖像》（一八六八）にほかならない。このタブローは、若き美術批評家に対する感謝の記号でみちている。まず当のマネ論がライティングデスクの、羽ペンのうしろに立てかけられている。《オランピア》のエッチングも棚の上にちゃんと置いてある。いや、そればかりではない。裸婦の視線を、よくご覧いただきたい。その眼差しは、感謝するように、あるいは誘惑するように、ゾラ本人に向けられているではないか。

（宮下志朗）

映画化されたゾラの作品

世界最初の映画の上映は、一八九五年十二月二八日であった。パリのオペラ座に近いグラン・カフェの地下にあったインド・サロンとよばれるホールで、一般の観客を集め入場料をとって、リュミエール兄弟が「シネマトグラフ」を観せたのである。

ゾラの『居酒屋』が映画化されたのは、そのわずか三年後なのである。それは「酒飲みの夢」と題された五分間の短編であったらしいが、ゾラ作品の映画との相性のよさを物語るエピソードといえよう。

映画監督にとってのゾラの魅力を、ジャン・ルノワール（『ナナ』『獣人』を映画化）はこう語っている。

> 映画監督がゾラの作品に惹かれるのには、明々白々な理由があるからだ。まず第一にこの作家の驚くべき気前のよさである。（…）中心となる筋立てに、多様で真実味あふれる脇筋がたえず接ぎ木されていくので、読者はめくるめく思いを味わいながら、しかも主筋を忘れることはない。それぞれの脇筋から立派な映画のシナリオが作り出せるだろう。（…）十九世紀の作家たちは本当に豊かなものをくれたのだ。*

ゾラ原作のフィルモグラフィーを眺めていると、イタリア、ドイツ、スウェーデン、アメリカ、メキシコ、アルゼンチンなど、世界各国で映画化されている事実に驚かされる。ゾラの小説には、それだけの普遍性が備わっているということなのである。日本でもひょっとして、増村保造とか、あるいは往年

『居酒屋』	10回	D.L.W. グリフィス監督『A Drunkard's Reformation』1909年（アメリカ映画）。ルネ・クレマン監督『ジェルヴェーズ』1955年、主演マリア・シェル、フランソワ・ペリエ
『ナナ』	7回	ジャン・ルノワール監督『ナナ』1926年、主演カトリーヌ・ヘスリング、字幕ドニーズ・ルブロン=ゾラ。クリスチャン・ジャック監督『ナナ』1955年、主演マルチーヌ・キャロル、シャルル・ボワイエ
『ジェルミナール』	7回	イヴ・アレグレ監督『ジェルミナール』1963年、主演ジャン・ソレル、クロード・ブラッスール。クロード・ベリ監督『ジェルミナル』1993年、主演ルノー、ミウ=ミウ、ジェラール・ドパルデュー
『獣人』	5回	ジャン・ルノワール監督『獣人』1938年、主演ジャン・ギャバン、シモーヌ・シモン。フリッツ・ラング監督『Human Desire』1954年（アメリカ映画でルノワール作品のリメイク）、主演グレン・フォード、グロリア・グラハム
『テレーズ・ラカン』	4回	マルセル・カルネ監督『嘆きのテレーズ』1953年、主演シモーヌ・シニョレ、ラフ・ヴァローネ〔舞台はパリではなくてリヨン〕
『金銭』	4回	ジャック・ルフィオ監督、テレビドラマ、1988年、主演クロード・ブラッスール、ミウ=ミウ
『ボヌール・デ・ダム百貨店』	3回	アンドレ・カイヤット監督『ボヌール・デ・ダム百貨店』1943年、主演ブランシェット・ブリュノワ、ミシェル・シモン
『獲物の分け前』	2回	ロジェ・ヴァディム監督『獲物の分け前』1965年、主演ジェーン・フォンダ、ミシェル・ピッコリ
『ごった煮』	2回	ジュリアン・デュヴィヴィエ監督『奥様ご用心』1957年、主演ジェラール・フィリップ、アヌーク・エーメ、ダニエル・ダリュー

映画化されたゾラの小説
（テレビ用も含む。タイトルは適宜処理）

の日活映画なんかで、ゾラが原作に用いられているのではないのか？　ご教示いただきたい。

映画化されたゾラの小説を多い順に表にしてみた（代表的な作品のクレジットを挙げる）。ゾラ没後百周年の二〇〇二年、はたしてどの小説が映画化されるであろうか？

（宮下志朗）

＊『ジャン・ルノワール、エッセイ集成』野崎歓訳、青土社、一九九九年。

写真

一八八八年、作家は、メダンの館の若き女中ジャンヌ・ロズロと恋に落ちる。やがてドゥニーズとジャックが生まれる。「豊穣」を信仰しているのに、姉さん女房アレクサンドリーヌとの間に子供ができず、人知れず悩んでいたゾラにとっては、男の本懐を遂げた気持ちだった。こうして始まったパリ・メダン、本妻・愛人という二重生活のなかで、夢中になったのが写真と自転車である。ジャンヌと愛しあい、自転車に乗り、家族の写真を撮りまくることで、ゾラは二五キロもの減量に成功したという。

さて写真だけれど、カメラを十数台所有し、メダン、近くのジャンヌ親子の住まい、パリと、三つも現像室を持っていたというから、非常な入れ込みようであった。かのナダールに教えを受けたともいわれる。でも「写真というのは、神秘と失望に満ちたものなのです。最初の失敗でくよくよするのはまちがいです。なにごともそうですが、根気よく続けること、さまざまなことをしっかり理解して、最大の忍耐と、筋の通った思考でもって進めていく必要があります」と書いていることから推して、撮影・現像にはかなり苦労したらしい。

それにしても広角カメラを使って、メダンやパリのパノラマ写真なども撮影しており、見事なものである。写真機は、ドレフュス事件で英国に亡命していたときのかけがえのない友でもあって、ロンドンの風景がずいぶん残っている。一九〇〇年のパリ万博の写真も興味深い。だがやはり、彼にとってもっ

▲メダンの館からセーヌ河を望む。手前に西部鉄道の線路が見える。

▲サン=ラザール駅

とも大切なのは、ジャンヌと子供たちのスナップ写真である。特製アルバムの表紙には、「ドゥニーズとジャック。エミール・ゾラによる真の歴史」と記されている。

熱烈な写真愛好家であるミシェル・トゥルニエが、「写真家ゾラは、調査することはない。じっと眺め、愛するだけなのだ。（…）頭脳と想像力でゾラが書いたとするならば、彼の写真は、ハートで撮ったものなのだ」と語るように、ゾラのなかでは、あくまでも写真と小説は別物であった。小説の取材用に写真を撮影することもなかったらしい。そもそもゾラの小説のなかでは、写真は、むしろ不幸の種なのである。たとえば初期の長編『マドレーヌ・フェラ』（一八六八）で、主人公マドレーヌは、偶然に昔の恋人ジャックの写真を見つけたことから、過去の思い出というオブセッションに囚われていくのだから。

（宮下志朗）

◆ゾラの写真を集めたものとしては、次の書物が便利である。

Zola photographe, 480 documents choisis et présentés par François Emile-Zola et Massin, Ed. Hoëbeke, 1990.

自転車

■風俗

ゾラの愛妾ジャンヌ親子は、一八九三年夏を、メダンの近くのシュヴェルシュモンですごした（地図参照）。メダンからは五キロほど、セーヌ対岸の村であった。ゾラが自転車に乗り始めたのは、この頃と思われる。とはいえ自転車を駆って、対岸まで頻繁に行くことはむずかしかったかもしれない。しばらく前に、隠し子の存在が妻アレクサンドリーヌに露見し、夫は「監視されていた」のだから。そして翌年夏、親子は今度はヴェルヌーユに滞在する。メダンの隣り村である。すでに妻は夫の二重生活を黙認していた。そこで作家は午前中の執筆――正確には九時から十三時まで――をすませると、自転車に乗ってヴェルヌーユに向かい、親子水入らずで過ごした。*メダンへの来客は多かったが、ヴェルヌーユまで訪れるのは腹心のポール・アレクシスぐらいのものだった（兄弟のような二人の写真が残っている）。やがて子供たちもいっしょに、親子四人でサイクリングを楽しむ。次ページの写真は、次男ジャックといっしょのゾラ。ニッカーボッカーというのだろうか、当時はこういうスタイルで自転車に乗っていた。自転車の普及を目的としたフランス・トゥーリング・クラブ――ゾラは名誉会員――の道路標識が立っている。

ところで自転車に乗る女性の姿が、エロティシズムと同時に自由奔放なイメージを放つことは、たとえば、トリュフォーの短編映画「あこがれ」で見事に描かれているとおりだ――風を受けて走るベルナデット・ラフォンと、彼女を追いかけまわす少年たちの映像は永遠の相を映し出していた。

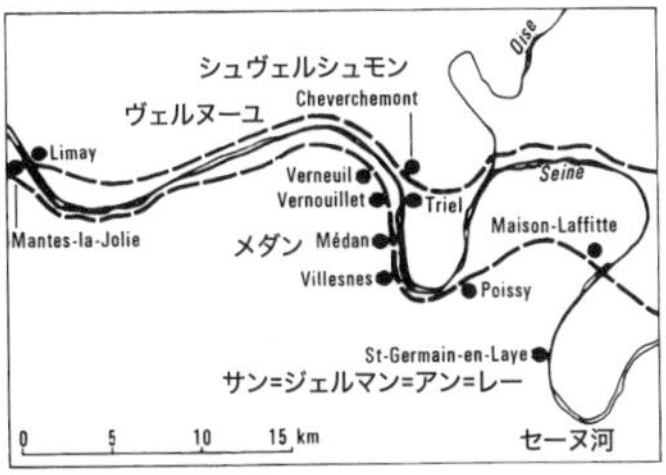

◀自転車に乗るときのファッション
（『イリュストラシオン』紙より）

ゾラも、小説『パリ』（一八九八）で、自転車による女性の自由の獲得というイメージを謳いあげている。リセの同級生のマリーとピエールは、サン＝ジェルマンの森へのサイクリングとしゃれる。自転車を持ちこんで、郊外線でメゾン＝ラフィット駅まででいってサイクリングを楽しみ、帰りはサン＝ジェルマン駅からパリへ戻るのだ。今も昔も、フランスの鉄道は自転車に対して親切なのである。

自転車に乗るときの女性の服装が話題となるのは、車中でのこと。男女共学となったリセ・フェヌロンでモダンな教育を受けたマリーは、自転車とズボンの信奉者なのである。自転車の意義は、女性をスカートという束縛から解き放つことにありと信じて、「ズボンこそ、女の膝を自由にし、男女平等をもたらすのよ」と言い放つ。そして結婚して女の子ができたら、「自由意志の絶えざる習得」のために、早くから自転車に乗せるつもりよとも誓う。そこでピエールも、「自転車による女性解放だね」と合いの手を入れる。このようにして当時、「小さな女王《プチット・レーヌ》」と呼ばれた自転車は、自由のイメージを喚起することで、女性をブームにまきこんだのである。

ではゾラ本人はフェミニストであったのか？　そういうわけではない。英国亡命時、「やはりスカートにしなさい。英国女性はスカート姿で、まっすぐ、優雅に自転車に乗っているよ」と、ジャンヌ・ロズロに書き送っているのだから。

（宮下志朗）

＊「わたしたちは夏は、メダンのそばのヴェルヌーユで過ごしました。ゾラが自転車を買ってくれました。奥さんとの和解が成立して、彼女のところと、わたしたちのところで、一日を分け合うことができるようになると、彼は毎日、昼食後にやってきました。どんな悪天候も、猛暑も、病気でさえ、彼がヴェルヌーユにやってくるのを止めることはできなかったでしょう」（娘ドゥニーズの思い出から）

ギャンブル

■風俗

ル・アーヴル駅の助役のルーボーは、グランモランじじいの金を使うくらいなら、死んだ方がましだと思っていた。なにしろ娘時代のセヴリーヌをもてあそんだ男だ。そんな汚らわしい奴の金など、さわりたくもなかった。物取りの仕業に見せるために、財布や時計を奪ったものの、捨てることができず床下に隠していただけなのだ。

ところが彼は、殺人の翌日に偶然手を出したカードゲームにはまった。「それ以来、彼は勝負事にのめり込んでいた。ダイス一振りで、その人間の地位も、人生も台なしにしかねない、あの賭博という熱病にとりつかれたのである」(『獣人』第六章)。

こうして助役は、カフェの奥の部屋で大金を賭けるようになった。そして借金が雪だるま式にふえて、ついには「人殺し」のような顔をして、床下から金貨の入った財布を取り出してしまう。こうしてギャンブルに溺れ、彼の人格は崩壊していく。

ところでゾラ本人は、ギャンブルについてどう考えていたのだろうか？　この時代、賭博に対しては厳しい規制がなされており、パリの賭博場、いわゆるカジノは閉鎖されたままであった(現在も、パリにカジノはない)。そこで、あちらこちらで非合法の賭場が開帳されて、闇の世界に資金が流れていた。庶民のギャンブルとしての国営「宝くじ」も、道徳を退廃させるという理由で、一八三六年に廃止されていた。そこで、ゾラはこう書く。

フランスからギャンブラーを追い払ったなどというのはだれか？　きのうも、陽光のもとで堂々と、大規模な賭博が開帳されて、莫大な金額が賭けられたではないか。軍隊だって、そこにいたが、それはギャンブラーを追いまわすためではなく、むしろ逆に、彼らを守り、助けるためなのだった。

（『エヴェヌマン・イリュストレ』紙、一八六八年六月十日）

「大規模な賭博」がなんだか、お分かりでない？　では、第二ヒントを。

ギャンブルをフランスから追放して、バーデン＝バーデンやモナコに閉じこめたとて、ブーローニュの森で許していたら、はたして何の役に立つというのか？

そう、陽光のもとのギャンブルとは、競馬のことにほかならない。「ブーローニュの森」——現在、ロンシャン競馬場では、十月の第一日曜日に、あの凱旋門賞が開催されている。また森の東側のオートゥーユ競馬場では、障碍レースが開催されている。わたしも幾度か足を運んだことがあるけれど、ロンシャンよりもっと貴族的な雰囲気で、ヨーロッパ各地の名門貴族の末裔が、手塩にかけて育てたポニーのパレードをやっていたりする。

ゾラは、金持ちが競馬や株に手を出すのは許されて、民衆が少しでも金を賭けると「賭博」だといって非難されるのは不公平だと考えていた。当時、首都でカジノを再開したいという請願がなされていたが、ゾラはむしろ好意的なのである。国家財政窮乏の折り、寺銭が稼げるわけだし、しょせん人間はギャンブル好きな動物なのだから、この病気をうまく飼い慣らすのが賢明だというふうに発想するのだ。「法律など無力なものだ。もぐりの賭博場がふえるだけではないか。公認の悪徳の代わりに、非合法の悪徳が生まれただけであって、公共の健康のためには、この方がよほど危険ではないか」というのである。

「競馬というのは、よい趣味の賭博であり、人は貴族として破産するのだ。金を損すればするほど、人は貴族なのである」とゾラはいう。そう、競馬だって、しょせんギャンブルにかわりはない。ただしブラッド・スポーツとしての競馬は、あくまでも貴族のギャンブルなのである。

そういえば『ナナ』で賭博にのめりこんで破産寸前のヴァンドゥーヴル伯爵は、持馬のリュジニャンで八百長レースをしくむ。[*]だが結局うまくいかず、ジョッキークラブから除名されてしまう。そこで彼は、予告通り、厩舎に火を放ち、まさに貴族らしく死ぬのだった。

（宮下志朗）

*パリ大賞典 Grand Prix de Paris で、レースの創設は一八六三年。なおロンシャン競馬場の創立も第二帝政期の一八五七年である。オートゥーユ競馬場の方は、一八七三年の創設。

小道具と俗語表現

■風俗

おなじみ『居酒屋』の冒頭。ランチエの帰りを待つジェルヴェーズの眼差しで、場末の安宿《ガルニ》が描写される。口を開けている大きなトランク malle の存在が、ジェルヴェーズとランチエが出奔してパリにやってきたのだなと教えてくれる。そして暖炉のところには、「薄いピンクの質札が一束」乗っている。「質札の束」、二人の幸せは長くは続かず――この晩、ランチエは初めて外泊する――、今や貧困がこの四人家族を支配していることが分かる。

『居酒屋』とは、のっけから質屋通いの物語なのである。朝帰りしたランチエ。だが、家には共同洗濯場使用料の四スーしか残ってない。そこで彼は、ズボンやブラウスまで質に入れさせる。

問題は「質屋」だけれど、これはいわゆる「公益質屋」のことであって、フランスでは一七七七年の創設というから、意外と新しいシステムなのだ。その本店は今も、市庁舎の少し北、ブラン=マントー街に存在する。ものの本によれば、当時パリには支店・代理店が四十軒ばかりあったという。庶民はたいてい代理店に質入れした――そっちの方がたくさん貸してくれたからだ。『居酒屋』に出てくる、グット=ドール街から一本裏に入ったポロンソー街の質屋も、そうした店にちがいない。

ところでゾラが、デルヴォー『隠語辞典』(一八六六)やプロ『崇高なる者*』(一八七〇)を参考にして、『居酒屋』でふんだんに俗語・卑語を用いたことは有名であろう。「質屋」というのがそうした言葉の典型であって、語りの部分では mont-de-piété とふつうの単語だけれど、会話の部分では clou（釘、びょう）という俗語が使われている。十九世紀文学を読む場合、この手の俗語に通じていないとつまらないのだ。「一六銀行」ということばを知らない人間は、サント＝ブーヴみたいに後世まで恥をさらす（『ゴンクールの日記』一八六三年七月十三日）。

さて、こうして質草探しで始まった物語も、洗濯女がクーポーと結婚して、せっせと働いて貯金するようになると、質屋のことは忘れ去られる。ところが第七章、物語中央の誕生祝いという大蕩尽のエピソードあたりから具合がおかしくなる。奮発しすぎて、お金がなくなり、公益質屋へ行ったらとクーポー婆さんが助け船をだしたのが、いけなかった。ジェルヴェーズは「質屋病 la rage du clou」にとりつかれて、最初は請け出していたのに、ついに家財道具いっさいを流してしまうのだ。

質屋通いは、いいだしっぺのクーポー婆さんの役目。彼女がエプロンの下に包みを隠すようにして歩いていくと、八百屋の女房や食料品店の店員が、「ほら婆さんが、わたしのおばさんの家に行くわよ」と噂する。なぜだろうか？　実は「わたしのおばさん ma tante」というのも「質屋」の俗語なのである。ゾラが師と仰いだバルザック大先生を読むと、こんなことまで教えてくれる。

「どこでお金つくるつもりなの」と彼女はいった。

「おじさんのところで」、ラウールはこう答えた。

フロリーヌはラウールのおじさんのことを知っていた。俗語で「ぼくのおばさん」が質屋を意味するのと同様に、「ぼくのおじさん mon oncle」とは高利貸しを表していたのだから。（『イヴの娘』）

クーポー夫妻のような借家人は、家賃を三か月ごとに支払っていた。取り立ての厳しさが、季節ごとに身にしみて感じられるのだった。寒い冬が訪れる。わが国ではその昔、質屋のほかに「損料屋」などといって、衣類や布団を貸し出す商売が繁盛していた。貧民はいつかは自前の布団を買うんだと思いつつも、冬になると損料屋に走っていた。なかには、この「損料布団」も質入れして、借金地獄に堕ちていく連中もいた。『居酒屋』の小宇宙には、そうした店は登場しない。でも、とにかく冬期、つまり一月の支払いこそ死活問題なのだった。仕事も少ない冬場、日銭を稼ぐ人々の懐はさぞかし寒かったにちがいない。「一月は残酷な月」、ジェルヴェーズの住む巨大アパートは、壮大なるレクイエムを奏でるしかなかった。

（宮下志朗）

＊ドニ・プロ『崇高なる者』見富尚人訳、岩波文庫、一九九〇年。

雨樋の猫

■風俗

本書のために「猫たちの天国」という短編を訳出しておいたけれど、フランス語には「雨樋の猫 chat de gouttière」という表現がある。日本語の「野良猫」に相当する表現である。「野良」ではなくて「雨樋」を走りまわるというのだから、いかにも都会らしさを感じさせておもしろい。

ゾラが『居酒屋』（一八七七）で、「雨樋の猫」を登場させていることは、いうまでもない。いや、本当の猫ではなくて、板金工クーポーのことだ。クーポーは朝早くから屋根に登って、トタン板をハンダ付けしてまわる。鼻歌まじりに、まるで野良猫みたいに、屋根を伝っていくのだ。ところが、ジェルヴェーズと迎えに来たナナが、「パパ！　パパ！」と呼んだのが、「雨樋の猫」の運命を暗転させる。

板金工は身をかがめようとしたが、とたんに足が滑った。すると突然脚のもつれた猫のようにすてんところび、緩い傾斜の屋根を、摑まるすべもなく滑り落ちた。

「畜生！」息のつまった声を彼は洩らした。（清水徹訳、集英社）

屋根から落ちて大けがをしたクーポーは、妻の献身的な看護のおかげで、回復する。でも、彼は「毎日毎日猫みたいに樋を伝って日を送るなんて、厭な商売だ」といって、働こうとはしない。野良猫としての、つまりは労働者の本分を忘れてしまい、ぐうたらな家猫を決めこむのだ。そして、下戸であったのに、酒に溺れ、ついにはアルコール中毒で死んでしまうというストーリーはおなじみであろう。

ここでお話したいのは、もうひとりの「雨樋の猫」のことなのである。北フランスの炭鉱を舞台として資本と労働の対立を骨太な筆致で描き出した傑作『ジェルミナール』(一八八五)に、忘れがたいシーンがある。

ストに突入したモンスー炭鉱の労働者と家族は暴徒と化して、操業を続けるジャン=バール坑を襲う。そして、その勢いで「パンをよこせ!」と叫んで、メグラの店に押し入ろうとするのだ。炭鉱の監視人あがりのメグラは、「炭住」でパンやバターから荒物まで、なんでも商う店を経営している。ところがこの男、「付け」のかたに、坑夫の女房や娘のからだを欲しがる漁色家なのだ。そのメグラが逃げ場を求めて屋根にのぼる、「雨樋の猫」になるのだ。と、女たちは「そら、見ろ! 見ろ! 牡猫野郎 matou があの上にいるぞ! 猫をやっつけろ!」と興奮する。matou とは正確には「去勢してない牡猫」のことで、転じて「精力絶倫男」をさすのだから、彼にふさわしい称号だ。短編「猫たちの天国」では、哲学者然とした野良猫に、すなわち都市のヒーローとしての「屑拾い」が、「牡猫 matou」の称号に輝いていた。それは自由と労働のシンボルということだ。一方、『ジェルミナール』の「牡猫」は、逆に労働者を搾取する性的人間として提示されている。

ところがメグラという名前の「雨樋の猫」は、ボールみたいに転がり落ちて、境界石に頭をぶつけ、あっけなく死んでしまう。そこからの復讐劇がものすごい。まずマユの女房が、「食いな」といって、死人の口に泥をつめこむ。次にルヴァクの女房、ムークおやじの娘、ブリュレ婆さんの三人が、去勢の儀式をおこなう。なんとメグラの男根を引っこ抜いてしまうのだ。

――ああ！　この糞野郎め、おまえがわしらの娘を孕ませるこたあ、もうないんだぞ！
――そうだとも、おまえに体で支払うこたあ終わったんだ、パン欲しさに尻をつき出してさ、あんなことはもうだれだってしなくってもいいんだ。（…）
――こいつはもうできねえ！　こいつはもうできねえ！　こいつはもう男じゃねえ、腐っちまいやがれ、ろくでなし！

（河内清訳、中央公論社）

こういって女たちは、長い棒の先にその肉塊を突き刺して、道を走りまわる。民衆の圧倒的なエネルギーをまざまざと感じさせる、すばらしいシーンだ。この暴力儀礼は、もうひとつの「猫の大虐殺」にちがいないのである。「象徴としての猫は、暴力と同時にセックスを喚起する」*のであるから。（宮下志朗）

＊ロバート・ダーントン『猫の大虐殺』海保・鷲見訳、岩波書店、一九八六年。

メダン

■風俗

一八七七年の『居酒屋』で大成功を収め、多額の印税を手にしたゾラは、パリ近郊メダン、セーヌ河に近い傾斜地に別荘を買い求めた。以後、彼はここに居を定めて、三階の書斎には、「一行モ書カヌ日ハ一日モナシ Nulla dies sine linea」という銘を掲げ、規則正しく『ルーゴン＝マッカール叢書』などを執筆していく。メダンは文学サロンとなって、モーパッサン、ユイスマンスなど、ゾラを慕う若者が訪れては、文学の革新について熱く語りあうのであった。やがてそうした新進作家たちを集めて、普仏戦争をテーマとした短編集『メダンの夕べ』（一八八〇）が出される。そのなかから、「脂肪のかたまり」でモーパッサンが、「背嚢を背中に」でユイスマンスが、文壇に出ていく。

最初は小さな二階建てだけの「ウサギ小屋」であった別荘は、次第に拡張されていく。ゾラはセーヌ側に浮かぶメダン島も購入、係留したボートをナナ号と命名する。では、ゾラ本人が撮影したメダンの館の写真を見てみよう。中央が「ウサギ小屋」、その右の棟は「ナナ」と呼ばれて、書斎がある。蔦《つた》に隠れてしまっているが、「ナナ」の右奥が「シャルパンチエ館」――シャルパンチエは、むろんゾラの版元――で、友人たちが泊まっていった。次はゴンクールの日記から（斎藤一郎訳、岩波書店）。

> ドーデ夫妻、シャルパンチエ夫妻、それにわたしの一行で、メダンにあるゾラの家にでかけた。ゾラは、ポワシーの駅までわれわれを迎えにきてくれていた。上機嫌で、陽気であった。馬車に乗

り込んでくるなり、勢い込んでこういった。「小説〔＝『ごった煮』〕の原稿を十二ページも書いてきたんですよ。（…）登場人物が七十人もいるんですから」。（一八八一年六月二十日）

そして左側の建物は「ジェルミナール」と呼ばれて、炭鉱小説の印税で建て増しされた。ここでは、開いている二階の窓に注目したい。リネン室である。一八八八年、この部屋で働きはじめたのが、やがて作家の愛人となる二十歳の若い娘ジャンヌ・ロズロ（一八六七―一九一四）にほかならない。

現在、ここはゾラ博物館になっている。毎年十月第一日曜日は「メダン巡礼」の日と呼ばれて、作家やファンが集い、ゾラを追悼する。

（宮下志朗）

◆Maison d'Emile Zola, 26, rue Pasteur, 78670 Médan
（開館日は、土日の十四時から十八時）
TEL 01-39-75-35-65
高速道路 A13 か A14 で Poissy で降りれば近い。国鉄ならば、パリのサン＝ラザール駅から Mantes-la-Jolie 行きに乗って二五分ほど、Villennes-sur-Seine あるいは Vernouillet-Verneuil で下車。そこからはタクシー、徒歩なら三十分ほどか。

官能の庭

風俗

現代の日本ではガーデニングがブームである。都会の殺伐とした風景のなかで暮らしている者にとって、マンションのベランダや戸建ての小さな庭で植物を栽培し、それを観賞するのは大きな喜びにちがいない。十九世紀フランスのブルジョワ階級にとっても、庭をもち、そこで散歩したりくつろいだりすることは私生活の楽しみであり、夢であった。とりわけ首都パリの市民が花に熱狂していたことは、当時のガイドブックや新聞などでも報告されている。ゾラ自身、『居酒屋』の成功で裕福になるとパリの西メダンに別荘を買い、庭園を造らせた。

西洋文化では、庭は楽園のイメージにつながる。文学の領域ではルソーの『新エロイーズ』（一七六一）やバルザックの『谷間の百合』（一八三六）で、主人公たちの集う庭が外部の喧噪や歴史のうねりから隔離された穏やかな場として描かれている。ゾラの『ムーレ神父のあやまち』では、南フランスの村アルトーで司祭をつとめるセルジュ・ムーレが「パラドゥー」と呼ばれる所で天使のような女性アルビーヌと出会い、ともに過ごす日々が語られる。パラドゥーとはプロヴァンス語で楽園、天国を意味しており、その象徴性はあきらかだ。アルビーヌに導かれてパラドゥーの庭を歩きまわるセルジュは、そこが花壇、果樹園、牧場、森に分かれ、小鳥がさえずり、川が流れ、泉の水がほとばしり出ていることを発見する。『ヨーロッパ文学とラテン中世』の著者クルチウスが指摘したように、これらはすべて理想の景観と楽園を構成する要素である。

私生活において、庭は植物の香りによって女の身体と結びついていた。街路や住居の悪臭を追いはらうために花の香りがもちいられ、花が誰からも愛でられるようになると、人々の表象システムにおいて庭が平和と秩序のシンボルとなる。そこにたたずむのは女性たちであり、女性の身体＝かすかな匂いを放つ花というシンボリズムが成立する。庭園と植物を語る文学、それらを描く絵画がかならずといっていいほど女性の姿を招きよせてしまうのは偶然ではない。当時パリの郊外だったパシーで展開する『愛の一ページ』では、そのような庭が重要な舞台装置になっている。ヒロインのエレーヌが好んで午後のひとときを過ごす隣家の庭、彼女の娘ジャンヌが回復期を過ごすその庭は、繊細な香りをただよわせ、優美な植物のシルエットを浮かびあがらせる。

▲モネ《庭の女たち》。庭園は印象派絵画が好んだモチーフのひとつ。

さらに庭は、愛と官能が啓示され、恋がささやかれる欲望の空間でもある。自由と親密さが共存する庭で恋人たちは告白の言葉をかわし、愛撫することもできる。『夢』という小説では、ヒロインのアンジェリックが隣の司教館に付属する小川の流れる庭に降りたって、女としての成熟に気づく。「小川はたしかに何かを語りかけていた。小川が語る、たえず繰りかえされる漠然とした言葉を耳にしていると、彼女の心は千々に乱れた」。そこにやがてフェリシアンという青年が現れて……。

（小倉孝誠）

■風俗

ゾラの動物好き

十九世紀は人間と動物の関係という点からすれば、感性が大きく変化した時代である。おおざっぱに言うならば、動物を保護するべきであるという思想がまさにこの時代に生まれた。そこからペット愛好まではあまり遠くない。戦争や暴動がしばしば起こった十九世紀において、動物への愛を説くことは同胞にたいする優しさと寛容をすすめることであり、とりわけ都市では階級的な対立を未然に防ぐための方策とさえ考えられていた。こうしてまずイギリスで一八二〇―三〇年代に動物虐待防止法や、動物をつかったブラッド・スポーツを禁じる法が設けられ、フランスでは一八四六年に「動物愛護協会」が設立され、その四年後には動物愛護法（グラモン法）が制定されて、公共の場で家畜を虐待すると罰金刑を科されることになった。しかも歴史家モーリス・アギュロンによれば、動物をいつくしむことは弱者への配慮をうながすと主張した共和派の人々が、動物愛護を積極的に支持したという。たかが動物のことと侮ってはいけない。動物愛護の運動はひとつのイデオロギーだったのだ。

こうした歴史的背景はともかくとして、ゾラは少年時代からたいへん動物が好きだった。犬、猫、鶏などを飼い、メダンに別荘を買うと家畜小屋や家禽飼育場を作らせて、うさぎや馬なども飼った。「ボノム」という名の馬は、招待客が汽車でやって来るときに駅から別荘まで運ぶ馬車を引いて彼らを喜ばせたという。書斎や庭で膝に犬を抱いたゾラの姿は数多くの写真におさめられている。

彼の作品にはしばしば動物が登場する。「小説のなかで動物を重視すること。犬、猫、鳥など動物を作中人物として創りだすこと」と、ゾラは『ルーゴン＝マッカール叢書』の準備メモのなかに書き記している。実際ゾラの作品に現れる動物は、物語のうえで大きな役割をはたすことが少なくない。『テレーズ・ラカン』では猫のフランソワがヒロインの生活を見つめ、断罪する無言の審判者となっているし、『生きる歓び』では、犬のマチューと猫のミヌーシュがシャントー家と苦楽をともにする伴侶である。馬のバタイユとトロンペットは『ジェルミナール』において、炭鉱の地下坑道で過酷な労働につかされ、そこで生涯を終えるという点で炭鉱夫の運命を再現している。寓話（イソップやラ・フォンテーヌ）、童話（ペローやグリム）、児童文学（ボーモン夫人やジュール・ヴェルヌ）を除けば、大作家の作品中でこれほど動物が登場する例は他にない。

一八九六年三月に『フィガロ』紙に発表された「動物への愛」と題する記事のなかで、ゾラは神への愛、親兄弟への愛、子供への愛と同じく、動物への愛も人間にとってきわめて自然な感情ではないだろうかと問いかけている。「動物にたいして私が感じる慈愛の念は、動物が言葉を発することができず、自分の欲求や苦痛を説明できないということに由来している」。さらに同年五月には「動物愛護協会」の年次総会で講演し、協会の活動は人類に正義と憐憫の情が何であるかをしめしてくれる神聖な活動であると称えた。

（小倉孝誠）

死刑制度

十九世紀初頭、ヨーロッパでは極刑としての死刑が執行されていた。だが、やがて少しずつ状況が変化してくる。リュカ、ギゾーなどが死刑の不当性を理論的に説き、「監獄制度」、つまり自由を剥奪することのほうが合理的だと主張していく。だがなんといっても、ヴィクトル・ユゴーの存在が大きい。彼は、過酷な刑罰は「社会が個人に犯す罪」（ジャン・ヴァルジャンの言葉）だとして、死刑廃止を求めていく（小説『死刑囚最後の日』一八二九年、等）。実際、死刑判決も少しずつではあっても、減少していく。

とはいえ首都パリのサン＝ジャック門では、相も変わらず公開処刑というおぞましき祝祭が実施されていた。第二帝政時代には、ペール＝ラシェーズ墓地近くの「ロケット監獄」（現存せず）前の広場に、断頭台が立てられた。

一八六〇年、死刑囚の手記という体裁の『死刑囚最後の日』を読んだ、弱冠二十歳の青年ゾラは感動し、「最初のページから、おそろしさで身の毛がよだつ。読者も、罪人《ミゼラブル》の激しい恐怖を味わう。彼といっしょに断頭台に上るんだ」と告白する。そして「しょせん人間の裁きにあやまちはつきものなのだから、取り返しのつかない刑罰を科すべきではない。（…）それに犯罪者から悔恨の情を奪うことになるではないか。悪事を犯した人間に、罪を償う十分な時間を与えないのだから」という思いを強くする。これは現在の死刑廃止論としても、十分通用する議論といえよう。やがて冤罪事件を扱ったジュール・シモン

(のちに首相)の『死刑』(一八六九)を読んで、ますます死刑制度の矛盾を痛感する。犯罪の抑止力としての死刑という考え方にも、根拠を認めがたいのだ。そして「社会が成熟して真実こそ大切だと思うようになれば、死刑は自然に廃止されるであろう」と期待をかけるのである。

そんなゾラが、死刑執行のおぞましさを描くのは、晩年の長編『パリ』(一八九八)でのこと。教誨師に付き添われて、ロケット監獄前の広場にサルヴァが登場する。下院に爆弾を投げ込んで、処刑されたアナーキストのオーギュスト・ヴァイヤンがモデルとされる(挿図参照)。「自分は夢に殉じるのだ」と興奮ぎみのサルヴァなのだが……。

▲ヴァイヤンの処刑

昂然とした様子で歩いてくるサルヴァに、助手たちが飛びかかった。ふたりが頭をつかんだが、髪の毛が少なくて、うなじのところをつかんでやっと頭を下げさせた。(…)どつくようにして、サルヴァの首がギロチンの穴にはめこまれた。(…)それはまるで、急いで処理する必要のある、じゃまな動物の屠殺でも見ているようであった。ギロチンの刃が落ちて、なにやら鈍い、大きな音が走った。切断された動脈からは、血が二本の噴水となってほとばしり、両足がぴくぴくと痙攣していた。見えたのは、それだけだった。

死刑執行人は、機械的なしぐさで手をぬぐっていた。助手のひとりが切断された血のしたたる首を、小さな籠に入れた……。

ここでは無政府主義という大義が、国家権力によって家畜の解体作業に矮小化されてしまっている。とはいえ作者は、興奮する広場の群衆をよそに、鎧戸もあけずに、家に閉じこもる代議士メージュ――社会主義労働党創設者ゲードがモデル――の姿を対置させる。この社会主義者のふるまいが、死刑制度への、静かな異議申し立てとなっている。

ギリシア（一八六二年）、オランダ（一八七〇年）、イタリア（一八八九年）と、各国で死刑が廃止されていった。だがフランスは公開処刑を一九三九年まで続行したのだし、死刑制度、すなわちギロチンを廃止したのは一九八一年――西欧先進国で最後なのであった。

（宮下志朗）

◆参考文献　ユゴー『死刑囚最後の日』岩波文庫。
『ヴィクトル・ユゴー文学館』第九巻、潮出版社、二〇〇一年。
小倉孝誠「世紀末アナーキストの群像」、『19世紀フランス　愛・恐怖・群衆』人文書院、一九九七年。

犯罪

■闇の世界

犯罪と文学の結びつきということになれば、十九世紀フランスでは新聞小説がその代表的な形式である。一八四〇年代の大ベストセラーとなったウージェーヌ・シューの『パリの秘密』や『さまよえるユダヤ人』では、殺人、誘拐、陰謀事件が語られている。シューの人気を妬んでいたバルザックも、ヴォートランというパリ犯罪者集団のボスのような怪人物や、「十三人組」という秘密結社を案出している。いずれの場合も、犯罪者とそれを追う人間は知力・体力の面で並はずれており、一種のスーパーマン的存在である。

ゾラの文学においても犯罪は大きなテーマである。『テレーズ・ラカン』では人妻が愛人と謀って夫を殺し、『パリの胃袋』では共和派の陰謀がたくらまれ、『パリ』では世紀末のアナーキスト・テロが背景になっている。とりわけ『獣人』には、かつて妻を凌辱した男を殺す夫、錯乱して恋人を絞殺する男、嫉妬に駆られて列車を脱線させてしまう娘などが登場する。事件を担当する予審判事の捜査、あやまった判断による冤罪なども取りあげられており、司法機構の不備を告発する社会小説にもなっている。まさしく女と愛とミステリー、というところか。

ただしゾラの場合、犯罪者や判事はいささかも並はずれた人間ではなく、激情や遺伝性病理のせいで罪深い行為にいたるわけだし、犯罪の謎解きが作品のおもな興味になってはいない。人間性の闇の部分、理性で制御しきれない衝動、不可解な狂気などが顕在化した行為として、犯罪という現象に関心をいだいたのである。

じつは十九世紀末のヨーロッパにおいて、犯罪の脅威は重大な社会問題であり、警察当局、法律家、社会学者、精神病理学者などさまざまな分野のひとたちが、それぞれの立場からこの問題を論じていた。彼らにとっては、実際に起こった事件だけではなく、フィクションのなかで語られる犯罪もまた示唆に富む素材であり、ゾラの作品はドストエフスキーのそれとならんで格好のサンプルだったのである。一例だけあげると、イタリアの犯罪学者チェザーレ・ロンブローゾが『犯罪人類学の応用』（一八九二）という著作のなかで、ゾラが描いた犯罪者や変質者の心理はおおむね正確で、人類学者たちの発見と洞察を裏づけてくれると称賛している。そしてゾラ自身『獣人』を執筆するにあたって、ロンブローゾの『犯罪者論』（一八七六）を参照し、その詳細な読書ノートまでとっていた。

文学における犯罪といえば、とかく興味本位の瑣末なエピソードと見なされがちだが、『ルーゴン＝マッカール叢書』の作家にかんするかぎり事情はすこし複雑である。ゾラと犯罪——なにかしらスリリングな主題ではないか。

そして最後に付言するならば、ゾラの死には犯罪の影が射しているのである。ゾラは暖炉の煙突が詰まっていたための一酸化中毒で死んだ。不慮の事故死というのが公式発表だった。しかし、煙突は誰かによって巧妙に塞がれていたのではないかという疑惑が当時から囁《ささや》かれていた。だとすれば、いったい誰が何のために？　謎はいまだに解明されていない……。

（小倉孝誠）

第5章

文学マーケット——バルザックからゾラへ

宮下志朗

文学志願者たち

ゾラが師と仰いだバルザック（一七九九—一八五〇）の時代から話を始めよう。その頃、作家志望の青年はたくさんいたのだろうか？　実は、当時の若者、それも知識階級の若者の理想は弁護士か医者になることだと相場は決まっていた。たとえば『ペール・ゴリオ』で、ラスティニャックが法学部学生で、ビアンションが医学部生であったことを思い起こせば十分かもしれない。『人間喜劇』の作者は語り手に、こうも独白させている。物語の設定は一八三六年である。

僕たちは楽しくやることしか考えていませんでした。僕たちが自堕落な生活を送っている理由というのは、現代の政治のもつ最も深刻な問題から来る理由でした。僕もジュストも、親たちから就けと強制されていた二つの職業には、入りこむ場所がひとつも見つからなかったのです。一人で事足りるのに、百人の弁護士、百人の医者がいます。たくさんの人が詰めかけて、この二つの道をふさいでいますから、富に到る道のように見えて、しかも二つの闘技場なのです。

（『Zマルカス』渡辺一夫・霧生和夫訳、「バルザック全集1」東京創元社）

小説だから誇張だろといわれても困るから、きちんとした数字を挙げておく。たとえば医者、一八四四年の時点で、セーヌ県には千八百人もの医者が開業していたという。密度は全国平均の三倍だともいう。とりわけパリなどの大都市に関しては、医師・弁護士は早くも供給過剰時代を迎えつつあった。なのに大学登録者数は急増の一途をたどるばかりで、「一八三〇年八月、麦を束ねた青春と、五穀を実らせた英知とによって生まれた八月は、青春と英知とに分け前を忘れたのです。青春は蒸気機関のボイラーのように爆発するでしょう。フランスでは、青年たちに出口がありません」(『Zマルカス』)と、バルザックは七月王政下における若者たちのフラストレーションを美しく語っている。

出口なしとあらばどうするのか？ あきらめて帰郷するのか？ あるいは共和主義者となって現状への異議申し立てをするのか、さもなければボヘミアンとなって日々の享楽に実存を見いだすのか？ いや実はもうひとつ、急に見通しが開けた道があった。文学やジャーナリズムといった分野である。

この業界は、家柄もコネも不要、そして中退の方が箔がついたかどうかは知らないけれど、とにかく学歴不問なのであった。「文筆の世界のメリットは、政治的地位を一段ずつ登りつめるといった必要がないことです」、若き日のネルヴァルはこういって、父親を説得した。文学の市場こそは、この十九世紀にもっともダイナミズムが発揮された場だといってもおかしくない。なるほど「文学志願者」なる短文の作者も語るごとく、「地方が毎年パリに送り出す三千人の若者のうち、文学者になるのだという確固たる信念をいだいて乗合馬車発着所に降り立つのは、せいぜい八人とか十人」にすぎないかもしれない(『フランス人の自画像』)。だが『Zマルカス』の語り手もいうごとく「弁護士は、ジャーナリズムや政治や文学に横滑りする」のである。バルザックも、フロベールも、パリ大学法学部くずれの作家ではないか。法律家になると誓って最高学府に通わせてもらいながら、横道にずれて、フィクションの世界で名をなそうとした若者がたくさんいたにちがいない。

「文学を殺す店」と直販方式

では、そうした作家予備軍の受け皿は整っていたのだろうか。ここでもバルザック大先生のご託宣を仰ぎたい。

読書はひとつの必需品となったのだ。（…）啓蒙思想の広がり、教育のコストダウン、コミュニケーションの迅速さが、書物生産をごくありきたりのことにした。（…）したがって著者にとっては、国王のふところから手当を頂戴するよりも、読者公衆から作品の対価を受け取ることのほうが、より高貴なこととなったのも十分に納得がいく。そして書物の膨大な消費量は、出版業・書籍販売業の重要性を大いに高めている。とりわけ王政復古以来、出版と民衆とのあいだの関係は一変したのである。

（「書籍業の現状について」一八三〇）

バルザックは文学の制度の変革をはっきりと透視していた。パトロンの時代が過去のものとなり、文学の市場が開放されて、読者からダイレクトに作品の対価を受け取る世紀が到来したことを認識していた。ここには読者つまり市場《マーケット》が作品の価値を決めるという発想——後年ゾラは、これを「普通選挙」と命名することになろう——がはっきり読みとれる。

ならば十九世紀の前半からなかばにかけて、小説は売れたのだろうか？　いや、そんなものはせいぜいが千部とか二千部しか印刷されなかったのだ。というのも、文学サーキットには、いくつかの障害物が置かれていたのだから。まずは、安い海賊版の横行である。

フランスの三分の一は外国でつくられた海賊版を仕入れているのです。（…）かわいそうなフランスの本屋が、読書クラブという、〈われわれの文学を殺す店〉〔強調は引用者〕に、あなた方の本を一生懸命苦労して千部ほど売りさばいている時、ベルギー人はヨーロッパの金持ち階級にそれを二千部も売っているのですよ。文学好きの優雅なる若者たちは、ベルギー旅行から戻ると、六フランで買い求めたヴィクトル・ユーゴー全集を誇らしげに披露するのです。

（バルザック「十九世紀のフランス作家への手紙」一八三四）。

なにしろ著作権制度は、まだ各国で整備段階にあって、国境を越えればほとんど野放し状態であった（ベルヌ条約成立は一八八六年）。そもそも国内でも、売れ筋の作品の海賊版が刷られていた時代なのだ。もうひとつの障害物が、右の引用で「われわれの文学を殺す店」と形容されている「読書クラブ cabinet de lecture」、直訳すれば「読書室」にほかならない。読書の民主化時代の揺籃期、フランスではこうした「貸本屋」が大いに繁栄していた。なぜ素直に「貸本屋」と呼ばないのかといえば、必ずしも貸し出すわけではなくて、店の「読書室」で本や新聞雑誌を閲覧させる場合が多かったからだ。バルザックの時代は、この「キャビネ・ド・レクチュール」の最盛期で、全国で千軒以上――バルザック自身は「フランスには千五百軒の読書クラブが」と、やや誇張している――、パリだけでも五百軒内外がひしめいていた。あるパリガイドを開くと、こうある。

一回三スー〔=十五サンチーム〕、あるいは一か月三フラン、一日もしくは一冊あたり二～四スー、そして保証金プラス月五～六フラン等々、料金は店の決まりによって異なる。とにかくだれでも新刊が読めるし、優れた古典を繙いて教養をつけることができる。カルチエ・ラタンの読書クラブは、もっと役に立つ。法律や医学関係の基本図書を備えていて、毎日、たくさんの学生が訪れては勉強しているのだ。(…)なかでもよく利用されているのが、コメルス小路 cour du Commerce の〈ブロス文芸室〉である。パレ=ロワイヤルのロトンド回廊八八番地の文芸サークルも挙げておこう。そこにはあらゆる新聞が揃っているし、五万二千冊もの蔵書を誇っているのだ。またヴィヴィエンヌ街などの〈ガリニャーニ〉には、イギリス、ドイツ、イタリア、スペイン、ポルトガル、アメリカなどの新聞類がよく揃っている。

(『外国人へのパリ案内』一八三六年版)

最新流行の空間であるパサージュでも、この読書室は定番だった。ルソー、ヴォルテール、サドといった危険な書物から、スコットの歴史小説やゴシック・ロマンスの翻訳、さらにはポール・ド・コックなど流行作家の軽い読み物まで揃っていたらしい。ちなみに、公共図書館はその数も少なく、開館時間も短かった。学生がパンテオン広場のサント゠ジュヌヴィエーヴ図書館に通うにも、当時は、午前十時から午後二時までしか開いてなかった。そこで『幻滅』の主人公リュシアン君のように、コメルス小路——今のメトロのオデオン駅の近く——の〈ブロス文芸サロン〉に通いつめる。夜遅くまでねばって、新聞・雑誌、小説や詩集を読みあさり、文壇やジャーナリズムの動向を把握しようとしたのである。王政復古の時代、読書クラブは文学者・ジャーナリスト予備軍にとって重要な役割をはたしていた。

しかしながら作家としてのバルザックにとっては、この読書クラブこそ、新たな時代の文学にとっての抵抗勢力なのだった。その頃、小説は価格が高く、もっぱら読書クラブで借りて読まれていた。さしずめ今の、レンタルビデオである。版元側も、読書クラブに六、七百部を確実に売りさばいて、採算をとればいいと考えて、積極的に部数をふやそうとはしなかった。小説類の価格が高値安定の方が、読書クラブにとっても都合がよかったことはいうまでもない。このように版元と読書クラブが、持ちつ持たれつの関係で、書物の価格を高値に維持していたせいで、潜在的な読者数は急速に増加しつつあるのに、小説の印刷部数は頭打ちになっていた。おまけに自作が貸本屋で何十人の読者に読まれても、著者の懐は少しも潤いはしないのである。

『人間喜劇』の作者は、芸術家には「屋根裏部屋とパン」さえ与えておけばいいという、ロマン主義的なアナクロニズムに我慢ならなかった。できれば、読書クラブや海賊版の版元から、カラオケ使用料ならぬテクスト使用料を徴収したいと考えていたにちがいない。そこで彼は、「直接販売」によって「生産」と「消費」を直結すればいいのだと考える。今でいう「ブッククラブ」の設立を思いつくのだけれど、時代の先をいきすぎたのか、結局は出資予定者が一人抜け、二人抜けして、この画期的な商法が日の目を見ることはなかった。こうして借金まみれとなった作家は、あとは死ぬまで小説を書き続けるしかなかった。

小説の時代へ

さて、ゾラの青春時代は、鉄道網・電信網の拡大などによって公論の空間が確立され、マスメディアの時代が開幕した時期とぴったり重なっている。最初の大衆紙『プチ・ジュルナル』(一八六三)は、あっというまに三十万部に載せて、やがて『エヴェヌマン』紙との熾烈な拡張競争を繰り広げていく。そして七十年代に入ると、首都パリにおける日刊紙の発行部数は百万部の大台を越えるのだ。アシェット書店の広告主任エミール君は、こうした状況の変化をしっかりと読んでいた。

専業作家をめざして退社してみたけれど、雑文で稼ぎながら、小説を書いていくのは、なかなかに厳しく、ゾラは雌伏の時を余儀なくされる。やがて『ルーゴン=マッカール叢書』執筆にあたって、「月額保証制度」を版元に認めさせたのが転機となる。年間二点の小説を執筆する条件で、月額五百フランを受け取ることにした、つまりは版元の専属となったのである。のちに「賃金労働者は新しい形態の奴隷なんだ」(『ジェルミナール』)と述べるゾラなのだが、専属という安定した軌道に乗って、執筆活動を続けていくことこそ肝心なのだった。そしてついに、叢書の第七巻『居酒屋』(一八七七年一月二四日発売)が、記録的なベストセラーとなって、一躍にして人気作家の地位を獲得する。苦節十年の道のりであった。

「市民ゾラの『居酒屋』がばかみたいに売れている。半月で一万三千部が完売とは！」（二月十五日、フロベールの書簡から）というとおりで、次の一か月で一万六千部を売り、年内に三八刷までいったと伝えられる。そこで翌年には郊外メダンの別荘を九千フランで購入、やがて「自然主義」の聖地となる。

連載時に物議をかもして、その騒ぎのなかで発売された『居酒屋』の大ヒット――これは小説の時代の到来を象徴するできごとといえよう。バルザックの時代、文学の主流は、まだまだ戯曲や詩であった。戯曲の場合は、芝居として上演されることが前提で、その際、客の入りによって作者にいわば歩合制で収入がもたらされることになる。書物としての戯曲が売れなくても、芝居がロングランすれば、莫大な収入がころがりこんだのである。一方、単行本としての小説は高級消費財で、ふつうはたいした稼ぎにはならない。しかも一部あたり定価の何パーセントという「印税」システムも、小説分野では確立しておらず、原稿買い取り制が原則であった。著者は原稿を高く売りつけようとして、版元はなるべく安く買いたたこうとして、丁々発止の駆け引きを演じていた。

しかし世紀なかば――バルザックはちょうど一八五〇年に死んでいる――をすぎると、詩の全盛時代は終幕を迎えて、小説が急速にはばをきかせてくる。ある資料によれば、各ジャンルの年間の刊行点数は、およそ次ページの表のようなものであったという。

小説ジャンルは、新聞メディア発展の牽引役を演じた連載小説《ロマン＝フユトン》の流行もあって、莫大な読者を獲得していく。八〇年代に入ると、モンテパン作『パン運びの女』を掲載した『プチ・ジュルナル』紙は連日

	小説	詩	戯曲	合計
1830-40	210	365	258	833
1876-85	621	139	196	956
1886-90	774	236	264	1274

19世紀半ばの各ジャンルの年間の刊行点数

八十万部を売りつくし、人々はこの「犠牲者小説」に読みふけることになる。小説は、「新聞連載小説」という異母兄弟のおかげで、発展すると同時に、正式の認知が遅れていたのである。

かつて『ペール・ゴリオ』(一八三五)二巻本は十五フランもした。ところが『ボヴァリー夫人』二巻本(一八五七)は、『ミシェル・レヴィ叢書』に収録されて、一巻一フラン、つまり合計二フランで買えた。シリーズの宣伝文に「現代作家の作品をこんなにお手頃な価格で提供した出版社は、これまでありませんでした」とあるとおりで、まさに破格破壊にほかならない。一冊一フランというフランスの「円本」時代、第一次大戦時まで、つまり半世紀以上にわたって続くことになる。

小説の原稿料の支払い方式も近代化された。演劇の歩合制をモデルにして、「印税」という、売上げ部数に比例した明確なシステムへ移行しているのだ。以前の、作品価値・売上げ予測を因数とした、著作権料をめぐる象徴闘争のアリーナはあらかた消滅して、作者の収入はひたすら部数に従属することとなったのである。この結果として、文学と金銭というアポリアがあらためて浮上する。売れない側は、もはやはったりが効かないわけで、芸術至上主義に走りがちになる。そして芸術的な作品は必ずしも市場価値があるわけではないという公式が、いつのまにか、売れるものは低俗で芸術的な価値はないんだというふうに、横滑りしていく。現代のわれわれの芸術観の原点も、このあたりに存在するのである。

文学における金銭

かくして、筆一本でのし上がったゾラは、「小説」というジャンルを基盤とする文学流派、「自然主義」を立ち上げる。文学の認知をめざして、「文学における金銭」など、いくつかの評論を執筆するのである。とはいえ「文学における金銭」は、『実験小説論』(一八八〇)に収められたことで損をしている。「形而上学的人間」に死亡宣告をおこない、「生理学的人間」を前面に打ち出して、クロード・ベルナールの『実験医学序説』を小説にも応用しようとしたという表題論文にうんざりして、読者は他の評論を読もうとしないのだ。実際は、「文学における金銭」「小説について」など、ほとんど紹介されたことがない評論の方が、よほど興味深いし、重要な意味を有するものと思われるのだが(本セレクションで翻訳の予定)。

「現代文学における金銭の役割を見定めよう」といって、ゾラは、文学を取りまく状況の変化を説明する。サロンやアカデミーが支配する旧制度、パトロネージの時代は終わったという認識を示すのだ。そして今や、教育が普及し、識字者が急速に増加し、新聞は農村にまでも浸透した、「贅沢品であった書物は、半世紀のあいだに日常的な消費財となった」と指摘する。バルザックの認識とそっくり同じではないか。ゾラは、バルザックのよき読者なのであった。書簡集(初版は一八七六年)を含めて、バルザックのテクストを、文学制度をめぐる象徴闘争の歴史として、いわば戦いの記録として読み込んでいるのだ。

そこでゾラは、文学の公開市場が成立したのであり、そこには一般読者という裁き手が存在し、印税という信賞必罰のシステムが成立しているのだと主張する。「普通選挙」、つまり一般読者の審判に身をゆだね、その対価として印税を受け取ればいいというロジックである。かつての買い取りシステムというギャンブルに代わる、印税システムという「誠実な精神」にもとづく出版契約が、「普通選挙」を支えているのである。したがって「出版はもはやギャンブルではない。著者は成功の度合いに応じて利益を得るのだし、出版社自身も、自分のふところに入る額に応じて印税を著者に支払えばすむ」ことになる。要するに、バルザックが夢見た「直販方式」が、少しちがう形で実現したということにほかならない。

かくしてゾラは、いわば自由競争によって作家が利潤を得ることのできる時代が到来したことを慶賀する。もはやパトロンに媚びる必要はなく、作家は自由を得たのだといって、「金銭が作家を解放した、金銭が現代文学を創造した」と名ぜりふをはく。その手本として名が挙がるのが、債鬼門に集ったがゆえに、傑作の数々をものしたバルザックであることはいうまでもない。

なるほど現状は、「ショーウィンドーをふさぐ凡庸なる作品の洪水」であるかもしれない。文壇への侵入をはかる若き異星人も、増加の一途をたどっている。法学部くずれではなく、ポール・ブールジェのように、親が希望する高等師範学校というエリート校への入学を拒否して、あえて文学部（ソルボンヌ）に進む若者も出現する（文学部学生は一八八二年で一〇二一人、一八八八年には二三五八人と倍増している）。おかげで文壇は、むしろ狭き門となった感もある。でもゾラはこうした現状を嘆きはしない。本の洪水とはマーケットが実在する証拠であり――かつては、マーケットさえもなかった――、凡庸には非凡で対抗すればいいと信じているのだから。ではジャーナリズムは文学的才能の芽をつむという十九世紀前半の紋切り型を、彼はどう判断するのか？　「ジャーナリズムは殺されるべき人間を殺す、それがすべてだ」というダーウィン流の自然淘汰の法則がその回答だ。ここでは「文学における金銭」の結末あたりを訳しておきたい。

働きたまえ、すべてはそこにある。自分を信頼するがいい。才能があれば、もっとも巧みに閉じられている扉をも開かせ、それにふさわしい高さにまで持ち上げてくれると思えばいいのである。そしてなによりも、お上の恩恵を拒否し、国家の庇護など求めぬことだ。(…) 人生の法則、それは闘争にあるのだから。(…) 金銭を敬うこと、そして詩人然として金に毒づくといった幼稚さにおちいらぬことだ。あらゆる事柄を表現するための自由なるものを必要としている、われわれ作家にとっては、金銭こそ勇気であり栄誉なのである。金がわれわれを、今世紀の知的首領に、可能な唯一の貴族階級にしたのではないか。君たちの時代を、人類のもっとも偉大な時代のひとつだと受け入れることだ。未来を固く信じることである。氾濫するジャーナリズム、商業主義に走る低俗文学といった、致命的な結果を及ぼしかねぬものにいつまでもとどまらぬことが大切なのだ。そして最後に、滅びた社会が運びさった旧弊なる文学精神をいつまでも哀惜するようなことのないようにしてほしい。新たな社会から、別の精神が出現したのであって、この精神は真実なるものの探求と確立に向けて、日々拡大しているのだ。自然主義運動が進展し、才能ある人間が頭角をあらわし、仕事を完成するのにまかせておけばいいではないか。今という時代に生を受けた諸君！　社会的・文学的進化にさからうようなことはやめたまえ。二十世紀の天才はまさに君たちのなかに存在するのだから。

文学青年たちに向けた、差異と同一化の戦略によるみごとなアジ演説である。だがこうした価値観が、「凡庸な資質しか所有していないものが、その凡庸さにもかかわらず、なお自分が他の凡庸さから識別されうるものと信じてしまう薄められた独創性の錯覚」（蓮實重彦『凡庸な芸術家の肖像』ちくま学芸文庫、一九九五）と表裏一体のものであることを忘れまい。産声をあげた大衆文化社会は、凡庸であることがプロフェッショナルであるという、一見して二律背反的な存在の作家までも誕生させるのだから。

新聞連載小説との競合

こうしてゾラは、小説というジャンルを正式に認知させることに成功した。それをブルデューは、こんなふうに整理している。

小説というジャンルはスタンダールやバルザック、そしてとりわけフロベールのおかげで、少なくとも〈場《シャン》〉の内部においては、またそれを越えたところでも、いわば貴族の身分を獲得したのだが、それでもなお、新聞連載小説を通してジャーナリズムに結びついた金もうけ主義文学のイメージをまとったままであった。小説はゾラとともに、形式に関してこの分野で要求される種々のことがらをあきらめることなく、他のいかなる表現手段よりもずっと広範な読者を獲得し、例外的な売れ行きを示すようになったのだが、そのときこのジャンルは、文学場において相当の重みを獲得することになる。

（『芸術の規則』石井洋二郎訳、藤原書店、一九九五）

とはいえゾラにはなすべきことがもうひとつ残っていた。それは小説内部での卓越化《ディスタンクシオン》であろう。ここでは、とりあえず「新聞連載小説」との差異化戦略について考えてみたい。作家は、このジャンルをむげに否定しはしない。「農村の奥まで浸透した安価な新聞と同様に、未開の土地を開墾してくれる」といって、むしろ新聞小説家に感謝するのだ。しかしながら「ジャンルの創始者は、その継承者と比較した場合、みんな大家だった」のであって、デュマやシューはよかったが、今では、連載小説の代名詞ポンソン・デュ・テラーユに匹敵する作家もいないではないかというのだ。自然主義の若き旗手として、高く評価していたエクトール・マロに対しても、「少しずつ安易な生産へと横滑りしている。文体、観察力、構成にゆるみが見られる。溺れつつある作家だ」と評価は非常に手厳しい。

今を去る四十年前、小説をこま切れにして、新聞紙面の一階〔一番下の欄を指す〕で毎日売ることが発明されたのだが、この発明は大成功をおさめた。（…）新聞連載小説は予約購読者へのまき餌に、それもとりわけ女性向けのまき餌となったのだ。（…）女性は新聞連載小説に食らいつき、信じられぬほどのブームが訪れた。（…）新聞の存在理由は小説ということになったのである。

しかし今日、時代は変わった。情報が迅速に伝達されることとなって、すぐにでもなんでも知りたいという読者の好奇心はつのり、おかげでジャーナリズムはものすごい発展をとげた。読者の興味は、もはや紙面の一階にはなく、新聞の各欄のなかに存在するのである。

(「現代の小説家たち」一八七八)

要するに新聞メディア普及の、そして識字率上昇の牽引車であった連載小説は、その歴史的使命を終えたというのだ。十九世紀前半ならば、新聞連載であろうがなかろうが、小説は小説であって、優れた小説と凡庸な小説のちがいがあるにすぎなかった。だが次第に新聞連載小説のプロが出現するようになって、(こうした言い方はおかしいが)正統的な小説との間に溝が生じた。やがて一八七〇年頃ともなれば、「大衆小説 roman populaire」なる呼称まで誕生した。ゾラの作品は「大衆小説」の様相を呈していたから、「新聞連載小説」と同一視されかねない。大衆文学=低俗文学という図式で考えられてはたまらず、作家は差異化の必要を感じたのである。

ゾラにいわせれば、そもそもまともな作家は、日々の新聞にぶつ切りの小説を載せるべきではないのだ。あくまでも書き下ろしが理想なのであって、一歩譲っても、月刊誌への連載が望ましい。けれども、「惜しむらくは、フランスにはそうした雑誌がない。『両世界評論』誌だけはその可能性を秘めていたのだが、現在の文学的潮流から外れてしまっている」という。

そうなると結局は、専属となって月額保証を出版社から引き出し、着実に長編を書き進めていくのが得策なのである。そして原稿があらかた完成した段階で各種媒体に連載する。宣伝活動もおこない、連載終了というクライマックスに合わせて、すぐさま単行本を出して、一挙に読者を獲得するのである。これが自然主義小説家の執筆作法であって、新聞連載小説に流れている、日刊紙のぶつ切れのリズムとは本質的にことなるというのである。ゾラにとって、締め切りに追われて猛スピードで書きまくったことは、駆け出し時代（マルセイユの日刊紙『プロヴァンス通信』）の一度しかない。あとは、仮に新聞媒体に掲載されたにせよ、それはいわゆる「新聞連載小説」の作法とは異なるのだという認識である。こうして「書き下ろし」と、その日任せの、ぶつ切りの「新聞連載」という二項対立でもって、作家ゾラは、新聞連載小説《ロマン＝フュトン》との差別化をはかっていく。

「アカデミー」による聖別と月額保証

そしてもうひとつの仮想敵が、文学における清貧のイデオロギーだ。ジョルジュ・サンドの共作者・恋人として知られるジュール・サンドーが、一八五八年にアカデミー・フランセーズに迎えられて、「小説家」が国家から聖別される時代がようやく到来していた。しかしながら「あらゆる担保から自由な人間」を作家の理想の姿とするゾラの立場からして、パトロン制度の現代版である国家の補助金やアカデミーは時代錯誤にほかならなかった。

アカデミーが授与する賞など、一般読者にとってどうでもいいことだ。だいたいからして、凡庸な作品に与えられるものではないか。(…)アカデミーとは、われわれがめざす文学の道に置かれた障害物であって、新世代がそのつど足蹴にして遠ざけるべきものなのである。(…)作家にとっては新たなる生活手段が得られたのだ。そしてヒエラルキーという考え方はなくなり、今や知性が貴族階級のあかし《ノブレス》となり、労働が威厳《ディニテ》となったのである。その当然の結果として、サロンやアカデミーの影響力は消滅し、文学内部で民主主義の到来という現象がおこったのだ。つまり派閥のようなものは一般大衆のなかに吸収されて、作品は群衆から、群衆のために生まれてくることになったのである。

(「文学における金銭」)

ゾラは、栄光か金銭かという二者択一の思考を退ける。優れた作品ならば、おのずと読者公衆の正当な評価を受けて、栄光が訪れると考えるわけだ。したがってアカデミーや文学賞は「凡庸な才能にとっての冬ごもりの温室」にすぎなかった。

ところが順調に発展してきたかに思われた「文学市場」は世紀末を迎えて、一頓挫をきたす。一八八〇年代になって、「出版社の倒産時代」とも呼ばれる危機が訪れる。危機は求心力を生む。作家たちはそれぞれ党派を組み、自分たちが新たな運動の担い手だというパフォーマンスをおこなって、読者に訴えかけるしかない。ゾラの自然主義運動は、こうした危機に先手を打ったものとして総括できそうだが、なにしろ「文学」と「金銭」を両取りしてしまったものだから、このゾラ=自然主義への反撃も相当に厳しい。

まず特権的な少数者として、自分たちを組織していく以外の道を選択しようのない文学者集団は、名もなき人々に君臨する「選良」という旧制度の知の構図にしがみついて、アカデミーなどの聖別システムに助けを求めることになろう。傍流だと決めつけられた『両世界評論』誌を砦とするブールジェやアナトール・フランスなどの「心理小説派」がそれに含まれるだろうし、「高踏派」も多くのメンバーをアカデミー・フランセーズに送り込むだろう（シュリ・プリュドムに至ってはノーベル賞まで手中にする）。一方「象徴派」は『メルキュール・ド・フランス』、『ルヴュ・ブランシュ』といった自前の雑誌に立てこもる。というか、作家も専門店化したのだ。文学流派と出版社との結びつきが強化されて、ブランドイメージが明確になったのである。高踏派はルメール書店、象徴派はヴァニエやメルキュール・ド・フランス、前衛派はストック、そして自然主義は当然のことながらシャルパンチエ書店というふうに。

文学史上はじめて「小説」という散文形式に則して、みずからの美学を構築した自然主義――その牙城「メダンのグループ」からも、モーパッサン、ユイスマンスというように、一人抜け、二人抜けして、ゾラは孤立無援となる。なにせ自陣には、腹心のアレクシスぐらいしか残らなかったのだ。かつてはパトロネージを唾棄すべきものとしていたゾラも、ひょっとするとボードレールの「社会学的実験」（ベンヤミン）にならったのか、この自分がアカデミー・フランセーズに入らないことこそ異常事態なのだと考えて、意地でも会員になろうとして果てしなく立候補をくりかえし、その都度排除されている。

そしてゾラの死の翌年の一九〇三年、アカデミー・フランセーズへの対抗として、自然主義脱藩者たちがアカデミー・ゴンクールなる組織をつくる。いかに対抗手段とはいえ、この種の聖別手段を講ずるのは、ゾラがきらった旧制度の復活ではないか。この団体の活動目的がゴンクール賞の授与（賞金五千フラン）にあることは周知の通りで、現在でもこの賞はフランス文壇で最高の栄誉ということになっている。

そしてもうひとつ、この「対抗アカデミー」は「文学における金銭」に関してひとつの解決策を示した。それが年金支給制度なのである。かつては「メダンのグループ」の目立たぬ一員で（『メダンの夕べ』に「七号館事件」を収録）、その後ゾラを見限ってゴンクールに接近、その遺書にしたがってアカデミー・ゴンクールを設立し、みずから第一号会員となったレオン・エニックなる人物がいる。彼は「年金生活者」となることで創作活動をやめてしまう。「芸術のための芸術」という理想を、なんとも逆説的なかたちで実現したことになる。ところが、この年金の額が、奇遇にも六千フランだというから驚いてしまう。月額に直せば五百フラン、かつてゾラが受けていた月額保証額と等しいではないか。「普通選挙派」と「アカデミー派」、まさに「対立物の一致」にほかならない！　ゾラの感想をぜひとも聞きたいものである。


後記　〈バルザック「人間喜劇」セレクション〉完結を受けて、〈ゾラ・セレクション〉を発刊するということもあって、バルザックとゾラのふたりに的を絞って、文学マーケットの問題を素描してみた。紙幅の都合で、典拠の指示などは簡略化してあるので、詳しくは、本稿と記述が重なる、次の拙論を参照していただきたい。

「作家・報酬・文壇——エミール・ゾラの場合」「発明家の苦悩——バルザックとブッククラブ」、『読書の首都パリ』みすず書房、一九九八年。

「〈雲の王者〉あるいは市場の作家たち」「猫は袋に入れたまま売れ」、『書物史のために』晶文社、二〇〇二年。

また「犠牲者小説」に関しては、拙論「知られざる〈新聞小説〉——『パン運びの女』」、『読書の首都パリ』所収、をぜひ読まれたい。

第6章

ゾラはこれまでどう読まれてきたか

小倉孝誠

この章では、生前から現代にいたるまでゾラがどのように読まれ、解釈されてきたか、その歴史を辿ってみたい。すべての作家がそうであるように、ゾラの場合もその評価は大きな振幅を見せてきた。それは彼の文学世界がそれだけ複雑で、さまざまな問題をはらんでいるという証拠であり、要するにその豊かさを示すものだろう。ここではゾラがどのように受容されてきたかという点を中心にして、おもな論点をあとづけることにしたい。

1　ゾラと同時代人たち

二十代後半から精力的に小説を刊行し、自然主義文学の領袖として論陣を張ったゾラは、各作品が話題となる人気作家であったが、それと同時に批判者も多かった。芸術上の革新をめざす人間がぶちあたる宿命であろう。ゾラ自身がかなり闘争的で、論争を好んだということも作用している。ジャーナリストのルイ・ユルバックは『テレーズ・ラカン』を「腐敗した文学」と断罪し、作家バルベー・ドールヴィイや批評家ブリュヌティエールもまたゾラの作品が下品で病的であると非難した。それに対して、いくらかの留保はつけながら彼の文学の新しさを積極的に擁護した作家たちがいる。

ギュスターヴ・フロベール

ゾラにとって『ボヴァリー夫人』や『感情教育』の作者は文学上の師であり、自然主義への道を拓いた先駆者だった。二人の交流が密になるのは一八七〇年代に入ってからで、フロベール（一八二一―八〇）はゾラの作品をすべて注意深く読み、そのつど感想を手紙で書きおくっている。フロベールは、作家はみずからの文学理念や美学を公にするべきではないと考えていたから、ゾラが自分の小説に序文をつけるのを評価せず、自然主義の理論にたいしてはけっして賛同しなかったが、小説家としてのゾラの才能はよく見抜いていた。たとえば『プラッサンの征服』には最大級の賛辞を惜しまない。

とりわけ私が強い印象をうけたのは、作品の全体的な調子と穏やかな表面のしたに潜む激しい情念です。力強い、たいへん力強いですよ、がっしりして、元気な作品です。

ムーレはみごとなブルジョワです。その好奇心、貪欲さ、諦念、そしてへつらい！　フォージャ神父は不吉で巨大――まさに聴罪司祭の典型です。彼はなんと巧みに女をあやつることでしょう！慈愛によって女の心を捉え、それから手荒くあつかうことによって、なんと巧妙に女を支配することでしょう！

続いてフロベールは小説の細部にわたって長所を指摘し、心に残る言葉や表現を列挙し、最後のエピソードは幻想文学のような雰囲気を帯びていると結ぶ。

こうしたもの以上に素晴らしいもの、作品の仕上げになっているのは結末です。この結末ほど感動的なページを私は知りません。マルトが伯父を訪問する場面、ムーレが帰宅して家のなかを見て回る場面！　まるで幻想小説を読んだときのように恐怖の念にとらわれます。しかもあなたは現実の過剰さと真実の強烈さによってそうした効果をもたらしている！　読者もムーレと同じように眩暈を覚えます。（一八七四年六月三日付け）

フロベールは『居酒屋』をあまり好まなかったが、『愛の一ページ』のヒロイン像には心乱れるほどの魅力を感じたと告白し、娘ジャンヌの造型は斬新だと褒めた。そして生前に彼が読むことになる最後のゾラの作品『ナナ』には圧倒されてしまう。深夜まで読みふけった後は眠ることもできず、ほとんど毎ページに注釈を加えたいと述べたうえで「作中人物たちはみごとなまでに真実性にあふれています。最後のナナの死はミケランジェロを想わせるほどです！」と語り、「ナナは現実的でありながら、ほとんど神話になっています」（一八八〇年二月十五日付け）と結んでいる。ゾラをいたく喜ばせた最後の言葉はその後有名になった一句である。

ステファヌ・マラルメ

マラルメ（一八四二—九八）がゾラの親しい友人であり、『ルーゴン＝マッカール叢書』に深い賛嘆を覚えていたと聞けば、意外に思う読者は多いかもしれない。一方は現実世界をなまなましく描いた小説家、他方は言語の可能性を究極まで追究した詩人。かたや流行作家としてジャーナリズムの注目を浴び続けた人間、かたやリセの教師をしながら孤高の態度で静かに詩作に励んだ人間。一見したところ接点のなさそうなこの二人は一八七四年マネの家で知り合い、永い親交を結ぶことになったのである。マネが描いた二人の肖像画はどちらも彼らの代表的な肖像として今日まで伝わっている。詩人は小説家の新しさをみごとなまで明晰に認識していた。

刊行当時はそれほど評判にならなかった『ウージェーヌ・ルーゴン閣下』を、『獲物の分け前』や『ムーレ神父のあやまち』に読まれる素晴らしいページよりも好むと言うマラルメは、そこに現代小説がたどるべき趨勢を予感し、歴史と競合するようなジャンルを見てとった。一八七六年三月十八日付けのゾラ宛の手紙で詩人は次のように述べている。

> 小説という今世紀に生まれた子供がこうむっている魅力的な変化のなかで、『ウージェーヌ・ルーゴン閣下』はみごとに一点を獲得しました。つまりこのジャンルが歴史に近づき、完全に歴史と重なりあい、歴史がもつ逸話的で、瞬間的で、危険な側面をすべて引き受けているという意味においてです。

『居酒屋』にかんしては、それが「じつに偉大な作品、真実が民衆的な美の形式になった時代にふさわしい作品」であると絶賛し、パリ民衆の言葉を再現するという危うい試みが、ゾラの場合すぐれた文学表現となって結実し、あざやかな成功を収めていると言う。「生涯の日々のように展開するこの穏やかなページは、あなたが文学にもたらしたまったく新しい要素です」（一八七七年二月三日付け）。

さらに、一八九一年ジュール・ユレが同時代の作家たちにたいして行った『文学の変化に関する調査』でも、ユレの質問に答えてマラルメはあらためてゾラへの称賛を口にする。一八九一年と言えば、すでに自然主義文学の栄光が翳りを見せていた頃である。

私はゾラをたいへん尊敬しています。じつのところ、彼は真の文学というより、むしろできるかぎり文学的な要素を使わずにものごとを描く術を実行したのです。彼が言葉を用いたのは確かですが、ただそれだけのことにすぎません。あとは彼の驚くべき構成力から生まれ、それがたちまち大衆の精神に反響するのです。ゾラには本当に力強い才能が備わっています。かつてなかったような生への感覚、群衆の動き、そしてわれわれが皆そのきめを愛撫したナナの肌、そうしたものがすべて素晴らしい淡彩画のように描かれています。まさに刮目すべき構成をもった作品ですよ！

偉大な象徴派の詩人は偉大な小説家の本質をあざやかに捉えていたと言うべきだろう。

ギー・ド・モーパッサン

モーパッサン（一八五〇—九三）とゾラは一八七四年頃、フロベールの家で出会った。モーパッサンの伯父のアルフレッド・ル・ポワットヴァンが生前フロベールと親しい友人だったこともあり、モーパッサンは彼から文学教育を施されたのである。一八七四年当時はパリで役所勤めをしており、まだ文学の道に入っていない。ゾラより十歳若く、一八八〇年にゾラを含め六人の作家たちが共同で出版した『メダンの夕べ』に『脂肪の塊』を寄せ、それが彼の出世作となった。『女の一生』や『ベラミ』の作家として記憶されている彼は、文学史的には自然主義の一員として語られるのが通例だが、師フロベールの教えを忠実に守りながらかまびすしい文学論争に参加することはなく、ゾラの理論にたいしては常に一定の距離を保ちつづけた。

そのモーパッサンが一八八三年に「当代の有名人たち」というシリーズのために、かなり長いゾラ論を書いている。ゾラの生涯を手短にたどった後に、彼の作品をひとつずつ紹介していく。『獲物の分け前』は自然主義の大家が書いたもっともすぐれた小説のひとつである。華やかで彫琢され、感動的で真実味にあふれた小説、力強く精彩ある言語、いくらか同じイメージの反復が多いものの、疑いなく強靭で美しい言語で熱狂的に書かれた作品である」。その次に刊行された『パリの胃袋』は、「中央市場と、野菜と、魚と、肉への礼賛」であり、食糧のみごとな描写からは強いにおいが立ちのぼり、読者はそのにおいにむせ返ってしまうほどだ。こうしてモーパッサンは、ゾラ文学を特徴づける感覚世界の豊かさを指摘する。

ゾラは文学世界の革命家である。しかし若い頃のゾラは、同世代の青年たちがそうであったようにユゴーなどロマン主義作家を耽読していた。彼は想像力よりも観察と分析を重んじるという理念によって文学を刷新しようとしたが、モーパッサンによればゾラはロマン主義的な手法を捨てさったわけではなく、人間や事物をつねに象徴に変えようとする傾向を脱していないし、その意味で彼の理論と作品には矛盾がある。それがゾラの弱点であり、同時に彼の卓越した才能の一面にもなっている。いずれにしても重要なのは作品そのものであり、そこには現代社会を啓示する新たな詩情がみなぎっている。


この小説家は素晴らしい作品を生みだし、その作品は作家の意図に反して叙事詩の趣をもっている。彼の作品は意図された詩情のない詩、それ以前の作家たちが用いたしきたりを排除した詩にほかならない（…）。

『パリの胃袋』は食べ物の詩ではないだろうか。

『居酒屋』はワインと、アルコールと、酩酊の詩ではないだろうか。

『ナナ』は悪徳の詩ではないだろうか。[1]

『ベラミ』の作者は、『ルーゴン＝マッカール叢書』の作家のうちに、現代世界をその現実性と象徴性において物語る叙事詩人を見ていたのである。

（1） Guy de Maupassant, 《Émile Zola》, *Chroniques*. 2,10/18,1994, pp.314-315.

2　ゾラと二十世紀の作家

しばしば起こることだが、偉大な作家や思想家は死んでからしばらくの間評価が下がったり、無視されたりする。フランス語では「煉獄に落ちる」という言い方をするが、ゾラの場合もまさにそうだった。生前の人気が高く、影響力が大きかっただけに、新たに登場してきた文学者の世代はゾラを否定し、乗り越えることによって自己形成を遂げていったという側面が強い。モーリス・バレスやポール・ブールジェやアナトール・フランス、そして彼らを読みながら文学の道に入っていったジッド、ヴァレリー、プルースト、クローデルの世代がそうである。二十世紀初頭のフランスで、一般の読者は相変わらず『ルーゴン＝マッカール叢書』を読みつづけていたが、文壇や大学の文学研究の場ではあたかもゾラなど存在しなかったかのように人々が振る舞っていたのである。

十九世紀末から二十世紀初めにかけてゾラを正当に評価したのは、他のヨーロッパ諸国やアメリカの作家たちだった。トルストイやドストエフスキーらロシア作家がゾラの愛読者だったことはつとに有名だし、イギリスのギッシング、ドイツのハウプトマン、ノルウェーのイプセン、イタリアのヴェルガ、そしてアメリカのドライサーらにはいずれもゾラの影響が看取される。

ヘンリー・ジェイムズ

そうしたなかで、イギリスのヘンリー・ジェイムズ（一八四三―一九一六）はゾラが死んだ翌年の一九〇三年に、追悼の意味を込めてかなり長いゾラ論を『アトランティック・マンスリー』誌に発表した。未完に終わった『真実』が死後刊行され、それを読んでからまもなく書かれた論考である。ジェイムズはパリとロンドンで生前ゾラに何度か会ったことがあり、彼が人生の大半を『ルーゴン＝マッカール叢書』の執筆に費やしたことに賛嘆のまじった驚きを覚えていた。それは文学史上じつに稀有な出来事だ、というのである。

これ以上勇気と自信に満ちた立派な行為は、文学の歴史の記録に例を見ないものだと思う。彼に共感する批評家は何度も何度もその行為に驚嘆する。そこには不思議なものと威厳に満ちたものが混じり合っている。

（「エミール・ゾラ」、『ヘンリー・ジェイムズ作品集8』海老根静江訳、国書刊行会、一九八四年、二八六頁）

そのうえでジェイムズは、ゾラの作品全体を三つのカテゴリーに分類してみせる。

まず、同時代の制度、産業、商業、信仰を重厚に語った作品群。ここには『パリの胃袋』、『居酒屋』、『ジェルミナール』、『獣人』などゾラの最良の作品が含まれる。近代の都市生活を特徴づける中央市場やデパートや労働者の世界、そして資本主義の発展と弊害をしめす組織や空間を描いた作品群である。そこでは民衆の沸きたつようなエネルギーが感じられ、激しい情熱と欲望が物語化されている。ものや出来事や現象はとりわけ集団や群衆のかたちで語られ、社会は運動の相のもとに捉えられている。こうした特徴こそゾラが文学にもたらしたもっとも大きな貢献であり、『三都市』や『四福音書』ではいくらか想像力の飛翔が力強さを欠いてくるとはいえ、本質的には変化していない。

ジェイムズがもっとも高く評価するのはこの第一のカテゴリーで、とりわけ『居酒屋』にたいしては最大級の賛辞を惜しまない。そして、主人公ジェルヴェーズの造型は近代小説がこれまでになしえたもっとも偉大な達成のひとつと讃え、「近代小説はこれほど完璧に構成され、これほど豊かで持続性のある調子を備えたものを生み出したことがない」と述べている。ジェイムズ自身はゾラとずいぶん異なるタイプの作家だっただけに、この賛辞は説得的である。

次に、主として粗野で物質的なブルジョワの風俗・道徳の研究というカテゴリーがある。『ルーゴン家の繁栄』、『獲物の分け前』、『ウージェーヌ・ルーゴン閣下』、『ナナ』、『作品』(『制作』)などがこれに属し、個人の生活と、社会的・政治的な冒険をあつかい、第一のカテゴリーと違って、興味の中心は個人の性格や生き方である。作品の選別についてはいくらか疑問が残るものの、ジェイムズはここで政治的な側面が濃い小説を念頭においている。

そして第三に、現実の過酷さの苦い味をできるだけ取り除き、詩的で、牧歌的で、神秘的なテーマをあつかった一連の小説がある。『ムーレ神父のあやまち』、『愛の一ページ』、『夢』、『パスカル博士』などはきわめて繊細なスタイルで語られ、倫理的ヴィジョンに訴えかけるように書かれた作品である、とジェイムズは主張する。いつもの方針に反してゾラは上品に読者を楽しませようとしており、そのことは感動を誘う。

ハインリヒ・マン

第一次世界大戦のさなかの一九一五年に、フランスの交戦国だったドイツでゾラを敢然と擁護したのがハインリヒ・マン（一八七一―一九五〇）である。十九世紀末に数年間フランスに滞在した経験をもち、フランス文学の精神と社会批評の思想に親しんだマンは、困難な情勢のなかで敬愛する作家の価値をドイツ国民に知らしめようとした。そもそも世紀末から二十世紀初頭のいわゆる「表現主義文学」には、自然主義文学との類縁性が見てとれるし、逆に当時のドイツ文学が、ゾラ作品に潜在的にふくまれていた表現主義的な側面を明るみにだしたということもある。

マンの『ゾラ論』は六章に分かれ、叙述は作家の年譜にしたがうが、伝記的な研究ではない。そしてゾラの技法ではなく、彼の作品全体の意義を巨視的に論じている。ゾラは何よりも「群衆」を自分の作品の対象とし、それを形式上の原理ともした。群衆の運動と情念を描ききったことこそ、彼が近代小説にもたらした大きな貢献にほかならない。『ルーゴン=マッカール叢書』では民衆の習俗と生のための闘いが語られ、それが同時代のゴンクール兄弟の作品のように単なる生理学的観察のレベルにとどまるのではなく、民衆の詩情と呼べるようなものが生み出されている。その意味でゾラは本質的に「民主的」

な作家である、とハインリヒ・マンは言う。

興味深いのは、マンがゾラの「地中海的な才能」を指摘していることである。たしかに『ルーゴン＝マッカール叢書』のいくつかの作品は南仏の町プラッサンを舞台にしており、そこでは南仏独特の風景が描写されている。しかも、南仏エクスで育ったゾラは地中海沿岸の民衆の生活をよく知っていたし、その自由と束縛、喜びと苦しみに通じていたはずだ。民衆のイメージ、それをとおしての人間性のイメージの表象は、作家の地中海的な想像力に負うところが少なくないだろう。

しかし、マンにとってゾラは何よりもまず『大地』の作家であった。フランス中部ボース地方の農村地帯を舞台にしたこの小説では、大地と自然のリズム、そのなかで暮らす農民たちの過酷で激しい人生がテーマになっている。大地は人々にとってある時は恵み深い母であり、またある時は容赦ない暴君に変貌する。感動的な行為もおぞましい犯罪も、立派な行動も恥ずべき悪行もすべて大地のうえで繰り広げられる。人間のあらゆる営みは大地と切り離すことはできず、大地の反応に左右されるだろう。農民のけなげな労働に大地がかならずしも報いてくれないことさえある。そうしたものをすべて包括して、『大地』は現代に叙事詩をよみがえらせた記念碑的な小説だ、とマンは絶賛した（マン「ゾラ論」、『歴史と文学』小栗浩訳、晶文社、一九七一年に所収）。

アンドレ・ジッド

ヨーロッパ諸国やアメリカの作家たちがゾラの才能を評価し、一般読者が『ルーゴン＝マッカール叢書』を支持しつづけていた間、フランスの作家や批評家たちは冷淡な態度を変えようとしなかった。第一次世界大戦によってトラウマを負った世代は、シュールレアリストのように矯激な文学実験に乗りだすか、ポール・モランのように娯楽的な文学に活路を見いだしていった。ゾラが描いた十九世紀社会は遠い過去のように思われ、彼の晩年の理想主義は未曾有の戦争によって打ちくだかれたかに見えたのである。

ゾラ再評価の機運が高まったのは、一九三〇年代に入ってからのことである。一九三二年にはアンリ・バルビュス（一八七三—一九三五）がゾラ論を著し、翌年には伝記作家アンドレ・モーロワ（一八八五—一九六七）が『ジェルミナール』にかんする講演を行う。一九三三年にはセリーヌが、メダンに集った人々の前でゾラにオマージュを捧げ、その二年後は『ジェルミナール』刊行五十周年の祝いを兼ねてジュール・ロマン（一八八五—一九七二）が、堅牢な小説を構築したゾラの構想力に賛辞を呈した。

青年期にほとんどゾラに関心を示さなかったアンドレ・ジッド（一八六九—一九五一）は、一九三二年以降、『日記』のなかでしばしば彼の作品に触れ、敬意を表明している。たとえば『ごった煮』について次のように述べる。

『ごった煮』を読みかえした。素晴らしい。もちろんゾラの欠点はよく分かるが、バルザックや他の多くの作家の欠点がそうであるように、それは長所と切り離せない。ゾラの描写の激しさと強さは微妙な心理や繊細な分析とは相容れないが、『ごった煮』の過激さと、醜悪なものを執拗に語る態度が私は気にいっている(…)。作中人物たちが交わす精彩に富んだ会話は、バルザックにさえめったに見られないほど正確な調子で書かれている。現在ゾラの評判が落ちているのはひどく不当な仕打ちであり、文芸批評家にとってあまり名誉にはならないだろう。(一九三二年七月十七日)

数日後、『ボヌール・デ・ダム百貨店』を読んでやはり会話の巧みさに感嘆し、物語の筋、背景、作中人物、文体がみごとに調和していると指摘する。しかしとりわけジッドが高く評価したのは『ジェルミナール』と『獣人』である。

『獣人』はゾラが書いた最良の小説のひとつだと思う(かつて読んだときの記憶よりもずっと良い作品だ)。すばらしい場面が数多くある。心理描写が誤るのは遺伝理論を援用するときだけだ。(一九三二年八月十日)

そして一九三四年には、『ルーゴン家の繁栄』と『居酒屋』を再読したうえで、同時代人のゾラにたいする冷淡さに反駁するためにゾラ論を書きたいという希望を表明する。

私はゾラにかんする論考を書き、そのなかで、ゾラの価値が現在正しく認められていないことに対して(穏やかに)抗議したい。そしてゾラへの敬愛が最近生まれたものではなく、私の現在の「思想」によって引き起こされたわけでもないことを明確にしたいと思う。(…)数年前から、毎年夏になると私は『ルーゴン=マッカール叢書』を数巻読み返し、そのたびにゾラが芸術家として、いかなる「傾向」とも無関係にきわめて高い評価を受けるに値する作家だと確信するようになった。

(一九三四年十月一日)

「私の現在の思想」とわざわざ断っているのは、当時はジッドが共産主義に接近していた時期だからであり、そうしたイデオロギー上の立場から独立したところでゾラ文学への敬意を示そうとしたのである。残念ながら、ここで告げられているジッドのゾラ論はついに書かれることがなかった。

ルイ=フェルディナン・セリーヌ

ゾラゆかりの地メダンでセリーヌ(一八九四—一九六一)が『ルーゴン=マッカール叢書』の作家にオマージュを捧げたのは、一九三三年十月一日のことである。その前年に処女作『夜の果ての旅』で衝撃的な登場を果たしたセリーヌは、ゾラの命日を機にゾラについて語るよう招かれたのだった。第一次世界大戦で死と狂気を体験し、銃後の欺瞞に憤る主人公バルダミュのペシミズムと、俗語、隠語を駆使したその文体に、当時の読者たちはゾラ文学との近親性を見てとったのかもしれない。

セリーヌから見れば、ゾラの時代には作家がまだ人間性や社会に信頼をいだくことができた。医師でもあった彼はこうして、十九世紀後半の医学的進歩を体現するパストゥールとゾラを比較する。

われわれに言わせれば、ゾラの作品は二、三の本質的な点で、非常に堅固で現代的な意義のあるパストゥールの仕事に似ている。領域が異なるとはいえ彼らには同じように繊細な創造の技術、実験上の廉直さにたいする同じような心遣い、そしてとりわけ同じようにすばらしい論証力――ゾラの場合はそれが叙事詩的なものになっている――が見いだされる。現代で同じことを要求すれば、あまりに過大な要求というものだろう。(1)

『居酒屋』こそゾラの代表作である。そこに描きだされた民衆の世界は二十世紀にあってもなお、褪せることのない生々しさを保っていた。世界大戦という未曾有の出来事が示しているように、変化があったとすれば、人間がより愚かで醜悪になったことだけだ。文明の野蛮さはこの後もさらに激化していくかもしれない、とセリーヌは預言者のように警告しながら、彼の時代とゾラの時代の隔たりを指摘する。

要するに、もうひとつの途方もない破滅が迫っているときに、ゾラにたいしてはおそらく最高の賛辞を捧げるしかないだろう。ゾラを模倣したり、彼に追随するなどはもはや論外である。精神の雄大な動きを創造するような才能や、力や、信仰がわれわれにないことは明らかだ。逆にゾラが生きていたところで、彼にわれわれを判断する力があるだろうか。ゾラが死んで以降、われわれは人間精神についてたいへんなことを学んだのである。(2)

ミシェル・ビュトール

一九五〇—六〇年代に一世を風靡したいわゆる「ヌーヴォー・ロマン」の世代のなかでは、ビュトール（一九二六—）が密度の濃いゾラ論を発表している。「エミール・ゾラ、実験小説家と青い焔」と題されたその論考は、一九六七年四月に『クリティック』誌に掲載された。その後バルザックやフロベールにかんする批評的エッセーを刊行することになる彼だから、もともと十九世紀小説に造詣が深い作家ではある。

ビュトールは実験小説論を価値のない議論としてないがしろにするのではなく、それを文学における人間と社会の構成原理のひとつと考える。文学における実験とはけっして科学的なものではなく、もっぱら想像力のレベルでなされるものなのだ。

小説を実験的なものにするというのは、小説の外部でなされる実験の成果を取り込もうとすることではなく、言語を媒介にして現実にほどこす実験をできるかぎり有効なものにするということなのである。(3)

したがって、ゾラがリュカの遺伝理論をどこまで理解していたか、その理論を文学に適用することの適否などは本質的な問いかけにはならない。遺伝理論は『ルーゴン＝マッカール叢書』における親族関係を構築するうえでの原理であり、その複雑な組み合わせが物語のダイナミズムをもたらす。「ゾラの場合、遺伝とはひとつの統語論《サンタックス》にほかならない」とビュトールは主張する。

注目すべきは、後に批評家ジャン・ボリーや哲学者ミシェル・セールが行うことになるようなテーマ批評を、ビュトールが体液の表象をめぐってすでに試みていたことである。ゾラが豊かな生理学的想像力に恵まれていたと指摘する彼は、血液、アルコール、水など液体の循環が重要なテーマ体系をなしていることを強調する。その点で『パスカル博士』は鍵となる作品であり、その位置はバルザックの『人間喜劇』における「哲学研究」のそれと相同である。この小説には、アル中のアントワーヌが体内のアルコールによってみずから燃え尽きる場面、血友病の幼いシャルルが鼻から自分の血液を流し尽くして死んでいく場面など、きわめて幻想的で、ほとんど詩的なシーンが描かれている。『ルーゴン＝マッカール叢書』最終巻『パスカル博士』は、ゾラ的な想像宇宙の到達点なのだ。

（1）《Hommage à Zola》, *Œuvres de Céline*, Club de l'Honnête Homme, t.2, 1981, p.27.
（2）*Ibid.*, p.27.
（3）Michel Butor, 《Émile Zola, romancier expérimental et la flamme bleue》, *Critique*, n°239, avril 1969, p.409; repris dans *Répertoire* IV.

3　現代の批評装置はゾラをどう読んだか

第二章でも述べたように、一九六〇年代以降ゾラにかんする研究は飛躍的に進んだ。新たな文学批評の方法が洗練されるにともなって、『ルーゴン＝マッカール叢書』の作家はしだいに紋切り型のイメージを払拭されて、豊饒な想像性と堅固な構想力にめぐまれた小説家として文学研究の場に立ち現れてきたのである。マルクス主義、社会学、精神分析、テーマ批評、言語学、草稿分析に依拠する生成研究など、あらゆる批評装置がゾラの作品に取り組み、刮目すべき成果をあげてきた。その詳細については、本セレクション別巻『ゾラ・ハンドブック』に譲ることにしたい。

ここでは狭義のゾラ研究者の手になる著作には触れずに、むしろ批評家、哲学者、社会学者、歴史家が発表したすぐれたゾラ論のいくつかを紹介することにしよう。それをつうじて、さまざまな分野の知の開拓者たちがゾラを読み、ゾラに問いかけてきたことを実感していただきたい。

マルクス主義批評とゾラ

マルクス主義批評は一般に、『ルーゴン＝マッカール叢書』の作家にたいしてかなり批判的である。ある時代と社会の全体を描くという野心においてゾラはバルザックに近く、実際、十九世紀前半について

『人間喜劇』の作家が行ったことを、ゾラは十九世紀後半についてなそうとしたわけだが、両者をめぐる評価はマルクス主義者のあいだではっきり分かれてしまう。マルクスとエンゲルスがバルザックを高く評価したという事情も絡まっているのだろうが、バルザック研究者にマルクシストが多く、すぐれた成果を上げてきたのに反し、ゾラをめぐるマルクス主義批評はけっして豊かな実りをもたらしてきたとは言えない。バルザックの作品は細部にまで立ちいって丹念に分析するのに、ゾラとなると作品そのものよりむしろ『実験小説論』などの理論的著作をおもに取りあげて、個別的な小説に深く切り込んでいない恨みが残る。

ジャン・フレヴィル(『ゾラ、嵐の種をまく作家』、一九五二)は、ゾラが生物学のモデルを人間社会の変化に適用することによって、資本主義社会の矛盾を見えにくくしたと批判する。硬直した世界観がそこから生じた、と言うのである。

実証主義のイデオロギーに触発された自然主義は、動く世界を無視する、あるいは歪曲せざるをえない。実証主義のイデオロギーがそうであるように、自然主義は疑似科学的な道具立てのもとで、資本主義社会の諸矛盾と客観的な傾向を隠蔽してしまう。生物学に依拠することによって、宿命論とペシミズムに向かう。なぜなら、個人のことだけを語るのは死の観点に立つことにほかならないからである。(1)

二十世紀のマルクス主義美学を代表する一人ハンガリーのルカーチにあっても、ゾラはバルザックの引き立て役に回され、かなり図式的な判断が表明される。彼によれば、個人と社会を弁証法的に描き、人間をその全体性においてみごとに形象化したのがバルザックやスタンダールであり、ロシアのトルストイだった。彼らの作品は、矛盾と葛藤をはらみながらも近代のダイナミズムと社会の動きを正しく捉えていた。他方ゾラは、近代資本主義の弊害に気づいてはいたものの、人間を決定論的なヴィジョンのなかに閉じこめてしまった。社会の真実を語るという原理を標榜することにより、凡庸な人間と、殺伐とした日常性を表現することに執着したせいで、かえって人間性の本質や社会の実相を隠蔽してしまった、というのである。

ゾラは同時代の現実にたいして結局のところ孤立した観察者にすぎなかった、とルカーチは言う。『リアリズム論』(一九五五)のなかで彼は『ナナ』とトルストイの『アンナ・カレーニナ』における競馬の場面、さらには『ナナ』とバルザック『幻滅』のなかの劇場のエピソードを比較しながら、ゾラの特徴を明らかにしようとする。ゾラにおいてはいずれも、正確で、具象的で、感覚的な細部までが目に見えるように生き生きと描かれ、対象と素材の面で完璧なまでに叙述され、文学的形象としてはすばらしい出来栄えである。しかしそれは美しい情景、印象的なシーンにとどまり、小説の筋立てを転換させる契機にはなっていない。ゾラにあって、叙述は「傍観者」の立場からなされ、トルストイやバルザックにあっては「参加者」の立場からなされる。前者は孤立した描写にすぎないが、後者は作中人物の運命に深くかかわっている。

バルザック、あるいはトルストイの場合には、われわれはそれ自体として重要な諸事件のことを知るのであるが、その諸事件が重要なのは、その諸事件に参加した作中人物の運命によるのであり、また、作中人物が自己の人生を豊かに展開させるときに、社会の生活に対して作中人物がもつ意味によるのである。われわれは、小説の作中人物が行為することによって関与している諸事件を読むのである。われわれはこれらの諸事件を体験するのである。

ところがゾラの場合には、作中人物はそれ自身、多かれ少なかれ関心を抱いて諸事件を眺めている傍観者にすぎない。したがってこれらの諸事件は、読者にとって一枚の絵というよりはむしろ、一連の絵となる。われわれはこれらの絵を観察することになるのである。

(『リアリズム論』佐々木基一ほか訳、白水社、一九六九年、一八一―一八二頁)

アウエルバッハ『ミメーシス』

同じようにヨーロッパ文学全体を視野に収めつつ、ルカーチよりもっと柔軟でニュアンスに富んだ評価を下したのが、ドイツのアウエルバッハである。刊行以来、半世紀を経た今でも西洋文学にかんする最良の書物でありつづけている『ミメーシス――ヨーロッパ文学における現実描写』(一九四六)の第十九章は、おもに十九世紀フランスのリアリズム小説をめぐる考察を展開する。

アウエルバッハも、バルザック、スタンダールとフロベール以降の世代のあいだに文学上の懸隔を認めるのにやぶさかではない。フロベールやゴンクール兄弟には芸術家倫理の純粋さ、印象の豊かさ、洗練された感覚の表象があるが、同時に、彼らの作品はどこかしら狭小で、堅苦しい感じをともなう。美的な探求に沈潜した作家たちは、現実世界のあらあらしい豊饒さに鈍感になっていたのではないか。しかしゾラは例外だ、とアウエルバッハは『ジェルミナール』第三部第二章に読まれる守護祭のエピソードを引用しながら述べる。そこで語られているのはたしかに、当時のブルジョワ読者ならば思わず眉を顰めたくなるような炭鉱労働者の乱痴気騒ぎであり、いくらか粗雑な民衆心理なのだが、そうした欠陥は決定的なものではない。

ゾラは諸様式の混合を真面目に考えた。彼は前世代の単なる審美的リアリズムを抜け出した。彼は時代の大問題から作品を創作したこの世紀でのまれな作家の一人なのである。この点に関しては、ただバルザックだけが彼と比較されることが許されよう。しかしバルザックは、ゾラが認識したことの多くが未発達であったり、まだ認められない時期に書いたものであった。もし彼が誇張したというのであれば、彼は重要な方向に誇張したのである。またもし彼が醜悪なものを特に好んだというのであれば、彼はこの好みから最大の収穫をあげたのである。半世紀以上もたち、しかもその最後の数十年はゾラが考えもしなかった運命をわれわれにもたらした今日でさえ、『ジェルミナール』はなお怖るべき書物である。今日でもなお意義をもち、そのアクチュアルな価値にいたってはいささかも失われていないのである。ここには、読本に収めてしかるべき、規範となるに値する章句がみられるのである。なぜなら、今なお続いている時代の転換期の初期における第四階級の状態と目覚めが、模範的な明晰さと単純さでもってしるされているからである。

（『ミメーシス　下』篠田一士・川村二郎訳、筑摩書房、一九六七年、二六六―二六七頁）

ゾラはバルザックとの比較に耐えられるばかりではない。『ルーゴン＝マッカール叢書』の作家は、『人間喜劇』の作家が時代の制約から認識しえなかったことまでもあざやかに察知していた。バルザックは産業革命以前の世界しか語らなかったが、ゾラは産業革命が生み出した近代社会のメカニズムを誰よりもみごとに、そして体系的に叙述した小説家にほかならない。

彼はさまざまな階級の労働者と経営の心理、中央の指導が演じる役割、資本家集団相互の争い、資本の利益と政府、軍隊との協力を知っているのだ。しかしただ産業労働者の小説だけを彼は書いたのではなかった。彼はバルザックがなしたように、だがもっと組織的かつ綿密に、時代（第二帝政時代）の全生活を包括しようとしたのだった。それはパリの住民、農夫、劇場、百貨店、取引所、その他多種多彩にわたった。どの分野においても彼はその専門家となり、いずれにおいても社会構造と科学的技術に至るまで掘り下げたのであった。考えられぬほどの理解力と労苦が「ルーゴン＝マッカール叢書」にはこめられているのだ（…）。

ゾラの人類学的概念の誤り、彼の天才の限界は明らかである。だが、彼の芸術的、倫理的、特に歴史的重要性がそれで損なわれることはない。彼の時代と彼の時代の問題からわれわれがへだたるにつれて彼の姿は大きくなる、と筆者は考えたい。彼がフランスの偉大なリアリストたちの最後の人であるだけになおさらのことである。彼の生前の数十年間においてさえ、「反自然主義」の反動はすでに大きな力になって来ていた。かつまた、創作力、時代の生活への精通、はげしい息吹、勇気にかけては、彼に匹敵するものはもはやいなかったのである。（同、二六九頁）

テーマ研究の系譜――バシュラールとミシェル・セール

この領域では哲学者の貢献が大きい。

たとえばガストン・バシュラール（一八八四―一九六二）は火、水、空気、土という四大元素がもたらす物質性を文学言語がどのようにすくいあげているかを探ることによって、文学作品を読み解こうとした。「物質的想像力論」と呼ばれるその理論装置によれば、一見したところ無軌道で奔放な人間の想像力は、四大元素という土壌のなかではばたく。水や火や土にはそれ独自の想像宇宙の構図があり、中心的な位置をしめる物質（およびその象徴性）は作家によって異なる。こうしてバシュラールは作品にあらわれる物質的イメージの分析をとおして、おそらく作家たちが意識していなかったであろう詩的想像力の布置をあざやかな手際で浮き彫りにしてみせる。

この方法にもとづいて書かれた一連の著作の嚆矢となったのが、『火の精神分析』（一九三七）であり、その第六章でゾラが言及されている。『パスカル博士』には、アントワーヌという酒浸りの男がみずからの体内に蓄積されたアルコールのせいで、文字どおり燃え尽きてしまうという驚くべきエピソードが語られている（『パスカル博士』第九章）。当時「自然燃焼」と呼ばれていた現象で、長年にわたって強い火酒を飲みつづけた人間の体内にはアルコールが凝縮され、なにかのきっかけでそれに引火すると体を焼き尽くしてしまう、とまことしやかに信じられていたのである。実際、物語のなかではアントワーヌはパイプを吸っているうちに寝入ってしまい、その火がズボンに引火し、やがてそれが彼の腿におよんで「小さな青い焔」となって肉体を焼尽する。

バシュラールはこの一節に、ゾラの秘められた幻想を読みとる。アルコールのうちに火や炎をみる妄想（彼はそれを「ホフマン・コンプレックス」と名付けた）が、ここで作中人物の自然燃焼という出来事をつうじて現前したというわけだ。科学的な実証主義を標榜していたゾラの想像世界を深いところで規定していたのは、素朴な夢想と実体論的な直観ではなかったか、とバシュラールは問いかけるのである。火、焔、燃焼。それはゾラの多くの作品に通底するテーマである。出来事のレベルでも隠喩のレベルでも、彼の作品には火とそれにかんするイメージが頻出する。家を滅ぼす火事、暴動や戦争で火を吹く武器、炭鉱でつねに燃えているぼた山の炎、坑道での爆発、石炭を呑みこんで燃えさかる蒸気機関車の罐《かま》、コミューンのときに燃え上がったパリの町、そしてパスカル博士の資料を灰燼に帰す炎、アントワーヌを焼き尽くす自然燃焼。火はあるときは滅びの象徴であり、あるときは産業活動のしるしであり、またあるときは蘇生の予兆である。

すでに触れたビュトールは、この主題の重要性に気づいていた。またジャン・ボリーも『ゾラと神話、あるいは嘔吐から救済へ』（一九七一）のなかで、作家の「神話的人類学」の諸相を分析してみせた。しかしそれも含めてゾラにおける想像世界をめぐってもっとも体系的なテーマ批評を試みたのは、バシュラールの正統的な後継者とも言うべきミシェル・セールであろう。一九七五年に刊行されて評判になった『火、そして霧の中の信号　ゾラ』において、セールはまず、『ルーゴン＝マッカール叢書』が全体として、同時代の知の構図を伝えてくれていること、しかもフロベールの『ブヴァールとペキュシェ』（一八八一）のように知の体系を無益な挫折に還元するのではなく、知の体系を物語の構築要素にしていることを強調する。そこで語られている命題や方法やエピステモロジーは、当時の科学的成果の最良の部分をあらわしている。すぐれた科学史家が言うことだけに、この主張には耳を傾けるべきだろう。

認識論と象徴性のレベルで、『パスカル博士』は『ルーゴン＝マッカール叢書』全体の結論であり、その到達点になっている。それはこの作品がシリーズの最終巻であり、作中でパスカルが自分の一族の物語を総括するという理由からではなく、パスカルの行為そのものが同時代のエピステモロジーの縮図になっているからだ。

認識行為を分離することによって主体が対象をはるかに見下ろす古典科学は、狭心症のためにスレイアード（『パスカル博士』の舞台となる場所）で死ぬ。そして、主体が閉じられた図式の境界を越えて、客体として対象のなかに拡散するような新しい科学が誕生する。人間科学よりはるか以前に、実験科学が自我の死を宣告していたのである。かつての言い方に倣うならば、パスカルは作品の主人公として死んでいく。みずからの知の主体として、作者として、そして時代遅れとなった科学のパラダイムとして死んでいく。シリーズ全体の理論的な位置をしめる『パスカル博士』は科学の物語、認識論の物語、科学史の物語なのであり、自然史と実験処理の一般的な条件を描いた系譜学なのである。(2)

『パスカル博士』には火、熱、燃焼とそれに関連するテーマがさまざまなかたちで変奏されている。そしてそれは、他の多くの作品にも見いだされる。受け取った感覚やエネルギーを運動や労働として放出すること、それがパスカル博士の信条である。ミシェル・セールはそこに同時代の熱力学との同質性を認め、したがってゾラを「熱力学時代の詩人」と呼ぶ。同様に、暴力と死の小説である『獣人』は蒸気機関の知やテクノロジーと同質的な作品になっている。さらに流通＝循環もまた、さまざまなテーマ系を導きだす。遺伝要因（当時はまだ「染色体」という言葉が存在しない）の流通、快楽を目的とした身体の流通（『ナナ』）、そして商品や金銭や資本やエネルギーの流通と循環（『パリの胃袋』、『ボヌール・デ・ダム百貨店』、『ジェルミナール』、『金』）。そこでは生物学のモデルと経済学のモデルが重なるのである。

ジル・ドゥルーズ

まずゾラの全集版の序文として書かれ、その後『意味の論理学』（一九六九）に収められた「ゾラと亀裂」と題される論考のなかで、ドゥルーズは『獣人』における狂気のテーマに着目しながら、精神分析学的な読解を試みている。

主人公で蒸気機関車の運転手ジャック・ランチエは身体的には壮健だが、家系にとりつく遺伝的な「亀裂」が時として彼に襲いかかり、精神の均衡を失わせることを感じている。その「亀裂」は単なる本能の逸脱や錯乱の発作ではなく、遺伝の宿命そのものを暗示するメタファーであり、死の欲動のメタファーにほかならない。先に言及したゾラ論のなかで、セリーヌは人間性の奥底に死の本能が潜んでいることを、二十世紀の歴史を念頭におきながら指摘していた。『獣人』においてもっとも重要なのはジャックの精神の亀裂、死の本能である。彼が自分の殺人本能にあらがい、妄想を振りはらおうとするのも、この亀裂の現実を証拠だてるものでしかない。ジャックのみならず他の作中人物にあっても、もっとも強いのは愛と死の本能である。ジャックはセヴリーヌを愛しているにもかかわらずではなく、まさに彼女を愛しているがゆえに彼女を殺す。エロスとタナトス、愛と死という二つの本能がその昂まりの頂点で一致する。フロイト以前の時代を生きたゾラは、ほとんどフロイトの直観を先取りしていた。

人間だけではない。この作品にはジャックが運転する「リゾン」と名付けられた機関車が登場し、物語の展開において決定的な機能をはたしている。本当の意味で女を愛せないジャックが欲望を向ける唯一の対象が「リゾン」である。彼はまるで女の身体を愛撫するかのように機関車を撫で、磨き、いつくしむ。「リゾン」のほうもそれに応えるかのように、男に従順な態度をしめしてけなげに走る。しかしジャックの「亀裂」が深刻さを増すにつれて、「リゾン」もまた故障し、雪中で立ち往生し、苦しい喘ぎ声をあげるようになる。そして最後は機関士を失い、解き放たれた盲目の獣のように、召集された兵士たちを乗せながら死の闇のなかを破滅に向かって突き進んでいく。もはや単なる機械ではなく、叙事詩的な象徴となった機関車は、作中人物たちと同じようにエロスとタナトスに支配されているのである。

本能は対象を求める。男の愛の本能が求める対象は女性、ジャックにとってはセヴリーヌという女性だ。しかし本能と対象の出会いはけっして幸福を約束するのではなく、むしろ妄想を紡ぎだすにすぎない。それは感情の世界ではなく、固定観念の世界である。それが自然主義文学の本質的な一面であることを、ドゥルーズは文学史のパースペクティヴから説明する。

このようにゾラが感情を否定して固定観念を特権化するのには、もちろんいくつかの理由がある。まず、時代の流行、生理学の図式の重要性があげられよう。バルザック以来、地方の生理学、職業の生理学というように、「生理学」は今日では精神分析がになっているような文学的役割を果たしていた。しかも、フロベール以降、感情は失敗、挫折、欺瞞などと切り離せない。小説で語られているのは、作中人物が内面の生活を構築できないという無力さであった。その意味で自然主義文学は小説のなかに三種類の人物を登場させた。内的崩壊の人間あるいは落伍者、人工的な生を営む人間あるいは倒錯者、そして未熟な感覚と固定観念の人間あるいは野獣である(3)。

ジュリア・クリステヴァ

批評家クリステヴァが評価するのは、小説のなかで悪や不幸を語るという可能性をゾラがほとんど極限まで探求したということである。

一九九三年、『ルーゴン＝マッカール叢書』の完結百周年を機になされた発言のなかで、恐怖や悪がメディアによって凡庸化される一方で、小説が悲劇やおぞましさを忌避してなまぬるい私生活の表現に限定されるミニマリズムの傾向が顕著になっている現在、ゾラの文学はこころよい覚醒効果をもつのではないかとクリステヴァは言う。精神分析に通暁した彼女から見ると、ゾラがテレーズ・ラカン、ナナ、ジェルヴェーズをとおして描いたヒステリー的な性現象は臨床医学の立場からいってきわめて正確である。ゾラはヒステリーや、その派生現象であるマゾヒズム、パラノイアなどを直観的に把握していた。今やテレーズやジェルヴェーズは小説のなかに登場するのではなく、精神科医の長椅子のうえで語っているのである。

ゾラはむきだしの性の暴力性や、神経病理学や、貧しい者たちの苦悩を描きつくした。そうした「文明の不安」（フロイトの言葉）を表現したという意味で、ゾラの作品は領域が異なるとはいえココーシュカ、シーレ、ムンクらの表現主義絵画を予告するものである。文学に目を転じれば、表現主義のひとつの到達点がカフカの作品であろうし、そしてとりわけ俗語、隠語を駆使し、叩きつけるような文体で悪と欺瞞と憎悪を語ったセリーヌこそ、二十世紀においてゾラの企図を継承した作家ということになる。セリーヌがゾラにオマージュを捧げ、ドゥルーズとクリステヴァが図らずもそろってゾラとセリーヌを比較しているのは、偶然と呼ぶことをためらわせるような無視しがたい符丁ではないだろうか(4)。

ブルデューの芸術社会学

ピエール・ブルデューの芸術論は、現代における芸術の社会学的研究を代表する流れのひとつである。「社会的判断力批判」という副題をもつ『ディスタンクシオン』(一九七九)では、文化資本、象徴財、〈場《シャン》〉など独自の概念をもちいて文化の受容メカニズムを分析した。その理論的な連続性のもとで、おもに文学と美術を考察の対象にしたのが『芸術の規則』(一九九二)である。

ブルデューによれば、文学の自律性や作家の天賦の想像力といったロマン主義的な神話は、十九世紀半ば以降もはや通用しなくなり、作家、批評家、出版界、教育機関、読者から構成される空間のなかで、文学もまたひとつの制度としてかたちづくられるようになる。文学作品の生産と流通をつかさどる原理は、文学作品を判断する際の基盤となる評価システムを分析しなければ明らかにならない。そのような社会的規定性のなかで、作家はいかにしてみずからを創造の主体として形成していくのか——それがブルデューの問いかけにほかならない。文学場が根本から変化したのは十九世紀後半であり、そうした主体の形成をあざやかに例証し、現代の文学世界をも支配しているこのメカニズムを深く生きた作家として、ゾラが特権的な位置をあたえられている。

ブルデューは個々の作品を分析するのではなく、社会的、文化的、経済的にめぐまれない環境に育ったエミール・ゾラという地方育ちの人間が、十九世紀後半のパリの文壇でいかにして小説家として成功していったか、そのプロセスを探る。成功はたんにゾラに才能があったという個人のレベルで説明されるのではなく、さまざまな要因の複合的な作用によって説明される。たとえば文学ジャンルのヒエラルキーという観点からすれば、文学的威信は高いが商業的な利益とは縁のない詩と、威信は低いが利益をもたらしてくれる演劇のあいだに小説は位置していた。ゾラとともに小説は、形式上の規範を棄てることなく、他のジャンルよりもはるかに広汎な読者を獲得し、驚くほどの売れ行き部数を誇るようになった。ブルヴァール演劇の作者たちと違って、

小説家は「一般大衆」に受けることによって、すなわちこの表現が含んでいる軽蔑的なニュアンスが示している通り、商業的成功につきものの信用低下に身をさらす危険を冒すことによって、はじめて演劇作家たちと釣り合うだけの収入や特権を手にすることができる。だからその小説が作家としての威厳を傷付けかねないほど一般大衆に好評を博したゾラが、販売部数の多さと対象の卑近さからして当然彼を見舞ったであろう社会的運命を部分的にせよ逃れることができたのは、おそらくひとえに、ネガティヴで「通俗的」な「商業性」を、政治的進歩主義のポジティヴな威光をすべてそなえた「庶民性」へと転換できたおかげであろう。これは〈場〉の内側で彼に割り振られ、戦闘的な献身（そしてずっと後になってではあるが、教師的な進歩主義）のおかげで、〈場〉をはるかに越えて広く認められた、社会的預言者としての役割を彼が果たしたからこそ、可能になった転換なのである。

（『芸術の規則 I』石井洋二郎訳、一八九頁）

ゾラが深くかかわったドレフュス事件のときに「知識人」という言葉が生まれたわけだから、こうした考察は後に知識人論につながっていく。ブルデューの方法に大きな示唆をうけながら、同じ時代を対象として文学や知識人の問題を論じ、しばしばゾラに言及している著作として、歴史家クリストフ・シャルルの『自然主義時代における文学の危機』(一九七九)と『知識人の誕生　一八八〇―一九〇〇』(一九九〇、藤原書店近刊)をあげておこう。

(1) Jean Fréville, *Zola semeur d'orages*, Éditions sociales, 1952, p.51.
(2) Michel Serres, *Feux et signaux de brume. Zola*, Grasset, 1975, p.39. 邦訳は寺田光德訳、法政大学出版局、一九八八年。
(3) Gilles Deleuze, 《Introduction》 à *La Bête humaine*, *Œuvres complètes de Zola*, Cercle du Livre Précieux, t.6, 1968, p.15.
(4) Cf. Julia Kristeva, 《Aimer la vérité cruelle et disgracieuse…》, *Les Cahiers naturalistes*, n° 68, 1994.

4　歴史家たちの視線

フランスの歴史家たちはしばしば文学者に言及し、ときには彼らの作品を歴史の史料として分析の対象にすえる。十九世紀フランス史の場合も例外ではない。例外でないどころか、他の時代に較べてとりわけ歴史研究における文学作品のインパクトが大きい世紀ではないかと思われる。十九世紀史の専門家たちはバルザックやユゴーの小説、フロベールやジョルジュ・サンドの書簡、ミシュレやゴンクール兄弟の日記などを、同時代の医学書、裁判資料、警察や行政当局の文書、社会調査などと並行させながら読み解く。同時代の社会、政治、経済、私生活にまつわるさまざまな空間を表象するゾラの作品は、こうした歴史家にとってまさしく恰好の史料になっているのである。

この節では、ドレフュス事件関連の記事などゾラが直接かかわった歴史的事件をめぐる証言ではなく、あくまで虚構の物語である小説に現代フランスを代表する歴史家たちがどのようにアプローチしているか調べてみよう。

感性の空間――アラン・コルバン

著作の大部分がすでに邦訳されているアラン・コルバンについては、いまさら解説めいた紹介は必要ないだろう。感性の歴史学を代表する彼は、においにたいする感性の変容をたどり、売春制度における身体と欲望の表象をさぐり、海と浜辺をめぐる評価システムをあとづけ、田園地帯の生活が教会の鐘の音によっていかに規定されていたかを明らかにしてみせた。そのコルバンにとって、ゾラの作品は特権的な参照テクストであった。

たとえば『においの歴史』のなかで、私生活空間にただよう香りの表象を文学作品のうちに探しもとめるとき、ボードレールとならんでゾラがもっとも豊かな情報を提供してくれる。少し長い引用を許していただきたい。

ゾラの主人公たちは、においのメッセージによって自らの欲望にめざめ、内奥の自我にめざめるのであり、そのメッセージが彼らを行動にかりたてたり、あるいは制止したりする。レオポール・ベルナールがすでに指摘しているように、『ルーゴン=マッカール叢書』の登場人物にとって、「自分が意識していると否とにかかわらず、行動の第一原理でありしかも究極の原理であるもの」は、たいてい、においによびさまされた感覚なのである。ボードレールが娼家のしどけなく濃厚な雰囲気を家庭のなかにまでもちこもうとしたのを世間は許そうとしなかった。ましてやゾラが匂いにドラマチックな役割をあたえようとするのは許しがたいことであろう。視覚と聴覚という知的かつ美的な感覚と、嗅覚と触覚という植物的かつ動物的な生命の感覚とを同次元におくことによって、おそらくゾラはもっともスキャンダラスな挑戦をなげかけたのだ。

ゾラの世界のなかで、性の誘惑にかかわる感覚は、社会階級によって変化する。民衆のあいだでは、触覚が重要なはたらきをしている。田園でも街中でも、身体がふれあうと、くっきりからだの線が感じられて、たちまち欲望に火がつくのだ。ここでは、男性的な征服欲が有無をいわさぬ力をふるっている。ブルジョワジーにおいて、欲情と感情の動きをつかさどっているのは嗅覚である。視線には隠されているから、たとえちらとでも肌と肌がふれあった折に、ふと匂うからだの色香をかぎとらずにいないのだ。異性からただよってくる匂いに、あれこれと空想がひろがり、ひきよせられるように血が騒ぐ。そうしながら、いざなうようなあたりの雰囲気に誘われて、ついには結ばれ合うのである。

（山田登世子・鹿島茂訳、二八〇頁、ただし一部改変）

たしかにゾラは嗅覚の作家であり、彼の小説にはさまざまなにおいが満ちあふれている。炭鉱労働者から地方のブルジョワまで、パリの民衆から貴族まで、田舎の農民から首都の上流階級まで、多様な地域と社会階層を登場させるゾラの作品は、近代フランスにおける嗅覚の分布図を構成していると言えるかもしれない。

いや、においだけではない。まなざしも、音も、肌の触れ合う感覚も、ものを食べる場面も、彼の作品ではときに決定的な意味をもつ。感覚の小説家ゾラ。彼の作品に依拠して五感の表象を体系的に分析するのは、われわれに残された作業であろう。

政治空間——モーリス・アギュロン

『フランス共和国の肖像』が邦訳されているアギュロンは、共和制の心性、およびその象徴体系とイコノグラフィーにかんする自他ともに許す第一人者である。その彼が、予期できたことではあるが『ルーゴン=マッカール叢書』の第一巻『ルーゴン家の繁栄』を論じている（「フォリオ」版の序文、一九八一）。

この作品は一八五一年に勃発したルイ・ナポレオンのクーデタとその余波を、南仏に位置する虚構の町プラッサンを舞台に物語った作品である。首都パリでルイ・ナポレオンが権力を簒奪したとき、プラッサンでは王党派とボナパルト派が結託して共和派の蜂起をおし潰す。歴史のうねりを巧みに利用し、ボナパルト派にすり寄ったルーゴン一族は地位と富を手にして繁栄の基礎をきずく。「繁栄 la fortune」は同時に「財産 la fortune」でもある。そうしたことがすべて、一八五一年十二月の事件を背景にして展開し、ルーゴン一族という虚構の家族の運命をつうじて現実のボナパルト派の策謀が語られている。一地方の出来事をとおして、当時のフランス社会全体の動きが喚起されているわけだ。南仏の歴史に詳しいアギュロンによれば、ゾラの作品で語られている出来事やエピソードは同時代の地方都市で起こりえた、そして実際に起こった出来事のアマルガムであり、プラッサンはプロヴァンス地方のいくつかの都市を組み合わせた合成都市である。

周知のように、『ルーゴン=マッカール叢書』の作者はものや空間を精彩に富んだ人物のように描きだす手法に長けていた。シリーズ第一巻からして、すでにそのようなゾラの能力の片鱗を垣間見ることができる。小説の冒頭で描かれるサン=ミットル広場はかつて墓地だった場所であり、今では若い二人の主人公シルヴェールとミエットがひそかに逢い引きする愛の空間に変貌しているが、最後にシルヴェールの死の舞台となることによって再びかつての機能を取りもどす。広場は主人公の運命を見つめる空間である。

当時フランスの都市の多くがそうであったように、プラッサンの町は軍事的な目的のために築かれた城壁に囲まれている。保守的なブルジョワ層にとって、クーデタの際にその城壁は、周囲の村々から押し寄せてくる反乱者たちにたいする防御の砦となる。城壁は保守的な秩序と、恐怖におそわれたブルジョワジーの象徴にほかならない。他方、現実の歴史がそうであったように、『ルーゴン家の繁栄』のなかでクーデタに反対して蜂起した共和派は隊列を組んで村から村へと渡り歩き、町の城壁にせまる。共和派はこのような運動の表現として可視化されることによって、物語的な機能を果たしている。

隊列にたいする城壁、民衆にたいするブルジョワ、共和制にたいする帝政、それらは一体になっている。政治小説はここですでに、象徴的イメージの対峙というゾラ的な形式をまとっているのだ。ゾラの洞察は正しかった。ゾラには先見の明があった。(1)

経済空間——ル=ロワ=ラデュリとジャンヌ・ガイヤール

前者は『大地』、後者は『ボヌール・デ・ダム百貨店』の「フォリオ」版のためにそれぞれ密度の高い序文を書いている。どちらも一九八〇年に発表された論考で、特定の経済空間をめぐるゾラの文学表象の価値を問いかける。バルザックの作品がそうであったように、『ルーゴン＝マッカール叢書』には十九世紀の社会的・経済的変化が濃密に描きこまれているからである。

『大地』はフランス中部ボース地方を舞台とする農民小説、細分化されていく土地の相続をめぐる争いを語った社会小説である。そこに描かれている農民はしばしば粗暴で、不道徳で、利己的で、みずからの利益のためには親族でさえ犠牲にすることをためらわない。農民の表情、行動、身ぶりは人間性を剥奪され、動物のそれに譬えられる。大地を耕し、家畜を飼育する者たちは、その家畜のように食らい、飲み、叫び、交接する。こうした反農民的な表象システムはゾラに固有のものではなく、バルザック、スタンダール、モーパッサンなど十九世紀のリアリズム作家に共通している。それは当時の左翼陣営が、農民を民主主義を理解しない頑迷な反動勢力と見なしていたことにも由来する（これはけっして誤りではない）。たしかに社会集団としての農民はかなり暴力的だったが、しかし彼らは都市のブルジョワ層とは異なる倫理に従っていたのだ、とル＝ロワ＝ラデュリは述べる。

フランスの田園地帯には独特で多様な文明があった。良きにつけ悪しきにつけ、都市に住む左翼や右翼の知識人層によって唱えられる価値体系にもとづいてその文明を判断するのは無駄なことだった。田舎にはそれ独自の、断固とした尊い原理があったのである。『大地』を執筆することによって、ゾラはこの点できわめて興味深い、そして同時に時代の刻印をおびた小説を書いた。ボース地方の生活のさまざまな側面はたしかに適切に描写されているが、農民にたいしてはすばらしいと同時に不当な書物と言わざるをえない。ゾラは農民を作品の主体ではなく客体にしてしまった。とはいえ、『大地』のもっとも美しいページ、その過激さ、狂気のひらめき、叙事詩的な次元もまた、そのように偏った、ほとんど党派的な見方によって生み出されたのであるが。(2)

『都市パリ　一八五二―一八七〇』(一九七七) という第二帝政期にかんする著作で名高いジャンヌ・ガイヤールは、『ボヌール・デ・ダム百貨店』を解説している。

ゾラにとって、近代的なパリとデパートが不可分に結びついていること、デパートによってもたらされた消費革命への関心が、オスマンによる都市改造計画にたいする賛嘆の念とリンクしていることは疑いの余地がない。商品の流通と販売が近代化することによって零細な小売業が凋落していくというのは(それがゾラの小説の主要テーマのひとつである)、悲しい現実にはちがいないが避けがたい趨勢である。ゾラは、少なくとも首都パリにかんするかぎり、資本主義が引き起こすさまざまな結果を肯定していたように思われる。そうした結果をもっとも鮮やかに露呈させていた経済空間が、ほかならぬデパートということになる。

現実においても小説においても、デパートを舞台に繰りひろげられる演出の目的はそれ自体にではなく、利潤の追求にある。『ボヌール・デ・ダム百貨店』は、資本主義のメカニズムが重要な役割を果たす最初のゾラ作品である。『獲物の分け前』で、サカールの成功を怪しい策略や、うさんくさい人物たちのおかげだとしたロマン主義的な見方など、もはやおしまいだ。ムーレの道徳性は非難の余地がなく、商業の掟を遵守することによって得られた彼の成功には、うろんなところは何もない。(3)

主人公ムーレは絹製品によって、その光沢と手触りによって女性客を魅了しようとする。彼が店を絹の布地で埋めつくし、デパートを「消費の殿堂」に変貌させてしまう場面は正当にも名高い。しかし他方ではデパートが身のほど知らずの欲望を煽り、ブルジョワ層の倹約精神を萎えさせ、女性の万引き癖を助長している、要するに市民の風俗を堕落させているという嘆きは当時からすでに表明されていた。ゾラの作品は、そうした時代の風潮をよく伝えている。ジファールというひとは、女性たちを危険な誘惑から守り、家庭経済を破産させないためには女性たちに倹約の美徳をあらためて教育すべきだ、と大まじめに唱えていたという。折しも、カミーユ・セーが女子の中等学校を設立した時代であった。だがゾラはその論理に納得しない。

ジファールの説はゾラを説得しない。商業的な「装置」や、女性一般を非難することはできないからだ。彼から見れば、こうしたデパートの害悪はまず何よりも、おもな客層をなしている「正装した」ブルジョワ女性の目立ちたいという欲求と虚栄心に原因がある。しかもジファールやゾラにとって、デパートが「無限の力をもった怪物」、「抗いがたい化け物」だとしても、ゾラから見ればそれは同時に、そしてとりわけ、生そのものなのだ。物語の躍動のなかに、『ボヌール・デ・ダム百貨店』の描写のリリシズムのなかに、未来への期待と、まだ輪郭の定まっていない新たな道徳を受け入れようとする態度がほの見える。(4)

イデオロギー空間――ヴィノックとオズーフ

十九世紀のイデオロギー闘争、とりわけ革命の思想と表象をめぐる議論において、フランスの歴史家はしばしば文学者の著作を取りあげる。文学作品が他の史料と同じくらいに、あるいはそれ以上に、人々の集合心性と社会的想像力の輪郭を明らかにしてくれると考えられているからであろう。二〇〇一年にはまるで示しあわせたかのように、文学者のテクストに依拠しながら十九世紀フランス史を読み解こうとする二冊の著作が刊行された。ミシェル・ヴィノックの『自由の声――社会参加した十九世紀の作家たち』と、モナ・オズーフの『小説が語ること――旧体制と革命のはざまの十九世紀』である。

十九世紀は自由と反動、革命と反革命、ユートピアと伝統が絶えずせめぎ合った時代だった。自由の歴史、自由を獲得するための闘いの歴史としての十九世紀を、文学者や歴史家の著作と活動をつうじて再構成しようというのが、ヴィノックのねらいだ。この時代の文学者や歴史家たちは自由のために、あるいは自由に抗って政治参加し、王政あるいは共和制のために活動し、社会主義の是非をめぐって議論をかわした。いずれにしても、社会の動きに積極的に参画することをみずからの義務と考えていた。著者ヴィノックが試みたのは政治をテーマとした文学史や思想史ではなく、作家の生涯をあとづけながら、彼らが同時代の情況にたいしてどのような反応をしめしたかをさぐる社会行動の歴史である。「ゾラ、意に反しての社会主義者」と題された章で、ヴィノックは一八七〇年以降のゾラの軌跡をたどり、彼の政治評論の要点をまとめ、ジャーナリズムをつうじて彼が築きあげた人脈を記述し、彼の小説が引きおこした反響を語る。共和主義者であったゾラは、けっして社会革命を支持していたわけではない。『ジェルミナール』は社会主義者たちによって絶賛されたが、ゾラ自身はそれが革命の書ではなく憐憫の書だと主張していた。彼の作品と政治的信条にはある種の矛盾と葛藤があるが、そうした矛盾と葛藤をふくめてゾラは十九世紀の末期を生きた文学者の良心を体現している、と著者は述べる。

共和派の政治家たちと微妙な関係をたもち、小説のなかで政治宣伝は行わないと言いながら実際は政治に熱狂していたゾラは、世紀末の社会を描く偉大な作家になった。疑似的な遺伝科学の幻想から出発した彼は途中で、新しい社会科学をみごとに実践する者として頭角をあらわす。しかもさまざまな偏見や、因習や、イデオロギーにもかかわらず、真実を語ろうとする意志は捨てなかった。保守的なひとたちからは嫌われたが、新世代の文学者たちからは尊敬され、読者大衆からは熱狂的な支持をうけた。(5)

ゾラは妥協せず、かといって絶望することもなく、フランス人にみずからの社会を映しだす多面的な鏡を差しだした。彼なりにモラリストであり社会学者であった彼は、時代を証言する比類ない語り部だったのである。

　オズーフの著作をささえる基本認識は、ヴィノックのそれとほとんど違わない。フランス革命後の十九世紀は「断絶」の意識にとり憑かれ、そのため一方ではアンシャン・レジームや伝統の誘惑に、他方では共和制と革命の誘惑にさらされつづけた。文学はそうした揺れ動きをあざやかに伝えてくれる。文学作品こそが思想の変遷をもっともよく表すディスクールだ、文学は社会の表現だという認識がそこに横たわっていると言えるだろう。ただしヴィノックが多数の作家の伝記を素描したのに対し、オズーフは数人の作家の個別的な作品を深く読み解くという方法を用いている。ゾラにかんする章で取りあげられているのは『プラッサンの征服』である。

　この作品では、フォージャ神父という第二帝政の中央権力からプラッサンに送りこまれたスパイが、一八六三年の総選挙でボナパルト派の候補者を当選させるために市民をたくみに誘導していく。プラッサンでは共和派、帝政派、そして王党派という三つの集団が対立し、互いにいがみ合っていた。フォージャの任務は共和派を骨ぬきにし、帝政派と王党派を和解させて帝政の権力基盤を固めることにあった。地方都市を舞台に展開するイデオロギー闘争の物語といってもいいだろう。そのためにフォージャはムーレ家に住みついて住民たちの信頼をしだいにかちえると、共和主義者であるムーレをつうじて共和派の動静を把握し、他方ではその妻マルトをとおして女性たちの支持を得ていく。やがてムーレは精神錯乱におちいって病院に収容されるが、これは共和派の敗北を語り、王党派とボナパルト派が手を結ぶことによって成立した帝政の簒奪を象徴している、とオズーフは解釈する。フォージャにとって、宗教とは民衆を屈服させるための手段であり、それ以外のなにものでもない。ゾラは、ひたすら権力に固執し、そのために悪魔的なまでの権謀術数をめぐらす司祭というまったく新たな作中人物のタイプを創造した。

宗教と女性もまた、『プラッサンの征服』の大きなテーマである。宗教に無関心だったマルトはフォージャ神父の怪しい魅力に呪縛され、教会に通い、やがて彼を愛するようになり、狂信的な信者に変貌する。司祭が霊的な権威をふるうことによって女性を支配し、政治や教育などの世俗的な領域、家庭という私生活の領域にまで介入しているという批判は、十九世紀の政治文化における重要なテーマのひとつだった。「反教権主義《アンチクレリカリスム》」と呼ばれるイデオロギーである。それはたとえばミシュレの『司祭、女、家族』（一八四五）のなかで強烈に主張されている。小説のなかにも司祭と女性（とくに既婚女性）の複雑な関係を語るものがあり、オズーフはゾラがゴンクール兄弟の『ジェルヴェゼー夫人』（一八六九）に想を得たのだろうと推測している。いずれにしても、フォージャはマルトを自在にあやつり、妄想と錯乱に追いこみ、ついには悲痛な死に至らせる。神父と人妻の悲劇的なラブ・ストーリーの背後には、近代フランスを揺るがしつづけたイデオロギー上の争点が織りこまれていたのである。

自由と伝統、共和派と保守派の角逐は第三共和制の一八七〇年代になっても解消していなかった。ゾラは共和制にたいして過度の幻想は抱いていなかったが、それが歴史の流れであることは感じていたようだ。

暴動にたいする恐怖感というかたちで、革命はいまだに人々の脳裏に宿っていた。しかしその思い出はゾラにいかなる感動もよび醒まさないし、共和制はいかなる希望も生じさせない。第二帝政下でおそらくゾラは気分的な共和主義者だったし、リトレやテーヌやミシュレの熱心な読者であり、絶対権力に反対で、体制がいずれ崩壊するのは避けがたいと確信していた。『プラッサンの征服』を書いたときは、いまだに不安定とはいえ共和国は決定的なものだと考えていたのだ。しかし、格別それに熱狂したわけではない。新たに誕生した共和国にはすでに幻滅していた。一八七一年、検察側は『獲物の分け前』の刊行を妨害したし、ゾラのほうは、帝政を痛烈に諷刺した作品を読んで共和国の検事が眉を顰めたと知って激怒したのである。だが、政治体制にたいするフランス人の古くからの妄想がまるでプラッサンの火事で煙と消えてしまったかのように、ゾラの幻滅はもっと深い原因に根ざしている。それは、今や保証され、相対的に重要性を失った共和制という政体はやがて小説があつかう問題ではなくなるだろう、という確信に由来するのだ。(6)

（1） Maurice Agulhon, 《Zola, interprète de la Révolution》, dans *Histoire vagabonde* Ⅰ, Gallimard, 1988, p.231.
（2） Emmanuel Le Roy Ladurie, 《Préface》 à *La Terre*, 《Folio》, 1980, p.23.
（3） Jeanne Gaillard, 《Préface》 à *Au Bonheur des Dames*, 《Folio》, 1980, p.16.
（4） *Ibid.*, pp.15-16.
（5） Michel Winock, *Les Voix de la Liberté. Les écrivains engagés du* ⅩⅨ*e siècle*, Seuil, 2001, p.574.
（6） Mona Ozouf, *Les Aveux du roman. Le* ⅩⅨ*e siècle entre Ancien Régime et Révolution*, Fayard, 2001, pp.259-260.

5　ゾラと日本

最後に、日本におけるゾラの受容について述べておこう。明治の日本人がヨーロッパ文化と接触を始めた頃、ゾラはフランスでもっとも人気ある作家のひとりだったという事情もあり、ゾラは早くからわが国に紹介された。そしてその後は、日本近代文学の生成にあたって無視しがたい影響をおよぼしたことは周知のとおりである。しかしやむを得ないこととはいえ、その移入のしかたには誤解と偏見がともなった。ここではゾラ受容の概略を示し、最後に日本におけるゾラ研究の現状を報告しておきたい。

鷗外から荷風へ

エミール・ゾラの名がはじめてわが国に紹介されたのは、中江兆民が明治十七年（一八八四）に邦訳したウージェーヌ・ヴェロンの『維氏美学』においてである。第二部に「詩学」の章があり、その小説の項でバルザック、フロベールとともにゾラにも言及している。ただ兆民が同時代のフランス作家で愛読したのはユゴーだけで、彼が実際にゾラの作品を読んでいたかどうか定かではない。

この頃からゾラの原書や英訳が日本に輸入されるようになり、明治二十年代から三十年代にかけてゾラは、フランスのみならず全ヨーロッパの作家中もっとも頻繁に論じられる作家であった。ゾラの名声が頂点に達していた時期であり、その余波が極東の日本にまで及んできたのである。当初は小説家としてよりもむしろ自然主義文学の理論家としての側面が強調されたということは、ここで指摘しておきたい。外国の作家・思想家がわが国に紹介されるときに、著作が実際に翻訳、紹介される以前にそれをめぐる言説が——ときには歪曲されたかたちで——流布してしまうということが起こる。不幸にしてゾラの場合も例外ではなかった。

ゾラと自然主義を結びつけて論じたのは森鷗外が嚆矢とされるが、「医家の説より出でたる小説論」(明治二二)では、クロード・ベルナールの『実験医学序説』(一八六五)に依拠してゾラがみずからの小説理論を練り上げ、それを『ルーゴン=マッカール叢書』に適用したのは早計だったとされる。

> 分析と解剖は作者の用をなさざるにあらず。されどゾラが直ちに分析と解剖との結果を以て小説とせむといへるは妥ならず。蓋し試験の結果は事実なり……事実は良材なり。されど之を役することは、空想の力によりて做し得べきのみ。

分析することは作家にとって重要な資質だが、それだけですぐれた小説が生まれるわけではなく、分析の結果という素材を文学的に活用するには想像力が要求されるというのである。現在のわれわれから見ればほとんど自明のことで、あえて議論するまでもないだろう。みずからも医者であり作家であった鷗外からすれば、ゾラの理論にはとうてい賛成できなかった。同じような見解は、坪内逍遙との有名な

「没理想論争」の際にあらためて主張されている。鷗外によれば、ゾラ流の自然主義は「没理想」のひとつのかたち、あるいはむしろ「没理想」は自然主義から派生した原理だった。逍遥はゾラを直接引き合いに出しているわけではないが、当時の美学、絵画、文学はすべて自然主義の支配下にあり、その基底にあるのがゾラであって、逍遥もまたその影響圏に位置づけられるとされている。

されば同じく自然といひ、造化といへど、ゾラが自然は弱肉強食の自然なるに、撫象子が造化は蝶舞ひ鳥歌ふ造化なり。逍遥子が自然主義は則ちこれに反す。その没理想の造化は酷だゾラが造化に肖たり。されば逍遥子とゾラとは共に客観を揚げて主観を抑へ、叙事の間に評を挿むことを嫌ひたり。

（「エミール・ゾラが没理想」、明治二五年一月）

こうして鷗外は、「図らざりき、逍遥子は覆面したるゾラならむとは」（「逍遥子と烏有先生と」、明治二五年三月）と言い放つことになる。坪内逍遥の没理想論のうちに自然主義の変種を見てとり、なかんずくゾライズムを看破した鷗外の炯眼はさすがというほかない。

しかし鷗外の限界もまたそこにあった。このようなゾラ批判を展開したとき、彼はゾラの作品をほとんど何も読んでいなかったようである。作品を知らずに、ゾラの理論の断片だけをかじって批判の論拠にしていた。そうした鷗外の典拠になっていたのは、同時代のドイツの批評家ゴットシャルのゾラ論であり、ほとんどその受け売りに終始していたようである。そもそもゾラの『実験小説論』の刊行は一八八〇年、『ルーゴン＝マッカール叢書』の最初の構想はそれよりも十年以上前にさかのぼる。叢書全体の理念をクロード・ベルナールの医学思想によって説明するのは、明らかな誤解なのである。当時の日本の文化状況を考えれば、鷗外にたいしてその誤解を責めることはできないにしても、当代随一の知識人が自然主義にくだした判断は、その後も長いあいだ日本人のゾラ観を呪縛することになった。

読まれるより前に語られてしまった、判断されないうちに断罪されてしまったという不幸を償ったのは、英訳である。まだフランス語をきちんと読める人間が少なかったこの時代、ゾラの小説を読もうとすれば英訳に頼らざるをえなかった。ゾラの作品は長いものが多いから（少なくとも『居酒屋』や『ジェルミナール』といった代表作はかなり長い）、いくらかフランス語に通じているという程度では歯が立たない。明治二十年代に文壇を席巻していた硯友社グループの作家たちは、創作の糧にするため西欧文学の摂取につとめ、ゾラも英訳で読んでいる。田山花袋の回想録『東京の三十年』には、訪ねてきた花袋に尾崎紅葉がゾラの『ムーレ神父のあやまち』の英訳を見せ、次のようにコメントした逸話が語られている。

「評判の作家だそうだが、なるほど細かい、実に書くことが細かい、一間の中を三頁も四頁も書いている。日本文学にはとても見ることが出来ないものだ。」こう言って、傍にあった扇を取って開いて見せて、「この影と日向とを巧く書きわけてあるからね。それに、話の筋と言っては、ごく単純で、僧侶が病後色気のない娘に恋する道行を書いたものだが、その段々恋に引寄せられて行く心理が実に細かく書いてある。日本の文芸もこういかなくっちゃいかん。」（…）

今日考えて見ると、紅葉の写実は、三馬から西鶴、それから一飛びにゾラに行ったという形であった。ゾラの作は、彼は常にその傍を離さなかったらしい。　（岩波文庫、四六頁）

「細かい」というのは、たとえば物語の舞台となるパラドゥーの庭園の描写や、ムーレ神父の内面的な危機の分析を指しているのだろう。そこに同時代の日本文学との差異を見たのは、実作者の感覚である。紅葉がゾラ文学の本質をどこまで理解していたかは疑問だが、いずれにしてもゾラの『作品』や『ムーレ神父のあやまち』に想を得た作品を書いたのは確かである。このエピソードを報告している花袋自身、『プラッサンの征服』を英訳で読んでいた。

明治三十年代に入ると、自然主義作家ゾラのほかに、ドレフュス事件における活動が報道されたのを機に、文明批評家や社会主義の論客としてのゾラが強調されるようになる。ゾラと社会主義の関係はかなり複雑なテーマだが、『労働』などに見られるように、彼がフーリエ的なユートピア思想に共鳴していたのは疑いの余地がない。したがって高山樗牛、幸徳秋水、堺利彦らがゾラの思想的側面に着目したのは偶然ではない。ただまとまったゾラ論となるとけっして数が多いわけではなく、そうしたなかでは永井荷風が明治三六年に発表した「エミール・ゾラと其の小説」が傑出している。

全六節からなるこの論考において、荷風はゾラの生い立ちと青年期の知的形成について語り、初期の習作時代のことに触れ、『ルーゴン＝マッカール叢書』が構想された経緯を述べる。個々の作品に関してはほとんど論じていないが、作中人物の環境を重視するゾラが物語のプランを練る段階で実地調査をおこない、正確な観察にもとづいて執筆したことを指摘して、ゾラが語る人生は「活きたる真実の人生なりとなしぬ」と称賛する。ただこの時点での荷風は、叢書が人間の欲望、悪、狂気を描きつくしたことを強調するにとどまり、その社会的・歴史的次元には思い至っていない。そうした欠落は、ゾラの影響下に書かれたとされる彼のいくつかの小説にも現れることになるだろう。

荷風のゾラ論で注目すべき点は、彼が『三都市』や『四福音書』にまで議論をひろげ、その内容をかなりくわしく解説したうえ、人間観や世界観のうえで『ルーゴン=マッカール叢書』とのあいだにあるはっきりした違いを指摘していることだ。

前叢書は悉く純然たる写実小説にして、社会は現在如何なる点まで腐敗しつつあるかを忌憚なく描き出せしに過ぎざりしが、後者に至りては、実に是れ小説的の体裁と結構とを有せる大哲学書ならずや。

『三都市』や『四福音書』が作家の思想をかなり直截に提示した小説であることを指摘する点で、荷風はまったく正しい。

ゾラ的小説の出現

ゾラ文学が紹介され、論じられ、読まれるようになれば、創作の現場に波及してくるのは当然の成りゆきである。明治文学に影響をおよぼしたのはフランス文学にかぎらず、またけっしてゾラにとどまらない。しかし、同時代のヨーロッパを代表する作家として揺るぎない地位を築いていた作家であれば、その影響力がことのほか大きかったことは否定できないのである。実際、明治三年代にその現象は顕著なものとなった。

その最初の例は小杉天外である。『初すがた』(明治三三)はヒロインお俊の造型や物語のエピソードなどの面で『ナナ』の趣向を借りた小説であるが、お俊にナナのような悪魔的な破壊性はそなわっていない。また『はやり唄』(明治三四)はその序文によって有名である。

自然は自然である、善でも無い、悪でも無い、美でも無い、醜でも無い、ただ或時代の、或国の、或人が自然の一角を捉へて、勝手に善悪美醜の名を付けるのだ。小説また想界の自然である、善悪美醜のいづれに對しても、叙す可し、或は叙す可からずと羈絆《きはん》せらるる理屈は無い、ただ讀者をして、讀者の官能が自然界の現象に感触するが如く、作中の現象を明瞭に空想し得せしむればそれで澤山なのだ。

倫理的判断や価値判断を捨象するという自然主義の美学を彼なりの言葉で述べたものだが、作品のほうはヒロインの一家に流れる淫蕩な血筋をドラマの原動力にしているところに、ゾラへの傾斜が見られるくらいである。遺伝のテーマはその後『コブシ』(明治四一)でも、ふたたび取り上げられる。

明治の作家のなかで、ゾラにもっとも傾倒し、もっとも深く学んだのは永井荷風であろう。はじめ硯友社文学に心酔し、広津柳浪の門下となって実作に励んでいた荷風だったが、二十代でフランス自然主義文学を発見し、当時としてはもっともよくゾラ文学を理解し、その精神を日本の文学風土に移植しようとした。

『野心』(明治三五)は、旧式の商売に飽き足りない男が店を近代的な勧工場に作りかえていくという一種の商業小説。『地獄の花』(明治三五)は、ヒロイン園子の周囲にむらがる人間たちの獣性を赤裸々に描き、『夢の女』(明治三六)では、遊郭を舞台にして女郎のお浪が彼女の肉体をもとめる男たちを次々に破滅させていく。それぞれゾラの『ボヌール・デ・ダム百貨店』、『獲物の分け前』、そして『ナナ』を想わせるテーマ設定であり、「ゾライズム三部作」と呼ばれている。荷風自身の言葉をもちいるならば、「人生の暗黒面」、「遺伝と環境に伴う暗黒なる幾多の慾情・腕力・暴行」などを語ったということになる。荷風がゾラに学んだのは社会全体へのまなざしではなく、ペシミスティックな人間観であった。若書きだけに未熟なところは多いが、二十代半ばの作品としては評価できるだろう。

その後も田山花袋や島崎藤村らがゾラの熱心な読者となり、みずからの作品にゾラ文学の影響の痕跡をとどめている。

翻案・翻訳の歴史

英訳やフランス語の原書を読めたひとなら問題はないが、そういうひとが例外であった当時にあって、やはり邦訳があるかどうか、どのような作品がどの程度まで翻訳されたかは、外国作家の受容と摂取という観点からいってきわめて重要な問題である。

明治二十年代はゾラがさかんに論じられたわりに、翻訳はあまり出ていない。それもほとんど英訳からの重訳にすぎない。翻訳は八点を数えるが、多くがゾラ初期の短篇であり、彼の主著はひとつも邦訳されていない。『ルーゴン＝マッカール叢書』およびそれ以降の作品はいずれも長いから、翻訳するのは容易でなかったはずである。わずかに『居酒屋』が内田魯庵によって明治二二年に『酒鬼』というタイトルで翻案されている。主人公のジェルヴェーズとクーポーがアル中に冒されていくことから付けられたタイトルである。筆者は未読だから出来ばえのほどは知らないが、翻案とはいえすでに明治二二年に日本語で紹介されたのには驚きを禁じえない。

三十年代に入ってから翻訳の数は増えるが、短篇が主流だったことは以前と変わらない。最初の完訳長篇は、『ウージェーヌ・ルーゴン閣下』を戸川秋骨が『大蔵大臣』（明治三五）と題して刊行したもののようである。そっけないタイトルだが、主人公の職業と物語の世界をよく示していることは否定できない。ゾラ論を著し、ゾラの影響を隠さない小説を書いた荷風は、同時にゾラの作品の抄訳や翻案をおこなっている。『女優ナナ梗概』（明治三六）は抄訳、『恋と刃』（同年）は『獣人』を日本風に変えた人名・地名で翻案したものである。この作品の選択に、当時の荷風の関心のあり方がよく表れていると言えるだろう。欲望と頽廃、犯罪心理、情欲の病理といった要素が荷風に強い印象をもたらしていたのである。

荷風が手がけなかったものに興味を示したのが、評論家の堺利彦である。彼は『ジェルミナール』、そして『四福音書』中の『豊饒』と『労働』を明治三五年から三九年にかけてそれぞれ抄訳している。同時代の小説家たちからは敬遠されていたこれらの作品が堺によって訳されたという事実は、もちろん当時勃興しつつあった社会主義や労働運動のインパクトをぬきにしては説明できないだろう。作品の選択は受容する国民の情況と心性を反映するものである。

その後大正から昭和初期にかけて、外国文学研究の進展も手伝ってゾラの翻訳は原典からなされる完訳が主流となる。そのなかでも『居酒屋』、『ナナ』、『ジェルミナール』の翻訳が他を凌いで数が多く、その情況は現在にいたるまでほとんど変化していない。この三作が傑作で、ゾラの代表作であることに異論の余地はないのだが、逆にこの三作ばかりが繰りかえし邦訳されてきたことが、わが国におけるゾラ理解を偏頗なものにしてきたとも言えるのである。日本の読者がことさらこれらの作品を好んだからなのか、それとも一部の文学者・研究者の単なる思いこみに由来する選択なのか、にわかに決しがたいところだろう。少なくとも、フランスの読者の嗜好とはかならずしも一致していないことは確かである。

中村光夫の『風俗小説論』

ゾラの影響を強く受けた自然主義文学は明治三十年代から独自の発展をみせ、その後、日本文学の主流をなしていくわけだが、ここでその変遷を跡づける余裕はない。昭和期に入ると、自然主義とその延長上に生まれた「私小説」にたいする批判が高まる。その批判の代表的な論考が小林秀雄の『私小説論』(一九三五)であり、中村光夫の『風俗小説論』(一九五〇)にほかならない。どちらも自然主義と私小説が西欧の近代文学をモデルとして出発しながら、西欧近代文学の精神と社会背景をじゅうぶんに理解していなかったために歪んだものになった、という認識で一致している。

小林は徹底した個人主義の立場から作家のモラルという問題を中心に据え、西欧文学に現れる「私」はすでに社会化された自我であるのに反し、わが国の作家たちの「私」はそのプロセスを経験しておらず、結果として単なる主観主義に堕してしまったと主張する。他方、中村は歴史的な視点からわが国の近代リアリズム文学の消長をたどり、私小説や風俗小説が西欧近代文学の普遍性を捨象したところに誕生した脆弱な形式にすぎないとした。

本稿のテーマからいってより重要なのは『風俗小説論』のほうである。中村光夫はフロベールやモーパッサンにかんする評論によって文壇にデビューした仏文学者でもあり、その議論には十九世紀フランス文学にたいする言及がしばしば出てくる。一連の著作をつうじて中村がフランス文学について語ったことは、少なくともある時期まで日本においてなにがしかのインパクトをもっていた。となれば、中村がゾラをどのように規定しているかを検証するのは無意味なことではないだろう。

『風俗小説論』は四章に分かれ、それぞれ近代リアリズムの発生、展開、変質、崩壊と題されている。まるで生物の生涯や文明の興亡をたどるかのように、著者は日本リアリズム文学の誕生から崩壊までをあたかも明確な軌跡をえがく文化現象であるかのように語ってみせる。科学思想のモデルをなぞっているように想われる議論の運びかたそのものが、ゾラ的と言えないこともない。フランス文学がしばしば言及されるのは、とりわけ第三章「近代リアリズムの変質」である。

フランスの自然主義作家は、人間および社会にかんする一般法則にもとづき、普遍的な真実を求める思想家としてふるまった。同時代の科学精神や実証主義が文学に影響をおよぼしたとするならば、その本質はこの点にある。ゾラが『実験小説論』のなかで、クロード・ベルナールの『実験医学序説』に依拠しつつ、当時の医学理論をあまりに安易に文学に応用し、作家と医者を同列に置いたのは、科学にたいする迷妄のあらわれでしかないが、それにもかかわらずゾラがひとつの時代と社会の全体像を構築しえたのは、彼の理論が小説の技術論ではなく、思想的な立場表明だったからである。ゾラやフロベールにとっての「自然」や「真実」とは、個人の物語をつうじて一般的な人間性と普遍性に到達するための概念であり、ゾラが医学や生物学に惹かれたのもそれによって統一的な人間観を手にするためであった。しかも、それが社会の複雑なメカニズムへのまなざしを妨げることはいささかもなく、だからこそ『ルーゴン=マッカール叢書』という壮大な叙事詩が完成されたのである。

ヨーロッパの自然主義に培われた日本の自然主義は、その原理を摂取したつもりでいながらじつはその精神を見誤った、と『風俗小説論』の作者は述べる。伝統的なモラルや因習に反抗し、個人と自我の解放を求めた日本の自然主義は、人間と社会の真実を赤裸々に描きだそうという強い意志に裏うちされていたものの、彼らがいう「自然」や「自我」はヨーロッパのそれとは違って普遍性と社会性を欠いていた。彼らの唱えた個人の解放はリアリズム以前のロマン主義的な理想であり、そのようなロマン主義の理想とリアリズムの理念を無媒介に接ぎ木しようとしたところに逸脱の原因があった。日本の作家たちは、自己の体験と観察を素朴に物語ることが文学の真実性を保証することにつながると考えたが、その体験と観察が作家個人の狭い世界に限定されてしまうとき、彼らの文学が社会的な広がりをもたない主観主義に変質してしまったのは当然の成りゆきであった。自然主義を標榜し、「自然」の名において新たな文学を模索した彼らは、結局のところみずからの主観と体験以外に真実性を見いだしえなかったのである。

以上が『風俗小説論』の骨子である。異国の文化受容がしばしばそうであるように、ヨーロッパ近代文学の移植に際しても、同時代の日本の文学風土と知的情況が誤解を、誤解という言葉が適切でないならばある種の偏向を引きおこしたという議論は、おそらく今日でも無効になっていないだろう。ゾラにかんする中村の判断について言えば、彼はゾラの文学理論が粗雑であると指摘したうえで、それにもかかわらずゾラの作品がリアリズム文学の傑作として「叙事詩性」をおびていると評価する（同じような議論は後に『小説入門』（一九五九）のなかで繰り返されている）。そうした価値をもたらしたのは遺伝学や医学への直接的な参照ではなく、その背後に横たわっている実証主義や科学精神でもなく、むしろ作家の意図を超えたところで発揮された叙事詩人としての才能である、とされている。

ゾラにおいて理論と作品がずれているというのは、けっして目新しくはないが正しい指摘である。ゾラをその『実験小説論』ゆえにしりぞけるという愚を犯さないためにも、中村の所説はあらためて想起に値しよう。しかし、彼のゾラ理解の限界もまたそこにあった。日本近代小説の歪みを明らかにするためにヨーロッパ文学と対比する中村は、ゾラの特殊性を近代リアリズムの一般的性質のなかに解消してしまう。『風俗小説論』はフランス文学論ではないのだからあまり多くを要求できないのは確かだが、それにしてもゾラ（およびフランスの近代小説家たち）の普遍性と社会的な射程の大きさを指摘するだけで、彼の作品を具体的に検討していないのはやはり物足りない印象をあたえる。

現代日本におけるゾラ研究

「ゾラと日本」の項の最後に、現代日本におけるゾラ研究の成果を簡単にまとめておきたい。大作家のわりに冷遇されてきたことはすでに再三述べたが、かといってわが国の仏文学者あるいはフランス文化の研究者がまったくゾラを無視してきたわけではない。彼らの仕事を正当に評価するためにも、この点について一言触れておく。なおここでは外国の著作の邦訳は除いて、日本人自身の著作だけにかぎることとする。大別すれば四つのカテゴリーを指摘できるだろう。

まずフランス文学者プロパーの研究で、ゾラの作品のテーマ、技法、歴史性などを分析した研究がある。尾崎和郎の『ゾラ』（一九八三）はゾラの生涯、文学、思想を年代的に記述した簡便な入門書。河内清の『ゾラとフランス・レアリスム』（一九七五）は主に青年時代のゾラの文学形成を分析したもので、彼がバルザック、スタンダール、フロベールなど私淑した作家たちから何を得たかを論じた手堅い仕事になっている。同じ河内の『ゾラと日本自然主義文学』（一九九〇）は、自然主義文学一般の特徴と、ゾラの同時代人の反応を記述した論文集である。清水正和は『ゾラと世紀末』（一九九二）において叙事詩性、神話、象徴などをキーワードにして、個々の小説の豊かな物語宇宙を際だたせている。そしてゾラの理論にこだわるのではなく、あくまで作品を読みこむことによってテーマの多様性と想像力の豊饒さを強調する。

これらがモノグラフィックな研究であるのに対し、より広いテーマを視野に収めつつ、その一環としてゾラを論じた研究は少なくない。壇上文雄の『フランス鉄道時代の作家たち』(一九八一)は鉄道と汽車が登場する文学作品をめぐるエッセイで、『獣人』の作者は当然のことながら特権的な参照対象である。吉田城の『神経症者のいる文学』(一九九六)第三章は、神経症の文学的表象という観点からゾラの『パスカル博士』を論じ、神経症のうちに個人をむしばむ根元的な病理のメタファーを看取している。病いはゾラにかぎらず自然主義文学に通底する重要なテーマであり、たとえば寺田光徳の『梅毒の文学史』(一九九九)はゾラにかんしてまとまった章を立ててはいないものの、梅毒という特定の病と十九世紀フランス小説のかかわりを考察した体系的な研究である。

書物、出版をめぐる社会史に精通した宮下志朗は『読書の首都パリ』(一九九八)や『書物史のために』(二〇〇二)のいくつかの章において、出版産業が資本主義のメカニズムから自立しえなくなった十九世紀後半という時代にあって、ゾラという作家が文学の市場のなかでいかに振る舞い、作家という職業をどのように規定したかを興味深く論じた。また小倉孝誠は『歴史と表象』(一九九七)のなかで、歴史小説としてゾラの『壊滅』を分析し、さらに文化史の立場から、『19世紀フランス　愛・恐怖・群衆』(一九九七)では『パリ』のイデオロギー性や『ルルド』における信仰と理性の葛藤を論じ、『〈女らしさ〉はどう作られたのか』(一九九九)では、身体論をふまえつつゾラ作品における女の身体の表象を分析した。

第二に、ジャーナリスト・ゾラに焦点をあてた一連の研究がある。尾崎和郎は『若きジャーナリストエミール・ゾラ』（一九八二）のなかで、一八六〇年代つまりゾラが二十代の頃に、書評、文学評論、政治・社会時評などジャーナリスティックな執筆活動をつうじて同時代の社会と文学にかんする鑑識眼を養い、しだいにみずからの美学を確立していった経緯を跡づけてみせる。ゾラとジャーナリズムと言えば、何といってもドレフュス事件を忘れるわけにはいかない。ドレフュス事件に関しては内外で文字通り無数の論考が発表されているが、わが国ではたとえば渡辺一民が『ドレフュス事件』（一九七二）において、事件全体のなかのゾラの役割に触れている。事件とゾラの関わりに的をしぼって論じたのは稲葉三千男で、『ドレフュス事件とゾラ――抵抗のジャーナリズム』（一九七九）、その続編とも言うべき『ドレフュス事件とエミール・ゾラ』（一九九六）では、作家が事件に積極的に参加するにいたった思想的、社会的文脈をくわしく辿っている。よく知られているエピソードとはいえ、身の危険をおかしてまで自分の信念のために論陣を張ったゾラ、まさしく「アンガージュマン（社会参加）」の作家であったゾラの相貌はやはり感動的としか言いようがない。

第三は、美術批評家ゾラ、あるいはゾラと美術をめぐる研究である。すでに本書の第二、三章で述べられているように、ゾラはいち早く印象派を擁護し、みずからも画家を主人公とする『作品』（『制作』）という小説を書いていた。清水正和の『フランス近代芸術――絵画と文学の対話』（一九九九）には、ゾラと十九世紀絵画の関係をめぐるページが読まれる。『作品』についての章では、小説のなかで主人公クロードの描く絵の着想源を探り、この作品がゾラの芸術観と創造の奥義を知るために貴重な自伝的小説であると結論づけている。

しかしもちろんこの主題に惹かれたのは、文学研究者以上に美術史家である。高階秀爾は『想像力と幻想——西欧十九世紀の文学・芸術』（一九八六）のなかの一章で、西欧の芸術家小説の流れを念頭におきながら『作品』を論じている。クロードの悲劇的な死は、芸術と社会、美と現実の避けがたい葛藤という十九世紀芸術に共通するテーマを文学的に表象したものであり、他方、彼の死によって未完のまま残された謎めいた絵は、サロメに代表されるような世紀末の「宿命の女」の系譜につらなる女のイコノグラフィーだとされる。同じく『作品』に着目したのは新関公子で、『セザンヌとゾラ——その芸術と友情』（二〇〇〇）においてゾラと印象派の相互影響を指摘した後に、クロードのモデルの一人とされるセザンヌとゾラが不和になった原因について推論を展開している。稲賀繁美の『絵画の黄昏』（一九九七）は十九世紀後半の絵画をめぐって美学と政治、制度としての批評を体系的に論じた大著だが、そのなかでゾラの美術批評や、彼が同時代の画家、批評家たちと交わした手紙などをしばしば引用してその重要性を示唆している。

最後に、比較文学の視点からわが国におけるゾラ受容の歴史をたどった論考がかなり存在する。ことはゾラにかぎらず、一般に外国文学が日本にどのように紹介され、解釈されたかという受容の歴史の一ページを構成するものであり、フランス文学の問題というよりむしろ日本文学の課題ということになろう。自然主義文学や、田山花袋、島崎藤村、永井荷風などの作家にかんする著作となれば、ゾラとの関わりに触れないわけにはいかない。吉田精一の『自然主義の研究』（全二巻、一九五六—五九）がその一例である。純粋に比較文学的な視座にたってゾラの受容を記述したのは、福田光治ほか編『欧米作家と日本

近代文学 フランス篇』（一九七四）に収められている「ゾラ」と題された論文である。個別的な作家におけるゾラの影響を分析したものとしては、赤瀬雅子の『永井荷風――比較文学的研究』（一九八六）があり、そのはじめの二章が荷風によるゾラ理解の問題をあつかっている。富田仁の『フランス小説移入考』（一九八一）第三章は尾崎紅葉にみるゾラの影響を述べたものだが、むしろ巻末に付された「明治期フランス文学翻訳年表」のほうが有益であろう。また前出の河内清『ゾラと日本自然主義文学』にも、明治期の作家（坪内逍遥、森鷗外、二葉亭四迷、永井荷風）におけるゾライズムの反映を論じた章がふくまれている。

いずれにしても、小説家、文学評論家、ジャーナリスト、美術批評家としてのゾラについては言うべきことがまだいくらでも残っている。今回の〈ゾラ・セレクション〉によって、これまでよく知られていなかったゾラの著作が日本の読者の手に届くことになるので、わが国におけるゾラ研究が飛躍的な発展をみせることを期待したい。

〈付録1〉ゾラ年譜

年	ゾラにおこった出来事	政治・社会・文化
一八四〇	エミール・ゾラ、パリに生まれる。父フランソワはヴェネツィア生まれのイタリア人技師、母エミリーはセーヌ=エ=オワーズ県の出身。	プルードン『所有とは何か』
一八四三	ゾラ一家、南フランスの町エクスに移る。	
一八四七	父フランソワ没。一家は困窮状態におちいる。	
一八四八		二月革命勃発。ルイ=フィリップの七月王政が崩壊し、第二共和制成立。十二月、ルイ=ナポレオン・ボナパルト、普通選挙により共和国大統領に選出される。
一八五〇		バルザック死す。
一八五一		十二月二日、ルイ=ナポレオン、クーデタを決行。 ロンドンで世界初の万国博覧会が開催される。
一八五二	ブルボン中等学校に寄宿生として入学。セザンヌとの交流が始まる。	ルイ=ナポレオン、皇帝ナポレオン三世として即位し、第二帝政始まる（～一八七〇）。 ブシコー、世界初のデパート〈ボン・マルシェ〉を創業。以後、第二帝政期にいくつかデパートが創られて、市民の消費行動を変える。
一八五三		オスマン、セーヌ県知事に抜擢され、パリ大改造

		に着手。ユゴー『懲罰詩集』
一八五四	この頃からデュマやシューの新聞小説、ユゴーやミュッセなどロマン派の作家を耽読する。	五月、クリミア戦争勃発（～一八五六）。フランスはイギリスとともにロシアに宣戦布告する。 バルタール、鉄骨ガラス張りのパリ中央市場の建築に着手（完成は一八六六）。
一八五五		パリで最初の万国博覧会開催。 クールベ《画家のアトリエ》
一八五六		フロベール『ボヴァリー夫人』
一八五七		鉄道会社が六社に整理統合される。以後、フランスの鉄道網は急速に整備されてゆき、産業振興を支える。
一八五八	前年からパリに出ていた母を頼って、ゾラは祖父とともにパリに居を構える。	一月、オルシーニによる皇帝暗殺未遂事件。 ミシュレ『愛』
一八五九	バカロレアに失敗し、学業を放棄。貧しく不安定なボヘミアン生活を送りながら読書と詩作にはげむ。	二月、サイゴン占領、インドシナ侵略が本格化する。四月、レセップス、スエズ運河建設に着手。 五月、イタリア統一戦争に参戦。 ダーウィン『種の起源』
一八六〇		一月、英仏通商条約、自由貿易に移行。三月、サヴォワ地方とニースがフランスに併合される。
一八六一	パリに出て来たセザンヌと再会。サロン展やアトリエを訪れるうちに、若い画家たちと知り合う。	
一八六二	アシェット書店に就職し、広報部で働く。出版界、ジャーナリズムの内幕を知る機会となった。そ	四月、メキシコに宣戦布告。以後一八六七年まで戦争は泥沼化する。六月、サイゴン条約、フラ

一八六三	の後、仕事の関係でテーヌやリトレなどの作家と交流を始める。十月、フランス国籍を取得。	ンスがコーチシナを併合。 クレディ・リヨネ銀行設立される。この頃、金融制度の改革が推進される。マネ《草上の昼食》
一八六四	短篇集『ニノンへのコント』	
一八六五	処女長篇『クロードの告白』この頃バルザック、テーヌ、ゴンクール兄弟の作品を熟読する。また活発なジャーナリズムへの寄稿が始まる。	一月、第一インターナショナルのパリ支部が設立される。クロード・ベルナール『実験医学序説』ゴンクール兄弟『ジェルミニー・ラセルトゥー』マネ《オランピア》、スキャンダルを巻きおこす。
一八六六	一月、アシェット書店を退職。未来の妻アレクサンドリーヌ・ムレとの同棲生活が始まる。五月、エドゥアール・マネの知遇を得る。六〜七月、『わが憎悪』、『わがサロン評』（評論集）	マネを中心とする「カフェ・ゲルボワの集まり」が始まり、ゾラも出入りする。
一八六七	『テレーズ・ラカン』	第二回パリ万国博覧会。日本も出品し、ジャポニスム流行の端緒となる。マルクス『資本論』
一八六八	『一家族の歴史』（全十巻）の構想を練る。	五月、出版法成立、新聞発行の自由化。共和主義思想の復興をうながす。マネ《エミール・ゾラの肖像》
一八六九	『ルーゴン=マッカール叢書』のプランをラクロワ書店に提出し、受け入れられる。	フロベール『感情教育』
一八七〇	五月、アレクサンドリーヌと結婚。九月、普仏戦争が勃発したのにともない、ゾラ一家はマルセイユに移住、さらにその後、国防政府の置かれ	七月、普仏戦争勃発。九月にナポレオン三世は降伏し、ここに第二帝政が崩壊する。共和制が宣言される。

	ていたボルドーに向かう。	
一八七一	議会通信を新聞に連載して、当時の政界を批判する。三月、パリに戻る。十月、『ルーゴン家の繁栄』	一月、休戦条約。三月、パリ・コミューン成立するが、五月の「血の一週間」の弾圧により壊滅。八月、第三共和制成立。
一八七二	一月、『獲物の分け前』 七月、ラクロワ書店が倒産したため、以後シャルパンチエ社と出版契約を結ぶ。フロベール、ドーデ、モーパッサン、ツルゲーネフらとの親交が始まる。	
一八七三	『パリの胃袋』	大統領ティエール失脚し、王党派のマク＝マオンが大統領となる。
一八七四	五月、『プラッサンの征服』 マラルメとの交流が始まる。	第一回印象派展
一八七五	三月、『ムーレ神父のあやまち』 ペテルブルグの雑誌『ヨーロッパ通報』に寄稿する。	ビゼー『カルメン』 ガルニエによるパリ・オペラ座完成。
一八七六	『ウージェーヌ・ルーゴン閣下』	二月、下院選挙で共和派が勝利する。 マラルメ『半獣神の午後』第二回印象派展。
一八七七	一月、『居酒屋』 激しい毀誉褒貶にさらされながらベストセラーとなり、ゾラの生活は経済的に安定するようになる。五月から十月にかけて南仏レスタックで休暇を過ごす。	
一八七八	四月、『愛の一ページ』 五月、パリの西郊メダンに別荘を買う。これ以降、年に数カ月はメダンで過ごすようになり、必要に応じてパリに出る	第三回パリ万国博覧会

	という生活パターンをとる。ユイスマンス、セアール、ブールジェ、ヴァレスら若い作家たちとの親交が深まる。	
一八七九	一月、小説を翻案した戯曲『居酒屋』がアンビギュ座で上演され、大成功を収める。地方や外国でも上演されて、やはり大きな成功を得た。ゴンクール、ドーデ、シャルパンチエ、モーパッサン、セザンヌなど友人たちがしばしばメダンにゾラを訪れる。	
一八八〇	二月、『ナナ』 十月、『実験小説論』(評論集) 母エミリー死去。	三月、パリ・コミューン関係者にたいする恩赦。五月、フロベール死去。七月、三色旗が国旗に制定される。十二月、女子中等教育の世俗化（カミーユ・セー法）。この頃からフランスが中央アフリカへの植民地政策を推進。
一八八一	過労のせいか、ゾラの健康状態すぐれず。評論集『演劇における自然主義』、『わが国の劇作家たち』、『自然主義の小説家たち』、『文学資料』がやつぎばやに刊行される。	六～七月、集会の自由、出版の自由にかんする法令。
一八八二	二月、『論戦』(評論集) 四月、『ごった煮』 作中人物の名前にからんで民事裁判となり、作家の表現の自由をめぐってジャーナリズムで論争が巻きおこる。	三月、初等公教育の無償・世俗・義務化法案（フェリー法）。
一八八三	三月、『ボヌール・デ・ダム百貨店』 フーリエ、	八月、ベトナムを保護国化。

	プルードン、マルクスら社会主義者の著作を読む。	モーパッサン『女の一生』
一八八四	二月下旬から三月初めにかけて、『ジェルミナール』の準備のため北フランスの炭鉱町アンザンを訪れる。三月、『生きる歓び』	ヴァルデック・ルソー法により、労働組合の結社の自由を認める。ユイスマンス『さかしま』
一八八五	三月、『ジェルミナール』 十月、『ジェルミナール』の戯曲への翻案が禁止される。ゾラは『フィガロ』紙で激しく抗議。	
一八八六	『作品』(『制作』)	
一八八七	『大地』 この作品を機に反自然主義の傾向が鮮明になる。	
一八八八	七月、レジオン・ドヌール・シュヴァリエ章受章。八月、ジャーナリスト・ビヨーから写真の手ほどきを受ける。その後ゾラは終生、写真を愛好し、多くの写真を撮った。十月、『夢』 十二月、女中ジャンヌ・ロズロとの関係が生じる。	ゴッホ《ひまわり》 バレス『蛮族の眼の下に』
一八八九	三月、鉄道小説を準備するため、ル・アーヴル、ルーアンを訪れ、さらにパリのサン=ラザール駅を見学する。五月、アカデミー・フランセーズに立候補するが落選。以後一八九七年までしばしば立候補するがいずれも落選する。五〜十一月、パリ万博を数度にわたって見物。九月、ジャンヌとの間に長女ドゥニーズ誕生。	四月、ブーランジェ将軍によるクーデタ未遂事件。第四回パリ万国博覧会。エッフェル塔が評判になる。 ブールジェ『弟子』

一八九〇	『獣人』	
一八九一	三月、『金』 四月、文芸家協会長に選出される（一八九四年まで務める）。また、戦争小説準備のためシャンパーニュ地方およびスダンに旅行。九月、ジャンヌとの間に長男ジャック誕生。	フルミ炭鉱でストライキが発生し、軍隊が発砲して多くの犠牲者がでる。 ゴーギャン、タヒチに旅立つ。
一八九二	五月、『壊滅』 八月、妻アレクサンドリーヌ、ゾラとジャンヌの関係に気づく。八～九月、南仏からイタリアに旅する。その途中ルルドに立ち寄り、その時の見聞をノートに記す。	二～三月、アナーキスト・テロが頻発する。アナーキスト、ラヴァショルが逮捕され死刑となる。この頃、全ヨーロッパ的にアナーキズムの嵐が吹き荒れる。パナマ運河汚職事件がフランス社会を揺るがす。
一八九三	『パスカル博士』『ルーゴン＝マッカール叢書』全二十巻が完成し、それを祝う昼食会がブーローニュの森のレストランで催される。	
一八九四	『ルルド』	十月、ユダヤ人将校ドレフュス、スパイ容疑で逮捕され、十二月に終身刑を宣告される。ドレフュス事件の始まり。 ドビュッシー「牧神の午後への前奏曲」
一八九五	四月、文芸家協会長に再び選出される。夏、ジャンヌと二人の子供のためにヴェルヌイユに家を借りる。	労働総同盟（ＣＧＴ）結成、革命的サンディカリズムが発展する。
一八九六	『ローマ』	プルースト『楽しみと日々』
一八九七	三月、『新・論戦』（評論集） 十月、ゾラ、ドレフュスの無実を確信し、暮れからドレフュス擁	

	護の記事を発表しはじめる。	
一八九八	一月、『オーロール』紙に「私は告発する！」を発表。この記事がもとでパリ重罪裁判所で懲役一年、罰金三千フランの判決を下される。七月、ヴェルサイユ地裁でも有罪となり、ゾラはただちにロンドンに亡命。亡命生活は十か月続く。 三月、『パリ』	スタンラン、ゾラ作『パリ』のポスターを描く。
一八九九	六月、イギリスから帰国。十月、『豊饒』	九月、ドレフュス再審で再び有罪となるが、大統領の特赦を受ける。
一九〇〇	パリ万博を見物、数多くの写真を撮る。	第五回パリ万国博覧会、地下鉄一号線が開通する。同時期にパリで第二回オリンピックが開催される。
一九〇一	『労働』	修道会の認可制を強化する結社法成立。
一九〇二	九月、一酸化中毒により急死。暗殺の疑いがあるとされている。葬儀では作家アナトール・フランスが弔辞を述べた。	コンブ内閣成立、教会当局との対立が激化する。
一九〇三	『真実』	
一九〇五		政教分離法。
一九〇六		ドレフュスの名誉回復。
一九〇八	ゾラの遺骸がパンテオンに移される。	

（小倉孝誠・作成）

〈付録2〉猫たちの天国　E・ゾラ

叔母がわたしに年老いたアンゴラ猫を残してくれましたが、それがまたこの上なくおろかな猫なのです。わたしは老いさらばえた彼を敬っているとはいいましても、その死をじりじりしながら待っているのも本当です。なにしろ、脂肪のかたまりみたいにごろんと寝転がって、いつまでもうとうとしているのですから。長い毛のせいで、柔らかな、妙な形のボールみたいになって、身動きひとつしないのです。実をいうと、彼がどうも好きになれない理由がもうひとつあります。ある日、うち明け話ついでに、次のような若き日のできごとを話してくれたのです。読者は、彼のひととなりをどう思われますか。

1

彼はこんな風に話してくれました。――わたしはその頃、二歳近かったのですが、めったにお目にかかれないほど肥満していましたし、世間知らずでした。若い頃のわたしは、まだ思い上がった猫でありまして、家庭の優しさなどは軽蔑していました。とはいえ、あなたの叔母さんのところに預けられたことについて、神様にこの上なく感謝しています。彼女はわたしをとても可愛がってくれました。戸棚の奥には、本物の寝室まであったのです。床には毛布が三枚敷かれて、この一角は、想像を絶するほどふわふわしたベッドになっていたのです。食事もまた、寝具と甲乙つけがたいものでした。パンやスープなどは絶対に出なくて、ひたすら肉づくし、それも血のしたたるおいしい肉ばかり食べさせてもらっていました。

ところが、こうした幸福感に包まれていても、わたしの望みといえば、少し開いた窓からするりと抜け出して、屋根の上に逃げ出すことだけなのでした。なでられても新鮮な喜びを感じるわけでもなく、柔らかいベッドにもむかついていました。自己嫌悪におちいるほど、ぶくぶくに太っていましたし、幸福であることに、日がな一日うんざりしていたのです。

首をのばしますと、窓から、目の前の屋根が見えておりました。その日は、四匹の猫が、屋根の上でニャーニャー歓声を上げながら、じゃれていました。陽光の下、青みがかったスレート屋根の上でころげまわる彼らは、やせてはいましたが、威厳にみちていました。これほどの焼けつくような喜びにあふれる光景を、わたしはそれまで見たことがなかったのです。この瞬間、わたしは確信しました——本当の幸福は、あの屋根の上にあるのだ、いつもきちんと閉まっているこの窓の向こう側にあるのだと。その証拠に、戸棚だってきちんと閉めてあるけれど、その奥には肉が隠してあるじゃないかと、わたしは考えたのです。そして脱走を決心しました。人生には、血のしたたる肉とは別の何かがあるにちがいないのですから。それは未知なるもの、理想的なるもので、わが存在がそれを目指したのです。ある日、家人がうっかりして、台所の窓を閉め忘れました。わたしはぽーんとジャンプすると、すぐ下の屋根に飛び降りました。

2

屋根は、なんてすばらしいのでしょう！　屋根のはじには幅の広い雨樋(1)が走っていて、とてもかぐわしいにおいを発散していました。わたしは快感にひたりながら、樋伝いに歩いていきました。足が泥を跳ねあげて、毛に泥をひっかけましたが、そのなまあたたかい感触が、むしろとても心地よいのです。なんだかビロードの上を歩いているような気持ちでした。ぽかぽかと日が照りつけて、その熱がわたしの脂肪を溶かし、くすぐったいような心地よさでわたしを満たしてくれました。

はっきり申せば、わたしは快感で全身がうち震えていたのです。もっとも、喜びや感激があったとはいいましても、不安を感じることだってありました。ひどく気が動転したことをよく覚えています。三匹の猫が屋根のてっぺんから転がるようにおりてきて、おそろしい鳴き声で、わたしに詰め寄ってきたのです。わたしを、でぶ呼ばわりし、からかってやろうと思って鳴いたというわけです。そこでわたしもニャーニャー鳴いて、この新しい仲間と、楽しく遊び始めました。彼らは、元気いっぱいの連中でした。もちろん、わたしみたいに贅肉などついていません。わたしが焼けつくようなトタン屋根の上を、まるでボールのように転がるのを見て、わたしをあざ笑うのでした。

一匹の年とった雄猫が、わたしに特に目をかけてくれました。おまえを仕込んでやろうというものですからわたしは喜んで「はい、お願いします」と答えました。

ああ、あなたの叔母さんが食べさせてくれたもつ肉は、なんと遙かな存在になってしまったことか！

雨樋に口をつけて水を飲みましたが、これほど甘美な飲み物を味わったことなどありませんでした。すべてがすばらしいことだと思われました。一匹の雌猫が通りすぎていきます。うっとりするほど魅力的な雌猫でしたから、わたしは、これまで経験したことのない心のときめきを覚えました。ほれぼれするほどしなやかな背中をした猫で、こんなすてきな雌猫には、夢の中でしかお目にかかったことがありません。この新来の雌猫を出迎えようとして、わたしは三匹の相棒といっしょに駆けていきました。そして、三匹を出し抜いて、この蠱惑的な雌猫に挨拶しようとしました。すると、一匹が突然、わたしの首に噛みついたのです。わたしは「痛い、なにするんだ。ひどいじゃないか」と叫びました。すると、先輩の猫がわたしを引っぱりながら、「なに気にすることはない。ほかにもたくさんいるんだから」といいました。

3

さてこうして一時間ほどもほっつき歩くと、わたしはものすごい空腹を覚え始めました。「屋根の上では、なにを食べるんだい」、こう相棒の雄猫に尋ねてみましたところ、彼はいかにももったいぶって、「見つかったものを食うのさ」と答えるのです。

これを聞いて、わたしはあせりました。だって、一生懸命探しても、なにも見つからないのですから。と、そのとき、屋根裏部屋の窓ごしに小さな部屋が見えて、若い女工さんが昼食の用意をしているのに気づきました。彼女の横の食卓の上には、いかにもおいしそうな赤い色をした、骨付きあばら肉が置かれていました。

「よし、おれの出番だ」、わたしは単純に、そう思ったのです。

そして部屋に飛び込むと、骨付き肉を口にくわえました。ところが肉を持ち去ろうとしたところ、女工がわたしに気づき、手にした箒《ほうき》で背中をしたたかに叩いたのです。わたしは思わず肉を口からはなし、ののしり言葉を吐きながら逃げるしかありませんでした。

雄猫がこういいました。

――ちぇっ、仕方ないやつだな。まったく世間知らずなんだから。食卓の上の肉は、遠くから眺めるために存在するんだよ。おれたちが探さなくちゃいけないのは、雨樋の泥のなかなんだから。

痛さも痛さでしたが、驚きもそれに劣らず大きなものでした。台所の肉が猫の所有物ではないなんて、わたしにはとても納得できませんでした。だって、肉はそこにちゃんと用意されているのです。それぞれの猫の欲望の鼻先に、並べてあるのです。このわたしが、わざわざ部屋まで降りて、肉を取りにいったのですから、それを持っていかせないというのは、この上なく不当なことではないのかと思われました。腹の虫がぐうぐう鳴り始めました。雨樋の水は、どう考えても空腹を満たしてくれるものではありませんから、わたしの敬意を失うことになりました。相棒の猫は、夜になるのを待たなくてはだめだといいます。わたしはがっくりしてしまいました。「夜になったら通りに降りるんだ。そしてゴミの山をあさるんだよ。とにかく夜まで待つことだ」、彼はかたくなな哲学者さながらに[2]、こう静かにいいました。でもわたしは、断食状態がさらに引き延ばされてしまうと思うと、なんだか気絶しそうな気分でした。

4

冷たくて、泥でぬかるんだ夜の訪れです。身にしみるような雨がしとしとと落ちて、もの悲しく吹く風に叩きつけられています。わたしたちは、階段の大きな窓ガラスのところから、地上に降りました。ところがなんたることでしょう。通りは実にうすぎたないのです。あのぽかぽかと暖かい日ざしも、あんなに気持ちよく転げまわった、光あふれる白い屋根も、ここにはもはやありません。わたしは三枚重ねの毛布や、わが牢獄の四つの壁のことを思い出して、なんとも辛い気持ちになりました。

　通りに降りますと、相棒は身体をぶるぶると振るわせました。そして小さくなると、早くついてくるようにといって、建物の壁ぞいにするするっと走っていきました。やがて馬車などが出入りする大きな門を見かけますと、彼は急いでそこに逃げこんで、満足げにのどをごろごろと鳴らしました。「どうして逃げたの」と尋ねますと、こういう答えが返ってきました。

——きみは、かごを背負って、爪竿を持った男(3)を見なかったのかい？

——見ましたけど。

——そうだろ。もしあの男がぼくたちに気づいたら、ぼくたちは殺されて、串焼きにして食べられるところだったんだぜ。

——ええっ、串焼きですって！　だって通りはぼくたちのものではないのですか？　食べるのではなくて、食べられてしまうなんて！

5

戸口にはゴミが捨てられていました。わたしはやけになって、ゴミの山をあさりました。灰のなかにがりがりの骨が二、三本ころがっているのが目に入りました。そのときわたしは、新鮮なもつ肉がいかに美味なものであるのかを悟ったのです。相棒は、なんとも鮮やかな手際でゴミをかきまわしていました。彼のせいでわたしは、朝方まで、あちこちの石畳をひとつひとつ、丹念に探し歩くことになりました。疲れはてて、今にも倒れんばかりでした。ほとんど十時間ばかりも、雨に打たれて、全身がわなわなふるえていました。なんといまわしい通りよ！　いまわしき自由よ！　わたしには、隷属状態がとても懐かしく思えたのです。

夜が明けて、わたしがふらついているのを見ますと、猫の先輩が、うって変わった様子でこう尋ねました。

——もうこりごりじゃないのかい？

——ええ、そうなのです。

——きみは、自分の家に帰りたいんだよね？

——たしかにそうです。でも、どうすれば家が見つかります？

——来たまえ。きのうの朝、きみが家から逃げ出すのを見たときに、きみのようにぶくぶく肥った猫は、自由という過酷な喜びには適さないと分かっていたよ。きみの家を知ってるから、戸口まで送ってあげよう。

この立派な雄猫は、淡々とこう述べたのです。そして家に着きますと、彼は「あばよ」と、顔色ひとつ変えずにいいました。わたしは、こう叫びました。

――こんなふうにして別れるのは、いやだよ。ぼくといっしょにおいでよ。ベッドも肉も分けあえばいいじゃないか。飼い主はとてもいい人なんだから……。

ところが、こう言い終わらないうちに、彼はこう言い返したのです。

――黙れったら、きみはばかだなあ。きみみたいに、だらだらした、なまっちょろい生活をしていたら、ぼくなんかは死んでしまうさ。いいかい、きみたちの食事たっぷりの生活というのはね、自由な空から吹いてくる、ゆったりとした風も我慢できないような、雑種の猫にこそお似合いなんだよ。(4) ぼくは自由を売り渡してまで、きみたちの新鮮な肉や、羽ぶとんのベッドを手に入れようとは思わないんだ。

こう言い放つと、彼は屋根に上ってしまったのです。朝日を浴びて、喜びにうちふるえている彼のシルエットが見えました。

帰宅したわたしを待ち受けていたのは、叔母さんの鞭《むち》でしたが、わたしはその体罰を、深い喜びとともに受け入れました。むち打たれて、ひりひりするような快楽を、わたしはたっぷりと味わったのです。叔母さんに叩かれているあいだ、わたしは、その日に食べられるはずの肉片のことを、うっとりしながら想像していました。

6

そして暖炉の火の前でごろりと寝そべりながら、わが猫は話をこうしめくくったのです。

——ご主人様、本当の幸福、理想の生活というのは、肉がある部屋に閉じこめられて、叩かれることにあるんですよ。

猫に代わって、こんなお話をしてみました。

（宮下志朗訳）

注

（1）都会の猫は好んで屋根に上がるので、フランス語では「野良猫」のことを「雨樋の猫 chat de gouttière」という。

（2）「哲学者」とあることに注目。猫のなかのボヘミアン的存在としての「野良猫」が、いわば思想の担い手として描かれている。

（3）「危険な階級」としての屑屋のことである。屑屋が拾ってくる猫や犬は、市門の外の安飯屋などが買い取ってくれた。拙著『パリ歴史探偵術』講談社現代新書、二〇一―二〇二頁を参照。

（4）野良猫＝純血、家猫＝雑種と、いわば価値の転倒がおこなわれている。

後記

『フィガロ』紙（一八六六年十二月一日号）に、「野良犬の一日」として発表されたのが初出であって、最初は野良犬に仲間入りした飼い犬が主人公となっていた。犬であるから、もちろん、屋根に飛びおりるのではなくて、直接、通りに出てしまうのである。そこでは「野良犬」が「通りの自由思想家」と規定されている。その後ゾラは、主人公を猫にした「政治的な寓話」として書き直した（『トリビューヌ』紙、一八六八年十一月一日）。ここでは一八七四年、シャルパンチエ書店刊の短編集『新ニノンへのコント』のテクストを底本とした。自由に生きることの苛酷さと、安逸と惰眠という隷属とのコントラストが扱われ、きわめてアクチュアルな寓話になりえている。

なお『トリビューヌ』紙のテクストは、次の教科書版に詳しい注とともに収めてあるので、ぜひご覧いただきたい。

宮下志朗編『ゾラ短編集』白水社、一九九〇年。

〈付録3〉共和国大統領フェリックス・フォール氏への手紙（抄）　E・ゾラ

【解説】

「人間良心の体現」（アナトール・フランス）、「世紀最大の革命行動」（ジュール・ゲード）、「横暴な支配者の心臓を狙って奴隷が突き刺した槍の穂先」（大佛次郎）……。一八九八年一月十三日木曜日の朝、日刊紙『オーロール（曙光）』紙の第一面を埋め尽くし、三十万部の雷電となってパリ市民の頭上を襲ったゾラの一文、「共和国大統領フェリックス・フォール氏への手紙」に、作家の死後百年のあいだに内外から寄せられた賛辞を網羅するだけで、優に一冊の書物が組み上がるであろう（「私は告発する！（J'accuse! …）」という本文末部のリフレインをセンセーショナルな大見出しとして掲げる着想は、同紙政治欄主筆ジョルジュ・クレマンソーに帰せられる）。大逆事件に際してゾラ的存在を欠き、囚人護送車の列を黙して見送るほか為す術をもたなかった日本の文壇について、永井荷風が「自ら文學者たる事について甚しき羞恥」（『花火』）を抱くという、有名な、また象徴的なエピソードも残されている。

一作家の筆、一新聞の紙面が、一日にして事件を事件たらしめ、正義を正義の軌道に乗せる。まさにジャーナリズムの快挙であろう。

この快挙はいかにして可能となったか？　〈ゾラ・セレクション〉第十巻「時代を読む　一八七〇―一九〇〇」では、すでに三種存在する邦訳（大佛次郎、古賀照一、稲葉三千男）に依拠し、ドレフュス事件研究百年の歴史のなかで徐々に明らかにされてきた諸事実を訳注として補いながら、速さ、具体性、ドラマ性を身上とするゾラのジャーナリスティックな文体の魅力を浮かび上がらせたい。

（菅野賢治）

大統領閣下

先に閣下より賜りましたご懇篤な接見に感謝申し上げながらも、以下に、閣下のいわれ正しき栄誉にあえて憂慮の念を抱き、今日までかくも多幸なものとしてあった閣下の権勢の星が、今、もっとも恥ずべき、もっとも払拭しがたき汚れに脅かされていると申し上げることを、どうかお許しいただきたく存じます。

閣下は、これまで閣下に寄せられたさまざまな卑しき誹謗中傷をすべて払い除け、国民の信望を一身に集めてこられました。閣下のお姿は、ロシアとの同盟というフランスにとっての愛国的祝祭の絶頂にあって、まさに光輝に満ち満ちたものと映っております。さらに閣下は、万国博覧会という壮麗なる一大盛事を主宰すべく、目下、着々と準備を進めておられます。この万国博覧会こそは、労働、真理、自由が築き上げたわれらの偉大なる世紀に有終の美を飾るものとなりましょう。しかるに、この忌まわしきドレフュス事件とは、閣下のご芳名——あやうく「閣下のご在位」と言いかねないところでした——にぬられた、なんという泥なのでありましょう！　軍法会議は、何者かの命により、エステラジーなる男に無罪放免を言い渡すという暴挙に出たばかりですが、これは、およそ真実なるもの、正義なるものに加えられた侮辱の平手打ちとして例を見ないものであります。もはや手遅れでございます。フランスはこの汚辱を頬に受け、歴史は、このような社会犯罪が行われ得たのが閣下の任期内であったと、後世に伝え続けることでありましょう。

Deuxième Année. — Numéro 87 Cinq Centimes JEUDI 13 JANVIER 1898

ERNEST VAUGHAN

L'AURORE

Littéraire, Artistique, Sociale

J'Accuse...!

LETTRE AU PRÉSIDENT DE LA RÉPUBLIQUE

Par ÉMILE ZOLA

LETTRE
A M. FÉLIX FAURE
Président de la République

Monsieur le Président,

▲ゾラの「私は告発する！」が掲載された『オーロール』紙、
1898年1月13日号のフロントページ。

彼らがこのような暴挙に出たのですから、私もまた、一つの暴挙に出てご覧に入れましょう。真実を申し上げましょう。私は、以前より約束していたのであります。もしも、正規の手続きにのっとって提訴を受理した司法が正義を十全に遂行することができないようであるならば、この私が真実を口にするであろう、と。私の義務は語ることであります。私は共犯者ではありたくない。このままでは、遠い地で身の毛もよだつような責め苦にあわされ、みずから犯したものでもない罪の償いをさせられている無実の人間の亡霊が、夜ごと夜ごとに私の夢枕に立つことにもなりかねません。

そして、ここで私が一人の誠実な人間としての憤激に渾身の力をこめ、真実を、この真実を声高に叫ぼうと思いますのは、ほかでもない、大統領閣下、閣下に対してなのです。閣下の名誉にかけて、私は閣下がこの真実をご存じないものと確信しております。そして、真の罪人どもの悪逆の群を告発するにしても、国の最高位の判官たる閣下をおいて、一体誰に告発すればよいのでしょう。

まずはドレフュス裁判と、その有罪判決をめぐる真実から申し上げましょう。

一人の邪な心の持ち主が、一切を企み、一切を取り仕切った。それがデュ・パティ・ド・クラム中佐、当時は一介の少佐にすぎなかった男です。彼こそはドレフュス事件のすべてなのであります。彼の行動と責任をめぐる厳正な調査をまって、ようやく事件の全容が隅々まで明らかになるでありましょう。デュ・パティ・ド・クラム中佐ほど、つかみどころのない、複雑怪奇な精神の持ち主とて他に当たらないでしょう。小説仕立ての陰謀に取り憑かれ、盗まれた書類、匿名の手紙、人気のない場所での密会、夜陰にまぎれて有無を言わせぬ証拠書類を配り歩く謎の女など、三文新聞小説の手法に特別な嗜好を示す人物であります。ドレフュスに明細書の文面を口述して書き取らせることを思いついたのは彼であった。全面鏡張りの部屋でドレフュスの尋問を行おうと考えたのも彼であった。フォルズィネッティ少佐〔シェルシュ゠ミディ陸軍監獄司令〕が述懐しているとおり、深夜、点滅自在の照明器具を携えて、眠りについた被告のかたわらに忍び寄り、その顔面に突如光の束を照射することによって、目覚めの動揺のうちに犯罪の自白をかすめとろうとしたのも彼であった。ここで私がすべてを述べる必要はない。この種の話は、叩けばいくらでも出て来るであろう。私はただ、司法将校としてドレフュスの予審に当たったデュ・パティ・ド・クラム少佐こそは、事件の時間的な展開とその責任の順番からみて、その後引き起こされてしまった恐るべき誤審の最初の罪人であった、という点を明言しておこう。

（…）

ドレフュスは数か国語を話す――犯罪だ。自宅からは彼の不利になるような証拠書類がまったく発見されなかった――犯罪だ。彼は、時折、故郷〔アルザス〕に帰る――犯罪だ。彼は勤勉で、何でも知りたがる癖がある――犯罪だ。彼は何事にも動揺しない――犯罪だ。彼は時として動揺する――犯罪だ。すべてこうした作文の稚拙さと、根も葉もない決めつけの数々！　当初、十四もの告訴箇条が存在する、と伝えられていた。いまや残るはただの一箇条、すなわち明細書に関わるものだけになっている。しかも、複数の筆跡鑑定士の見解が一致していたわけではなく、そのうちの一人ゴベール氏などは、あらかじめ望まれた方向で結論を下さなかったという理由で、軍独特の手法によって揺さぶりをかけられたという。当初、二十三名もの将校がドレフュスの有罪を裏付けるような証言を行った、と伝えられていた。その尋問調書は、今日なお未公開である。ただ、皆が皆、そろってドレフュスの有罪を証拠立てようとしたわけではなかったことは確かである。それよりも注目すべきは、証人の全員が陸軍省当局の関係者だったという点だ。つまり、あれは内輪の裁判だったのであり、そこに居合わせた人々は皆、仲間同士だったのだ。このことを忘れてはならない。裁判を起こし、被告を裁き、そして今〔エステラジー裁判をつうじて〕、被告に二度目の裁きを言い渡したのは、すべて参謀本部であったということを。

こうして、唯一、筆跡鑑定士たちの意見紛々たる明細書だけが残った。聞くところによれば、審議室内で、判士たちは当然のごとく無罪放免の結論に傾いていたという。してみれば、今日、有罪判決を正当化するために決定的証拠なる秘密文書の存在を言い立てる人々の絶望的なまでの執拗さもよく理解できようというものだ。この文書は、公表することはできないが、しかしすべてを合法化するものであるという。それを前にしたわれわれは、ひたすらひれ伏すしかない、まさに不可視、不可知の神のような存在！　私は、そのような文書の存在を否定する。あらん限りの力をこめて、その存在を否定する。なるほど、娼婦まがいの女たちが話題とされていたり、どこかのD…なる人物が問題となっているようなたぐいの馬鹿げた文書ならば確かに存在するのかもしれない――このD…なる夫は、自分の妻を自由にさせた見返りとして受け取った額が少なすぎると、あまりにしつこく要求を繰り返したのだとか――。しかし、国防に直接関わり、公表の翌日には即開戦という事態も招来しかねない文書など、断じて、断じて存在しなかったのだ！　すべては嘘である！　しかも、彼らが平然とそのような嘘をつき、それが嘘であると彼らに認めさせる手段が与えられていないだけに、事態はいっそう忌まわしく、またシニカルなのだ。彼らはフランスを煽り立てられるだけ煽り立てておき、そして、その結果当然沸き上がってくる〔愛国的〕情動の背後に身をかくす。人々の心を乱し、精神を堕落させておいて、その後はぴたりと口を閉ざすのだ。公民精神を逆手にとった大罪として、これほどの例を私は知らない。

大統領閣下、いかにして一つの誤審が起こり得たかという点について、事実関係は以上のとおりです。数々の心証、ドレフュスの財産状況、犯行動機の不在、彼の一貫した無罪主張の叫びは、彼を一人の犠牲者とみなすためには十分すぎるものであります。ドレフュスは、デュ・パティ・ド・クラム少佐の常軌を逸した想像力、少佐が身を置いているキリスト教教権派の環境、さらには、「汚らわしきユダヤ人」なるものの狩り出し――これこそは現代の恥辱というべきもの――の犠牲となったのです。

（…）

大統領閣下、明々白々の真実とはかくのごときものであります。そして、この真実は恐るべきもの、閣下の任期に汚点を留めるものとなりましょう。おそらく、閣下はこの事件に関していかなる権限もお持ちではなく、共和国憲法とご自身の取り巻き連との、いわば囚われ人になっておいでなのでしょう。しかし、そのことは、閣下が人間としての義務を果たさずに済まされることの理由にはなりません。閣下が、この人間としての義務に思いを馳せられますよう、そして、その義務を実際に果たされますよう、切に願うものであります。しかし、このように閣下に申し上げたからといって、私は、勝利が絶望的であるなどという気持ちは毫も抱いておりません。以前にもまして熱のこもった確信とともに、ここに繰り返します。真実は前進し、何ものもその歩みを止めることはないであろう、と。事件は、今日ようやく始まったばかりです。今日ようやく、人々の配置が明らかになったからです。つまり、一方に、光明がもたされることを望まない罪人たち、他方に、光明がもたらされるためならば命さえ惜しまない正義の人々。すでに別のところでも述べたことを、ここに繰り返し申し上げましょう。真実というものは、それを地中深く埋め込もうとすればするほど、鬱積し、爆発力を持つようになるものである。そして、それが実際に爆発する時、ありとあらゆるものを吹き飛ばさずにはおかないような力を蓄えるようになるものである、と。たった今も〔エステラジーを無罪放免にすることにより〕、われわれが、またの日のために取り返しのつかない災禍の種を用意してしまったのではなかったかどうか、いずれわかる日がくるでしょう。

長々と書き綴ってまいりました。大統領閣下、そろそろ結論に移るべき時です。

私はデュ・パティ・ド・クラム中佐を告発する。中佐は、そうとは意識せずに——と、まずは信じたいものである——誤審の悪魔的な仕掛け人となり、その後、三年ものあいだ、突拍子なく、罪深きことこの上ない数々の裏工作によって、みずから犯した忌まわしき所業を隠蔽しようとした。

私はメルシエ将軍を告発する。将軍は、もとよりの精神の惰弱も手伝ってか、今世紀最大の違法行為の共犯者となった。

私はビヨー将軍を告発する。将軍は、ドレフュス無実の確固たる証拠を手にしていながら、それを握り潰し、政治目的、あるいは危機に面した参謀本部を救う目的で、この人道冒瀆罪、正義冒瀆罪の張本人となった。

私はボワデッフル将軍、ならびにゴンス将軍を告発する。両将軍の一方は、おそらく教権派としての情念にかられ、他方は、陸軍省事務局を神聖にして犯すべからざる奥の院に仕立て上げる件の党派精神に目をくらまされたか、この同じ犯罪の共犯者となった。

私はド・ペリウー将軍とラヴァリー少佐を告発する。二人が、極悪非道の名にも値する恐るべき不公平さをもって事前の証人調べを行ったことは、われわれ自身、後者ラヴァリー少佐の報告のなかに、人間の無邪気なまでの厚かましさを示す不朽の記念碑として目にしているとおりである。

私は三名の筆跡鑑定人、ベロム、ヴァリナール、クアール氏を告発する。三氏は、健康診断の末に三氏そろって視力と判断力に欠陥を抱えていたという事実でも明らかにならない限り、虚偽、欺瞞と呼ばざるを得ないような鑑定報告を提出した。

私は陸軍省当局を告発する。省当局は、世論を惑わし、みずからの過ちを覆い隠すため、新聞紙上、とりわけ『エクレール』、『エコー・ド・パリ』両紙上、下劣きわまりない人身攻撃を繰り広げた。

最後に、私は二度の軍法会議を告発する。第一の軍法会議は、一通の極秘扱いの書類にもとづいて被告に有罪判決を下すことにより、人権を侵害した。第二の軍法会議は、何者かの命により、この違法性を隠蔽し、真犯人と知りながらこれを釈放するという新たな司法上の罪を重ねた。

以上のような告発を行いながら、私は、一八八一年七月二十九日施行の出版法第三十条、第三十一条に定められた名誉毀損罪に問われかねない立場にあることを重々承知しております。法の裁きには、むしろ喜んで身を委ねる所存です。

ここに私が告発する人々は、私がこれまで噂を耳にしたり、会ったりしたことが一度もなかった人々です。そうした人々に対し、怨恨や憎悪を抱こうにも抱けるはずがないのです。私にとって、彼らは、社会悪なるものの観念、その精神を形として表している存在にすぎません。そして、私がここに成し遂げようとしている行為は、真実と正義の炸裂を早めるための革命的手段にほかならないのです。

私の情念としては、ただ一つ、人類の名において光明を求める気持ちのみでございます。多難の道を歩んだ末に、今、ようやく幸福への権利を手にした、この人類の名において。この燃え上がる抗議の文面は、私の魂の叫びにほかなりません。私を重罪裁判所に引致されたい。そして、白日のもとで審理を行っていただきたい。

待ち望んでおります。

大統領閣下、深甚なる敬意をお受け取りください。

（菅野賢治訳）

〈付録4〉取材ノートから　E・ゾラ

【解説】

本文でもすでに述べたように、ゾラは作品を書くために現地調査をしばしばおこなった。舞台となる場所をみずからの目で確かめようとしたのである。彼はあらゆるものを見つめ、あらゆるものに耳を傾け、さまざまなものに触れ、においを嗅ぎとった。十九世紀には行政官や社会改革家がパリの下水道や、売春制度や、労働者の実態について詳しい調査をおこなった例はあるが、ゾラのように社会の多様な側面をとらえるために徹底した取材をした作家は、おそらく皆無である。

ゾラが観察したのは高級住宅街の建物、証券取引所、デパート、サロン展、劇場の楽屋、高級娼婦の生活、競馬場の光景、パリ中央市場、民衆の界隈と仕事など首都のあらゆる空間である。さらには地方へも足をのばし、北部の炭鉱地帯、ボース地方の農村、南仏の聖地ルルドに旅して詳細な記録をとったし、鉄道と蒸気機関車について知るためパリ＝ル・アーヴル線の汽車の運転席に身を置いて観察した。まるでスナップショットを撮影するかのように、感覚的な細部をすばやく把握するゾラの能力は水際だっていて、取材ノートは十九世紀末の社会をめぐる興味深い「風俗ウォッチング」になっている。

〈ゾラ・セレクション〉の小説の各巻では、それぞれの訳者が解説のなかで、その作品に関係する取材ノートについて簡単に注釈してくれるはずなので、以下ではセレクションに入らなかった作品の取材ノートからの抜粋を三つ訳出する。画家のスケッチのようにその場で瞬間的に書き留めたメモだから反復や言い換えはあるが、ゾラのまなざしがどのように機能していたか理解していただけるものと思う。

（小倉孝誠）

1 共同洗濯場——『居酒屋』

ゾラの代表作『居酒屋』はパリの下町を舞台に、洗濯女ジェルヴェーズなど民衆の働く姿を描いた傑作である。同時代の印象派の画家が働く人々の姿をカンバスに定着させたように（たとえば、ドガの《アイロンをかける女》は一八七四年の第一回印象派展に出品された作品）、ゾラもまたいくつかの作品で庶民の世界を語っている。庶民のさまざまな職業とその習俗、そして労働現場をあざやかに再現したのはゾラ文学の大きな功績のひとつである。以下に訳したのは、当時パリにたくさんあった共同洗濯場にかんする取材メモで、一八七五年に記されたもの。『居酒屋』第一章で語られている有名な洗濯場のエピソードの素材になった。

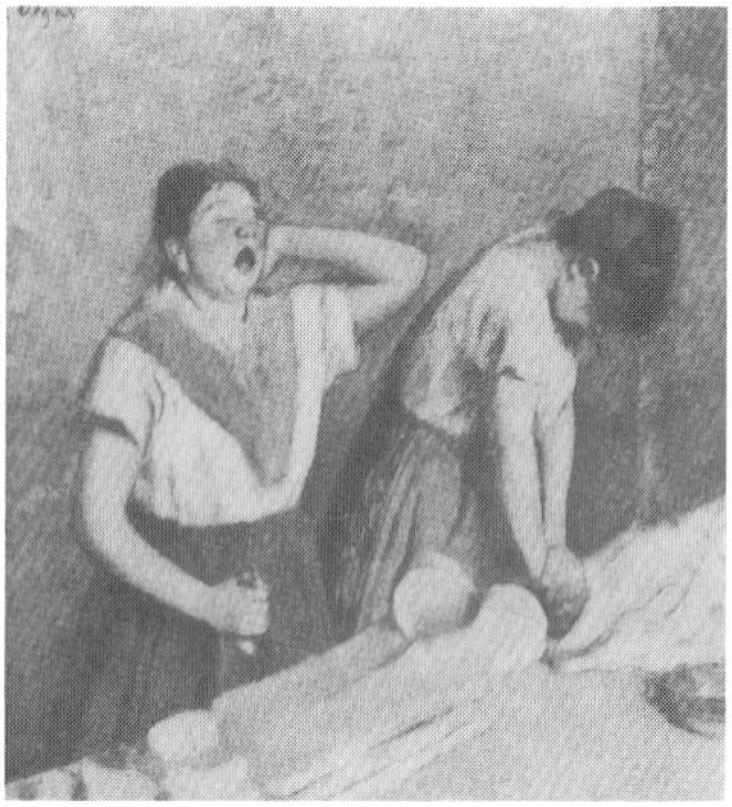

▲ドガ《アイロンをかける女》

鋳鉄の柱で支えられた大きな倉庫のような建物で、天井は平らで梁がむきだしになっている。大きくて明るい窓。中に入ると左側に事務室があり、係りの女が控えている。ガラス張りの小部屋で、棚には帳簿や書類がところ狭しと並んでいる。ガラスの後ろには固形石鹼、洗濯棒、ブラシ、青い染玉（洗濯物を白く見せるための一種の染料）などが置かれている。左の地面には洗濯盥と大きな真鍮製の鍋があり、蓋は機械仕掛けではずれる。そのわきには円筒のついた脱水機がある。洗濯物をまとめてそこに入れると、蒸気機関の力できつく絞られるのだ。湯の入った貯水槽もある。蒸気機関は奥にあって、洗濯場の騒音のなかで一日中稼働している。そのハンドル。隅には、煙突の丸くて太い根元が見える。さらには洗濯場の上にある物干し場に通じる階段。物干し場は両側が薄板の鎧戸で囲まれていて、洗濯物は真鍮製の針金につるす。

洗濯場の反対側には亜鉛製の丸い巨大な貯水槽が置かれていて、水が入っている。

洗濯場には八百の洗い場がある。

次に、洗い場がどのようになっているか見てみよう。一方の側に立てた枠があって、洗濯女はスカートが汚れないようその中に立つ。目の前には「バットリー」と呼ばれる板があり、その上で洗濯物を叩く。横には持ち運びのできる桶があるので、洗濯女はそこに湯や灰汁を入れる。反対側には床に固定された大きな桶があり、その上には無料で水が出てくる蛇口がついている。桶の上には小さな板が渡されており、そこに洗濯物を並べる。その上には棒が二本あって、洗濯物をつるしたり、水切りしたりする。これは洗濯物をすすぎ洗いするための器具である。洗濯女はこのほかに、青み付けする

▲19世紀の共同洗濯場

ために〔黄ばんだ洗濯物を白く見せるため〕もうひとつ持ち運びのできる小さな桶、洗濯物を広げるための台を二つ、湯と灰汁を汲むためのバケツを使用できる。

これらすべてを一日八スー払って使う。

家庭の主婦は一時間に一スー払う。

漂白水は一リットルあたり二スー。大量に売られ、壺の中に入っている。

湯と灰汁はバケツ一杯あたり一スー。

いまだに重炭酸ソーダと、煮洗いのためには水酸化カリウムが使われている。塩素は使用禁止。(1)

2 高級娼婦の生態――『ナナ』

『ナナ』は、高級娼婦ナナに群がる男たちが次々に破滅していく物語である。劇場の世界、ジャーナリズム、レストランやカフェ、競馬のシーンなど社会史の観点から見て興味深いエピソードが数多くちりばめられている。売買春はいつの時代にも存在するが、十九世紀ヨーロッパは表面的には厳格なブルジョワ的性道徳を標榜していたから、ナナと男たち(そのなかには実直な貴族やブルジョワも含まれる)をめぐる性風俗の描写は、当時大きなスキャンダルになった。娼婦の世界と言えばとかく興味本位で語られがちな主題だが、ゾラはここでも実地調査をし、この世界に精通した友人たちから情報を提供してもらった。一八七八―七九年のことである。なおこの取材ノートで問題になっているのは裕福な男たちに貢がせたり、彼らの愛人におさまる高級娼婦であり、街角に立って客の袖を引く娼婦ではない。

彼女たちの出自はさまざまだ。夫と別れた女、下層階級の出身ながらまたたく間に侯爵夫人に成り上がった女、出自を告白する女、自分は家柄が良いのだと語る女。宗教感情。男と寝るときも神様の話をする。「あたし天国には行けないわね。あんた天国を信じてる？」お守り。高級娼婦のしたに下女の世界などがある。美しくはないが才気煥発な女たち。犬。カロリーヌ・ルテシエ。

男爵を相手にするときは気取り、企業家を相手にするときはブルジョワ風に振る舞う。同化する。いつも心のなかでは誰かを愛している。声のきれいな男に誘惑される。ビロードのように柔らかい口。美容師のような顔。高級娼婦の世界にヒモはいない。いつも贈り物をする。男は高級娼婦の家では食事をしない。女が心から愛している恋人。女にはかなりの自由が認められている、そうでなければ女は男と別れる。

（…）

起床は十時か十一時。部屋で入浴する。美容師がやって来て髪を洗い、セットする。母親や老齢の貧しい女友だちと昼食をとる（十二時）。それから二時までたっぷりトランプのベジーグ・ゲームをやる。二時から三時まで化粧し、四時から六時まで部屋着をはおって客を迎えるか、あるいはブーローニュの森に向かう。夜の七時に美容師が到着、劇場でテーブルを囲んで大勢で会食あるいはディナー。自分を囲っている男といっしょに帰宅、夜中の一時までお喋り。二時半頃ベッドに入る。

朝まず馬に乗る女たちがいる。田舎ですごす夏、頻繁におこなわれるピクニック。

金を貯め込む高級娼婦がいれば、浪費してしまう高級娼婦もいる。借金取りが朝から待ちかまえていると、重大なことになる。家具商、博労。

娼家。そこの娼婦たちにレズ行為をさせに行く。性的な興奮。ただし同性愛の娼婦はあまりいない、少なくとも下層社会では。

(…)

手紙を受け取ると、とても喜ぶ。「あたしに手紙をちょうだい」。誇張した手紙がとくに好まれる。女たちはもらった手紙を互いに見せあう。

貞淑な女性たちをひどく軽蔑する。「あの女たちだってあたしたちと同じように男とセックスしてるけど、あたしたちのように率直じゃないだけよ」。娼婦たちに言わせると、貞淑な女性は体を洗わない。

まったく異次元の世界、セックスした後ベッドで夜食をとる。

ある娼婦には旦那が二人いた。ひとりは六十五歳になるスイスの大佐で、月に五千フラン出して、パリには年に二か月やって来る。もうひとりは既婚のスポーツマンで、やはりきっちり五千フラン出していた。そしてどちらも自分だけが女の旦那だと思っていた。

オスマン界隈とプロニー通り。

金と人生の浪費。

娼婦たちの男友だち。娼婦に貢いで財産を食い潰した独身男が株で生活費を稼ぎ、娼婦とセックスし、芝居に連れて行くなど彼女たちにいろいろ尽くしてやる。

宮廷の男性たちは皆コラ・パール〔第二帝政期の有名な高級娼婦〕のもとに通った。彼女はムードンでナポレオン公ジェローム〔ナポレオン三世の従弟〕の狩猟に同行していた。ナポレオン公は長靴の中にルイ金貨を入れていた。ベジーグ・ゲームに興じ、ルイ金貨の代わりにいんげん豆を賭けた。化粧室にあるナポレオン公の肖像画。

鬘をつけている女はヘアピンを動かす。洗面器の中では小鳥が飛び跳ねている。栗色に染めていた髪の色は褪せると黄色くなる。

こうした高級娼婦のスカートにぶら下がっている社会、牡の殺到。老いた男たちが家庭の外で悪所に入り浸り、最後の精力を使い果たす。獣性。女のスリッパの匂いを嗅ぐ老人。愚かな青年たちがある者は粋がって、またある者は気まぐれから、財産を蕩尽する。立派な心がけをした中年男たちは心底惚れてしまう。裕福な将校たち。あらゆる階級の男たち。金がすべてなのだ。

▲第二帝政期の有名な高級娼婦、コラ・パール

(…)

男たちは自尊心などまったく棄ててしまうに違いない。女の尻のために惰弱な妥協をする。憤慨してはならない。棄てられるのじゃないかと恐れる娼婦たちは、ときにきわめて甘ったれた態度を示す。他方で代わりの男が見つかるという確信があれば、

気にかけない。裸になった男の堕落、女の尻のためにすべてを棄てる。男どもは皆ペニスのために操られ、女のほうはそんなことなど気にも留めない。盛りのついていない牝犬を追いかける猟犬の群。娼婦の小間使いが男たち全員を家に迎え入れる場面。娼婦のほうは、セックスさえしない男ひとりと出かける。高級娼婦は下層の売春婦ほど真心がない(2)。

3　夕暮れ時のパリ――『作品』

『作品』は画家クロードを主人公とする芸術家小説である。クロードが風景画を描くということもあり、作品ではパリの光景が頻繁に描写される。それはまさに同時代人だった印象派の作品を想起させずにいない。モネやルノワールなど印象派の画家たちもまた、「十九世紀の首都」たる近代都市パリを描いて倦むことがなかった。若い頃からパリに住んでいて、パリを熟知していたはずのゾラだが、一八八五年の春にはあらためて首都を歩き回った。セーヌ河沿い、サン＝ルイ島、グラン・ブルヴァールなどの景観がこうしてノートに書き留められていく。たとえば春宵の首都の享楽的で艶めいた雰囲気をゾラはあざやかに捉えている。

晴れ渡った春の宵、四月十五日頃の七時から八時にかけて。明るく澄んだ空。舗道は乾き、真っ白だ。空気はなま暖かく、ときおり涼しい微風が吹いてくる。
まだ日が残る広い道に沿って、まず明かりがつくのは商店だ。ぽつんとした明かり、それからシャンデリア、照明灯が見えてくる。照明方法はさまざまで、ガス燈がところどころに三つ四つ灯り、やがて一帯に灯る。シャンデリア。ショーウインドウに近いガス燈は遠くから見ると舞台照明のようだ。ガス燈、つや消しした電球、ガラスの覆いなどあらゆる方法がある。カフェ、宝石商、流行品店、肉屋、パン屋などさまざまな店が並んでいる。客間のように目立たない店もあれば、どぎつい照明の店もある。宵闇が深まってくると、商店の内部がよりはっきり見える時刻になる。店の内部はとりわけ大きな鏡のおかげでよく見える。パン屋、ケーキ屋、宝石店は中に鏡のある明るい大商店。帽子屋、特産品を扱う店は客間のようにつつましい。お客、売り子たちは客間の奥様方よろしく帽子をかぶっていない。夜が更けるにつれて、歩道に反射するガス燈の黄色い光があざやかになっていく。夜の帳が下りるのに合わせて、こうした効果に時間的な間隔を置くこと。

三月の六時頃、夕食時に日が沈む時期はこの時刻に町が陽気になることを強調すること。レストランに照明がはいり、牡蠣売り女がその扉口に立つ。忙しそうに足を速める人々の群れは自宅に帰ったり、レストランに押し寄せたりする。そしてまもなく劇場が開く。馬車が立てる独特の音。パリには夕食前の熱気や、午後の興奮や、宵の食欲が感じられる。建物から出てくる事務員たち、買い物帰りの女性たち。要するに、楽しい夜が待っているというわけだ。

つまり、まず商店に明かりがつき、同時に窓も明るくなる。まずランプがひとつだけ、建物の白い正面を照らす終夜灯の光のように灯る。それから二つ、三つ、四つと窓に次々と明かりがつく。商店の中二階やそこで立ち働く人々が鏡に映り、かすかに光を浴びている。縦に並んだ窓が照らされる。階段の階井〔螺旋階段の中央部の空間〕、横に並んだ窓の列、クラブや仕立屋の待合室など。建物の正面では窓が二つあるいは三つずつ、適当に明かりが点っていく。真っ暗な家のいちばん上の方に小さな窓がひとつ。

やがて正面はしだいに闇に包まれ、窓が明るくなっていく。その光は窓のカーテン越しに見える。カーテンはレースのついたずっしり重いもので、細い光、かすかな光しか通さない。カーテンの間近に置かれたランプがはっきり見える。

この時、通りの奥が暗くなり、遠景が青や藤色に染まる。空は相変わらずの薄明かり。家並みと建物の正面がしだいに闇に包まれ、明るい空を背景に黒く浮かびあがる。大通りにいると日がまだ強いが、小道のほうはすでに真っ暗で、煌々と照らされた商店が目につくばかり。そうした小道の一本には店もなければガス燈もなく、闇に覆われ人気もないが、その奥には遠くの交差点や、もうひとつ大通りが見え、光が帯のように輝き、灯火がきらめいている。暗い大通りの奥では、大きな建物が夢と見まごうばかりのかすかなもやに包まれてうち震え、いっそう遠くに見える。

続いて馬車に灯が点る。はじめはいくつかの馬車に、やがてすべての馬車に。ぎっしり連なって真っ直ぐに流れていく。さまざまな色。乗合馬車の大きな眼のようなライト。通りに沿ってあらゆる種類の透かし絵、前照灯、ガス燈広告、扇型の照明、光の文字、ライトなどが見える。

そして最後に、ガス燈がひとつずつ一列になって灯される。

すべてを夜の闇のなかに溶け込ませること。公共建造物は白い夢幻状態から暗いマッスに変貌し、家並みはほの明るい空を背景にして黒い塊となる。舗道から立ちのぼってきたかのような影が、屋根まで黒く染めあげる。建物の稜線、雨樋、煙突がくっきり浮かびでる。空はまだ少し明るいが、建物の正面は真っ暗だ。下のほうでは通りがガス燈に黄色く照らされ、ところどころに光の層ができている。照明がいたるところで強度を増し、夜空の星のように煌めく——商店、窓、そして遠くのほうには大通り。人々の群れも闇に包まれる。黒い人影は絶えず動き回り、突然光に照らしだされたかに見えるとやがてまた消え去っていく。内部がどぎつく照らされた商店、人々が夕食の席に着き、酒を飲み、買い物をし、商品を試している。微笑、あらゆる商品、愛そのものも。空の光が薄れ、やがて群青色に変わる。光に照らされたパリの赤茶色のもやが空にたなびき、それが一晩中町の上にただよう炎の雲のように見える。明かりの灯りはじめる大通り、独特の印象。(3)

(小倉孝誠訳)

（1） Emile Zola, *Carnets d'enquête*, Plon, 1986, pp. 427-428.
（2） *Ibid.*, pp. 307-312.
（3） *Ibid.*, pp. 292-295.

あとがき

本書は、これから刊行が始まる〈ゾラ・セレクション〉（全十一巻、別巻一）のプレ企画として、多様で広大なゾラの文学宇宙への案内を意図して編まれた著作である。

ただし、一般的な入門書によく見られるように、作家の生涯と作品を通時的に概観するという体裁をとっていない。そうではなくて、鼎談、論述、コラム記事などさまざまなスタイルの記述をつうじて、ゾラの多面性と現代性を文化、社会、制度との関係のなかで浮き彫りにしようとした。そして近年におけるゾラ研究の成果も積極的に取りいれ、ときにかなり学問的な記述にも踏み込んだ。これからゾラを初めて読むひとにとっても、すでにゾラを読み、彼についてさらに詳しく知りたい読者にとっても、役立つ本になっていると思う。ゾラの生涯と同時代の出来事・現象については、巻末の「ゾラ年譜」を参照していただければ幸いである。また、本文の記述を補う実例として、ゾラの短篇、ドレフュス事件に際してゾラが発表した大統領宛の公開状、そして彼の『取材ノート』からの抜粋を付録として収めた。鼎談に協力いただいた山田稔氏、それぞれの専門の立場から論考を寄せてくれた佐藤正年、三浦篤、菅野賢治の諸氏に、この場を借りてあらためてお礼申し上げたい。

ゾラの小説、文学評論、美術評論、書簡集、そしてジャーナリスティックな著作は、今日の日本の読者からみても、しばしば驚くほどアクチュアルな主題と問題提起にみちている。今回のセレクションは、最適の訳者たちを得て、多くの未知の作品を清新な邦訳で提供しようとする野心的な試みであり、わが国におけるゾラ像の刷新をめざしている。フランスでは一九七〇年代以降、『ルーゴン゠マッカール叢書』の作家はあらゆる批評装置にとって特権的な対象になり、哲学者の思索をうながしてきた。またゾラは若い世代のフランス人にもっとも好まれ、ポケットブック版の売上げがもっとも多い作家のひとりである。研究者と一般人がこのようにゾラを愛読するのは、その作品がおもしろく、現代人の感性に強くうったえかけるからだ。

今年はちょうどゾラ没後百年にあたる。フランスではこれを機に、すでに年初からゾラ関係の資料・研究書の刊行ラッシュが続いているし、今秋から年末にかけてはパリ、ストラスブールなどで大規模な国際シンポジウムがいくつか予定されている。さらには、フランス国立図書館で大がかりな「ゾラ展」が三か月間開かれる。わが国でも、ちょうど本書が刊行される十月末、仏文学会でゾラ・シンポジウムが開催される。今まさにゾラの季節が到来しているのである。

バルザック《『人間喜劇』セレクション》に続いて、〈ゾラ・セレクション〉の出版を決断された藤原書店の勇気と見識には、心からの敬意と謝意を表したい。そして昨年の暮れに始動した企画が、予定どおり没後百年の節目に実現までこぎつけたのは、編集部の山﨑優子さんの労によるところが大きい。ありがとうございました。

二〇〇二年九月二十九日（ゾラの命日）

編者を代表して　小倉孝誠

編著者紹介

宮下志朗（みやした・しろう）
1947年生まれ。東京大学大学院総合文化研究科教授。ルネサンスの文学・社会、テクストの文化史。著書に『本の都市リヨン』（1989年、晶文社、大佛次郎賞）『読書の首都パリ』（1998年、みすず書房）他。

小倉孝誠（おぐら・こうせい）
1956年生まれ。東京都立大学人文学部助教授。近代フランスの文学と文化史。著書に『19世紀フランス　夢と創造』（1995年、人文書院、渋沢クローデル賞）他、訳書にバルザック『あら皮』（2000年、藤原書店）他。

山田　稔（やまだ・みのる）
1930年生まれ。フランス文学者、作家。

佐藤正年（さとう・まさとし）
1948年生まれ。熊本学園大学外国語学部助教授。

三浦　篤（みうら・あつし）
1957年生まれ。東京大学助教授。

菅野賢治（かんの・けんじ）
1962年生まれ。東京都立大学助教授。

いま、なぜゾラか――ゾラ入門

2002年10月30日　初版第１刷発行©

編　者　宮　下　志　朗
　　　　小　倉　孝　誠

発行者　藤　原　良　雄

発行所　株式会社　藤原書店

〒162-0041　東京都新宿区早稲田鶴巻町523
TEL　03（5272）0301
FAX　03（5272）0450
振替　00160-4-17013

印刷・製本　美研プリンティング

落丁本・乱丁本はお取り替えします
定価はカバーに表示してあります

Printed in Japan
ISBN4-89434-306-1

エミール・ゾラ没 100 年記念出版

ゾラ・セレクション

（全 11 巻　別巻 1 ）

責任編集　**宮下志朗　小倉孝誠**

＊四六変判上製カバー装　各巻 400 〜 600 頁
＊予定価格　各 3200 〜 3800 円

1　**初期作品集**　宮下志朗訳=解説

2　**パリの胃袋**　朝比奈弘治訳=解説
Le Ventre de Paris, 1873

3　**ムーレ神父のあやまち**　清水正和・倉智恒夫訳=解説
La Faute de l'abbé Mouret , 1875

4　**愛の一ページ**　石井啓子訳=解説
Une Page d'amour, 1878

5　**ボヌール・デ・ダム百貨店**　吉田典子訳=解説
Au Bonheur des dames, 1883

6　**獣人**　寺田光徳訳=解説
La Bête humaine, 1890

7　**金**　野村正人訳=解説
L'Argent, 1891

8　**文学評論集**　佐藤正年訳=解説

9　**美術評論集**　三浦　篤訳=解説

10　**時代を読む　1870–1900**　菅野賢治・小倉孝誠編=構成
（第 1 回配本／ 2002 年 11 月刊）

11　**書簡集**　小倉孝誠編=構成

別巻　**ゾラ・ハンドブック**　宮下志朗・小倉孝誠編

＊各巻末に訳者による解説を付す。　＊タイトルは仮題